田辺聖子　十八歳の日の記録

田辺聖子

文藝春秋

田辺聖子　十八歳の日の記録◉目次

特別収録　未発表中・短編

はじめに

伯母・田辺聖子の「十八歳の日の記録」について

田辺美奈

私の母によると、伯母はまだ幼かった私に、自分のことを、

「書き書きおばちゃん」

と、言っていたそうだ。

その言葉どおり、一九六四年に「感傷旅行《センチメンタル・ジャーニィ》」で芥川賞を受賞して以来、伯母は次々と作品を発表し、七百冊以上もの著書を残した。

六〇年代後半になると、多くの小説雑誌が創刊されて、新しい書き手が求められ、仕事の注文はどんどん舞い込んだという。政治や文化がすべて東京を中心に語られる時代に、「大阪弁でサガンのような恋愛小説を書こう」と思っていた伯母は、乃里子三部作（『言い寄る』『私的生活』『苺をつぶしながら』）をはじめとする多くの恋愛小説を生み出した。また愛する日本の古典の素晴らしさを若い人にも伝えたいと、古典作品の紹介や現代語訳、古典作品を下敷きにした小説やエッセイも数多く書いている。

今回、思いがけず見つかった「十八歳の日の記録」は、伯母が数えの十八歳になったばかりの昭和二十年四月から二十二年三月までの日々の記録である。当時、樟蔭女子専門学校（現・大阪樟蔭女子大学）の国文科二年生。向学心に燃えて入学したが、ほどなく学徒動員で、兵庫県尼崎市の飛行機部品工場で働くことになった。その寮生活の様子からこの日記は始まっている。

日記発見の経緯を簡単に記しておきたい。

伊丹市梅ノ木にある伯母の家の片付けを始めたのは、伯母の没後（二〇一九年六月六日没）、伊丹市から自宅を記念館として公開したいという提案をいただいたのがきっかけだった。リビングと応接間、そして仕事場を公開すると決めて整理を始めたものの、新型コロナウイルスの蔓延で公開事業のめどが立たなくなった。そのうち、豪雨をきっかけに家が少しずつ傷み始めた。伯母が細部にまでこだわって建てた夢の家だったが、四十年の時を経て、家自身が主《あるじ》の死と共に終焉に向かっているようにも感じられ、とうとう私たちは家を維持していくことをあきらめたのだった。

家の片付けをしてみて驚いたのは、原稿以外に見つかった多岐に亘る書き物の量だった。日記、取材ノート、小説の構想、タイトル帳、旅日記、アフォリズム集、献立帳……。気に入ったシールで表紙を飾ったものから、和紙で表紙をつけ、題簽《だいせん》まで貼った凝ったノートもあった。開いてみると、鉛筆の走り書き、万年筆の几帳面な文字、カラフルなペン書きなど、使っている筆記用具や書き方はまちまちで、何かを残すためというよりも、ただ「書く」ことが目的だと感じられるようなありようだった。伯母の書き物の山を前に、一緒に片付けをしていた従姉と、思わず同時に声が漏れた。

「おばちゃん、ようこれだけ書いたねえ」

伯母が亡くなって半年ほど経ったころだっただろうか。私が居間を整理していたとき、

「こんなものが出てきた」

と、従姉が部屋に入ってきた。手には、伯母の名前入りの見慣れたグレーの紙封筒。表に、伯母の字で、「昭和20年4月〜12月　学徒動員　空襲罹災　父病臥　母、買出しの日々　聖子日記」と書かれてある。奥の和室の押し入れを片付けていたら、この一冊だけがひょっこり出てきたという。ちょうど戦争をテーマにした伯母の番組が作れないかと、テレビ局から打診があったところだったので、まるで、

「これ、番組の資料に使ってもええよ」

と、伯母がちょっと手を貸してくれたような不思議な気持ちがした。

自筆のイラストと、短い詩の書かれた表紙。ところどころ破れているページをそうっとめくって、私たちがまっさきに探したのは、終戦の日の記録だ。

八月十五日。万年筆で丁寧に書かれた他のページとは異なり、黒々とした文字が躍っている。

「何事ぞ！」のひとこと。家を焼かれ、父を喪《うしな》っても、この戦争を「聖戦」と信じ、さまざまな苦難に耐えてきた「純粋培養の軍国少女」の、抑えきれない思いがほとばしるように流れこんでくる。楽しいはずの青春を戦争に奪われ、死んでいった若い人々への哀惜はことに深く感じられた。何十年たっても変わることなく幾度も小説やエッセイに書いた伯母の戦争への想いだ。

「〈空襲以前〉〈空襲以後〉で人生がかっきり分かれるような大きな体験だった」という昭和二十年六月一日の大阪大空襲、困難を極めた食料調達、そして非常時に見た周囲の人々の言動……。

体験したことの興奮がさめやらないうちに書きつけたであろうそれらの文章は、どれもあまりになまなましく、読んでいると胸がつまる。

そんな生活の中でも、友人たちとの微笑ましいやりとりや、日常のささやかな喜びもたくさん描かれていることが救いだ。

また、自分は作家になれるだろうか、上の学校にいけない状況で、どうやってその夢に向かって勉強すればよいかという、十代ならではの、心ばかりが急《せ》くような悩みもそのまま日記には記されていて、私は十八歳の伯母の肩を抱いて、「大丈夫、おばちゃん。ちゃんと作家になったよ」と、励ましに行きたいような気持ちになった。


押し入れの奥での長い眠りから目覚めた日記は、何度もめくるうちにインキの文字が薄れ、触れるだけでぽろぽろと紙片がこぼれ落ちるようになった。十八歳の伯母が、どんなことを考え、感じながら暮らしていたかということも、書き付けた夢や希望も、日記の文字とともに薄れて霧消してしまうような気がして、なんとかこれを残しておきたいと思った。

また、少しでも多くの方にこの日記を読んでいただくことで、作家としての伯母を理解していただくと同時に、戦争の記憶が具体性を失い、忘却のかなたへと失われつつある流れを、わずかでも堰《せ》きとめることができれば、とも考えるようになった。

私たち遺族のこうした意を汲んで、快く出版をお引き受けくださった文藝春秋に、心より感謝申し上げます。

編集部より

本書の記述のなかには、差別的表現あるいは差別的表現ととられかねない箇所が含まれていますが、著者はすでに故人であり、作品が時代的な背景を踏まえていること、作品自体は差別を助長するようなものではないことなどに鑑み、基本的に原文のままとしました。

なお本文中で、厳密には訂正も検討できる部分については、基本的に原文を尊重し、最低限の訂正にとどめました。また、著作権者の諒解のもと、明らかな誤記については改稿し、日記原典では旧字体で書かれている箇所については適宜、新字体に改めたほか、旧仮名遣いは新仮名遣いに変更しています。現代の読者の可読性を考慮し、句読点や漢字の閉じや開きについても、原文の趣を損なわない範囲で修正して表記しています。

田辺聖子　十八歳の日の記録

国土地理院の地図等を基に編集部作成（地名等、旧称も含まれています）。

日記

十八歳の日の記録
昭和二十年四月ヨリ

——若き日は過ぎ去り易い——
けれども多彩であり、豊なる収穫がある。
それ故に、〝若き日〟は尊い。

郡是塚口工場全景（昭和10年頃）

郡是塚口工場正門

編集部より

前年（昭和19年）4月に樟蔭女子専門学校に入学した田辺聖子でしたが、この頃、政府の閣議決定により、学生たちには年間4ヵ月の勤労動員が課されることになりました（1ヵ月後には通年に改められた)。この年（昭和20年）の1月18日から、田辺ら、200名を超える樟蔭女専の生徒たちは兵庫県尼崎市にあった郡是《ぐんぜ》塚口工場に動員されます。工場ではボルトやナットなどの飛行機部品を作ることになり、この日記の始まる春頃には、樟蔭女専での授業は完全に中止を余儀なくされていました。

動員先の工場は、元々が絹靴下を多くの女性たちで生産していたため、女性従業員のための宿泊施設があり、田辺はここで寮生活を送ることに。のちにこの頃を振り返った田辺のエッセイによれば、生徒たちは平日を工場と寮で過ごし、休日に帰省する、という生活をしていたようです。

日記冒頭、田辺は休日を大阪市の実家で過ごし、帰寮したところと思われます。

なお、本文中括弧内の※印は、編集部による注釈です。

学徒動員

四月一日　日曜日　晴

新しいノートをおろして、新しい日記を書こうとはずっと前から思っていたことだが、キリがわるいから、四月からにしようと心まちにしていたのである。それくらい、わたしは〝日記〟というものに執着を持っている。日記は好きである。日記は書けば書くほど、心の中が整理され、頭も澄み渡って来る。反省が出来、奮発心がおこる。日記はいいことである。

ずっと天気の好い日がつづいて、春というより一足飛びに初夏のような感じの暑さである。日射しが暖まると同時に気持ちも伸び伸びと開放されたよう……。空襲も恐ろしくなってきた（※前年十二月から大阪府域への米軍機による爆撃が断続的に続いていた）。

寮へは昨日四時半頃、帰った。（※工場が）休みだとのことで、皆（※家に）かえっており、三木さんひとり所在なさそうにぽつねんと座っていた。

おどろいたことには部屋が変っていたのである。私の留守中の引越なので、荷物をすっかり運んでもらって気の毒であった。夕飯前くらいに樟蔭寮から高戸さんと矢富さんが帰って来た。高木さんは、既に切符も買い、荷造りもして、いよいよ郷里へ帰るそうである。お部屋がまた寂しくなろう……。

ところで今度の部屋というのは、階下の便所に近いところである。それだけは便利である。縁側の戸をあけると、細長い中庭をへだてて広島女専（※広島女子専門学校、現・県立広島大学）の部屋になっている。

省済寮の一番端の部屋へは女工が陣取っている。いずれも小さい子供らで、いつも廊下で立話しているが、夕飯どき、わたしが前を通ると、中《うち》なる一人が、ちょっと、ちょっと、と仲間の注意を喚起して私をみつめた。じろりと睥睨《へいげい》して行き過ぎようとしたが、どうも気がわるくい。背中でどっと笑う声がすると大人気ないと思うが憎らしい。なんていけすかない人なんだろう。

樟蔭の人々は一向、工場へ出ない。先刻も拡（欠）

「第一工場の樟蔭の人は出て下さい」

と叫んでいた。

私が家へ帰っている中に色んな事件があった。担任が変り、細川先生は教頭になられた。上原先生は辞職され、我々には新しい文科担任が来ることになった（※学校から工場への引率・監督の先生が交代したものと思われる）。先生も変って、やかましいので有名な古沢クラという老女先生と、同じく謹厳居士なる祐源先生とになった。まだあと、和田、鈴木の二《ふた》先生が来られるが、いずれも好い年寄りで、私達はもっと緊《し》めつけられるだろうというのが一般の輿論《よろん》である。

日が長くなってむやみにお腹が空く。

雀の声ばかりきこえる。生徒は大抵家に帰っている。

四月七日　土曜日　晴、風強し

二、三日来、古沢先生がお出でになっている。

細川先生もちょっと今日いらしていたが、べつにお部屋には来られず帰られる。

今日は家へ帰った。第一工場の係長がぼんくらなのか、どうも休日が一定せず、ぐらぐらしていて、人の言うことが一致せず、いろんな休日が出てくる。困ったものだ。

昭和19年3月、樟蔭女専入試前の田辺

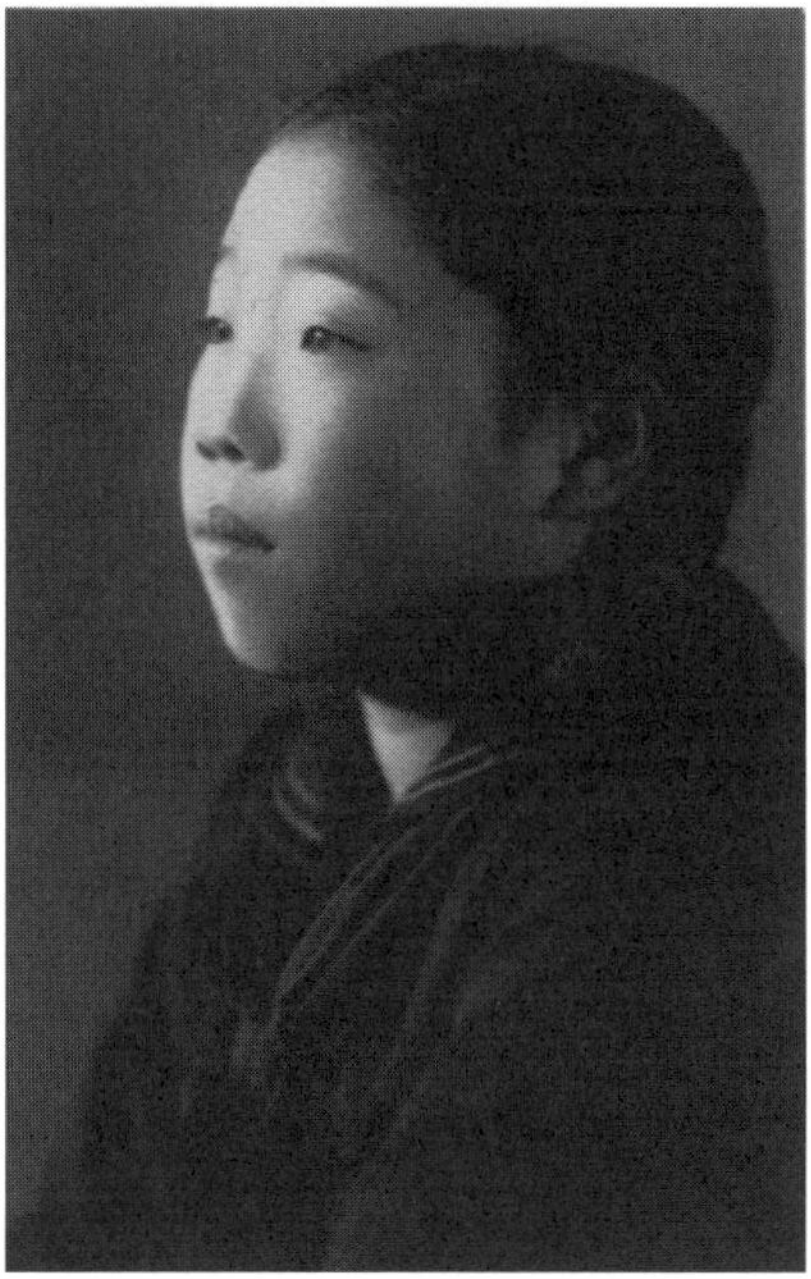

昨日だという人、今日だという人で、結局、私たちは休日が潰れたわけであるが、河西先生の理解ある計らいによって（?!）《フフフ》一日（欠）工場にはナイショで休（欠）ことになった。

大阪駅で妙なことがあった。急行に乗らんとする私の背後で「もし、もし」という。もちろん、私のことだなんて考えないから、ドシドシ歩いていると、遂に肩の辺りで、「もしもし」という声。やっと見上げてみると、こはいかに、大学生も相当甲羅の経たらしい大学生が一人立っている。無精鬚《ぶしょうひげ》をはやし、背の高い大学生が立っている。

大学生ナンカに呼び止められる不良ではないンである、私は。

だから電車の行先でもたずねられるのかと思っていると、案に相違して「樟蔭の方らしいですが、一年生ですか」という。私の腕章を見たのであろうか。

「はい」というと、「川瀬という生徒ごぞんじですか」という。その態度が妙にそわそわとあわてている。変な人だ。私の目付がひどく疑し気だったと見えて、件《くだん》の大学生はあわてて口調を乱し勝ちに「あの、ぼく、川瀬の従兄なんで、ちょっと用件頼まれたものがあるもんですから」と照れくさそうに言いわけめくから、なお臭い。

そして、

「塚口へ出ていらっしゃるんですね」

「いいえ塚口で乗りかえて、稲野というところです」

「はあ、そして三菱とか……」

「いいえ、郡是《ぐんぜ》という会社（※現在のグンゼ株式会社）なんですけど」

「はあ、グンゼ」と大学生はおちつかぬ瞳を暫時キョロキョロとさせ困惑の態で、突立っている。急行車を待つ人は、みんなこっちを向いてるし、恰好わるい。早く切り上げようかと思ってると、「あの川瀬……」とまたい い出す。そうそう、川瀬という人は、あの細っこい肺病やみのきれいな人ではないかしらん。やっと思い出し、「何科でしょうか」ときくと、

「いや科は知らんです。顔もよく知らんのです」と大学生は苦笑し、

「では電話番号をご存じでしょうか」

「さア……」

ちょっと考えた私は、

「尼崎の三、八、三だと思うンですけれど」

「はあ」

彼はあわただしく手帖をとり出してそれを写し、「いや、どうもありがとうございました」と一揖《いちゆう》（※軽く会釈）した。

私は丁寧に（これはちょっと軽蔑を含んでいたかもしれない）礼をした後で、寮に帰って話した。皆、興がっていた。川瀬さんは果して私の思い出した人であった。後にわかったが、かの大学生は伊東さんと共に、工場まで来たそうである。むっつりしたもう一人の大学生を連れて来たそうで、「ぼくらといっしょで御めいわくと存じますが」とよく喋る大学生だったそうだが、もう一人の方は終始黙々としていたという。二人とも従兄だとい い、阪大の生徒と思われる、ということであった。ある人はクサいねといい、ある人は冷笑し、ある人はまじめに取っていた。伊東さんが二人の大学生と寮へ来たら、園田の勤労奉仕の女学生（※園田高等女学校の女学生のこと。学校は工場の近くにあった）が手を叩いてはやし立てたそうだ。

「女学生も堕落したわね」というと「ウヮ、田辺さんにかかってはタマラン」と田原さんが言った。
二、三日前に、私はとうとうあの「エスガイの子」（※田辺が当時書いていた、蒙古を舞台とした習作。「エスガイ」とはモンゴル部の首長で、その子は「テムヂン」、後の「ジンギスカン」）を仕上げた。ほっとして責任を果したような心安さを感じ、楽しい。やはり結構をちゃんとし、プランを立てる方が好い。向く所が明白にきまっているから、筆のはこびも軽快になる。
私はソルガンシラという人物を解決の鍵とした。本当

田辺の実家、田辺写真館（昭和初年頃）

はシラの息子、チンベかもしくはチラウンをそうしたかったのであるが、同じ年の少年では迫力が弱いし、テムヂンの感激も、そう深く烈《はげ》しくなるはずがないではないか。結局仕方がない。しばらくは隙が多くなった。

この頃の寮では、高等学校の歌が流行《はや》っている。それと学生の都々逸《どどいつ》のようなもの。

「大井川ならおれでも越すが
越すにこされぬ学年末」
「佐賀校出てから十五年
眼医者になってそれからは
腕に油ののるまでに
殺した患者が五万人」
「ルンペンになってそれからは
日本国中かけまわり
くぐった土管が五万本」

物理化学（※樟蔭女専物理化学科）も風潮に乗って、物化の唄をつくった。文化の維持者国文科も何か作って意気を示したい。たとえばこういう風に。

「悠久二千六百年
神代ゆかけて伝えたる
文化のひかり聖燈を
いよいよ守《も》り立てつぎゆかん
使命は重し国文科」
あるいはぐっとくだけ、
「樟蔭女専にそれありと
名の知られたる国文科
遠い祖先のかがやく」

何だかつまって、不愉快なのでもう止《よ》しにする。明日は大詔奉戴日《たいしょうほうたいび》（※戦時下、国民の生活規則・戦意高揚のため、官公庁や学校、会社などでは開戦詔書の奉読式、家庭では国旗掲揚などを行った。この頃、毎月八日に設定されていた）である。

四月九日　月曜日　雨

春雨とは言うものの、陰気臭くてやりきれない。足袋がしめっぽく私の足に感じられる。

また家に帰っていた。今日の昼前、寮へ戻ったのである。

家では、千代紙をいろいろ工夫して貼り合せ、継ぎ合せた表紙のノート、和綴のものと、赤い扉の陰からのぞいてる女の子の表紙のノートを二冊作った。弟（※二歳年下の弟・聰《あきら》。この時、数え十六歳）といっしょに作ったが、弟はひどく機嫌がよかった。無聊《ぶりょう》をかこっていたが、学校も勉強がないのですることがなくて困るといっていた。母（※勝世《かつよ》。当時数え四十二歳）に聞いたところによると、弟はまた、天狗になってもいいほどの好成績であった。五組中、優等生は三人のみであったが、その中に弟も入っていたそうである。父（※貫一《かんいち》。当時数え四十五歳。写真館を経営していた）は「ちょっと見て行け」と私に、あたかも宝物の如く分厚い、立派な紙を持って来て、声を立てて読んだ。

「品行方正、学力優等」

母・勝世。昭和３年、生後65日の田辺と

私もこの文句には慣れていたから別になんとも思わないが、しかし弟と共に三人しか優等生がなかった、ということにおどろいた。空襲や何かで学力も低下する一方だ。しかし、弟は、その総代で出たそうで、父も母も満足し切った者のみが持つ、安らかさを顔に浮べていた。たしかに弟は、コツコツと働くし、また、勤勉に勉強する。弟の最大の長所は、「倦《う》まず、たゆまず」ということであろう。私は感心して弟を見ると、弟はなんの表情もない顔付きで、うつむいて鼻をこすっていた。どこを吹く風かという様子だ。

妹（※三歳年下の妹・淑子《としこ》。この時、数え十五歳）は、相愛

父・貫一。昭和11年頃

（※相愛高等女学校）が焼けたので御苦労にも古河橋の女専専用校舎へ通っている。よくしゃべるが、その代わりよく働いて明朗である。すると出来損いの屑は結局私一人かな？　面白くない話である。

それはとにかく、近頃の世上の風雲は騒然たるものである。強力内閣として信じていた小磯内閣が総辞職した。私はこれを始業礼のとき初めて聞いて怒りに似た驚愕を感じた。この重大時機において何ということか！　世界の交戦国の元首や首領はひとりとして変っていない。ルーズベルトもチャーチルも、スターリンも、ヒットラーも……。勿論、私は国体の相違を一応頷く。しかしながら、重大時局に際する度に総辞職していては、責任回避のようで潔くない。

「更に一層の強力内閣を」と、新聞は書き立てていた。そして、元老の一人である鈴木貫太郎という人がなった。すでに組閣も成り、すべては再発足となった。

弟は、しきりに元老の弊を説いて憤慨していた。私はもっと確固とした政治知識のないのが残念である。しかし戦局は、そんなことにかかわらず、どんどん進展している。昨日は三十余隻撃沈破していたが、軍艦マーチも、抜刀隊もしきりにして盛んであった。久しぶりに朗らかにはればれとした。その代り、わが軍も犠牲が多くて戦艦一隻、駆逐艦三隻は沈没し、その戦闘に参加した航空機はみんな特別攻撃隊（※「特攻隊」のこと）であって、その感激に打たれたものは、私一人ではなかろう。

とにかく、こうして世の中はでんぐりかえっている。その中で、私は「エスガイの子」なる平和な小説を書いている。

「エスガイの子」をちょっと紹介しよう。気が引けるけれど。

最後の解決の場――。

「テムヂンよ、お前は能力《ちから》に自信を抱いていない。しかしながら、大きな夢を持っている。その夢を抱いて、進め！　テムヂンよ、わしはお前に、ひとつの言葉をあげよう。それは『進め』ということだ。自分にそれだけの能力があってもなくても、ただ進めばいい。進め、一歩も退くな、夢を高くかかげて、若者の熱と心をもって進んで行け。一切を決定するものはそれだ。自分に出来るかぎり進むのだ」云々という言葉である。私は割合整った作だと思っているけれども、さあ、どうだか。ひとつ、立派な見識のある人にみてもらいたい。

時計旋盤の方は困ったもので、二台しか使用出来ないから、四人もいると二人ずつして、三時間半ほどしか仕事をしないので、まことに楽である（※このころ塚口工場では、空襲に備えて旋盤を疎開させていたため、旋盤より人が多くなる〝人余り〟の状況にあった）。もっともっと働きたい。働かしてほしい。こんな世の中で呑気に勉強も出来ないし、小説もかけないと思うんだけれど、やはり、こう暇が多いと困る。つい、小説も平和的なものが書きたくなってしまうではないか。

私と宇賀田さんが仲好くなって行きつつある。一昨日であったか、宇賀田さんと共に休暇を取って家へ帰る途中、伊丹線電車が満員で、宇賀田さんの肩へ斜《ななめ》にかけた頭巾《ずきん》と救急袋が外へはみ出して困った。すると運転手が怒って「そんなのは乗る前に身体の前へ回しておいて下さい」とくどくどと注意する。宇賀田さんはくすっと笑って首をすくめ、「どうも御懇篤《こんとく》な御教訓にあずかりまして」と言った。周囲の人も思わずふき出した。私は勿論、可笑《おか》しがり、だから、塚口まで笑いが止まらなかった。帰ってこの話をしたら、母はきゃらきゃら可笑しがっていた。そして、丁度、そのときやってきた玉川町の従姉、妙ちゃんにもその話をして、「国文科やからどんならん（※大阪弁で「どうにもならない」の意）。生意気を言うわ」と面白そうに笑ってられた。

四月十日　火曜日　雨

陰気臭くてやり切れない。しょぼしょぼした年寄じみた雨がひっきりなしに降り、かと思うと、いつのまにか止んでいる。お部屋も気のせいか妙にしめっぽい。

朝から、田原さんがお腹痛《なかいた》を起して、嘔吐したり、うつぶしたりして苦しんでいる。養生院の看護婦が来て注射をした。安藤先生も来られて、長いこと田原さんの背中を擦《さす》っていられた。

矢富さんが、また養生院へ行かれる。私はここで日記をつけていると、安藤先生が傍へ寄って、まず机の上の本を一わたり見渡し、

「たくさんの本やね、さすがは文科ね」

「えへへへ」

と不得要領な笑い方をしていると、

「田辺さんは小説書くんやてね」

ときた。私のことは皆に知れ渡っているのである。

「そうして書いてどうするの。どこかへ出すの」とおっしゃる。

「いいえ」

「ただ書いているだけなの」

「はあ」

「すると、いろんなこと研究しなくちゃいけないでしょ」

「はあ、でもそんな……」

と私は話が大きくなってきたので穴があったら入りたいくらいの羞恥を感じた。

「そんなに大袈裟なものじゃないんですの……作文みたいな……」

「そんなこと……でも偉いわねえ」

こう言われてみると、私はどうしてもどこかの雑誌にでも当選せざるを得なくなるではないか。

私はきっと卒業するまでに何か一かどの作を出そうと思った。決心して、ひそかに大望を誓った。

ところで私は一生、作家で終る心算はない。それほどの文才はないからである。弟が文科方面か、理数科方面か、と悩んでいるように私も大いに将来については悩んでいる。結婚するつもりはない。家事的なことは男子より下手なんだから。是非とも何かになりたい。小説家？

否。では何に？

私は高群逸枝《たかむれいつえ》女史（※詩人、民俗学者。日本の女性史、女性解放運動に寄与した）や神近市子《かみちかいちこ》（※記者、作家、女性解放運動に挺身）（これはちょっとあてはまらないけれども）の様な学者に、それも歴史学者になりたいのである。石部先生のようなタイプが理想である。

あらゆる国文学を究める学者になりたい。

勉強！　勉強！　灯《ひ》は燦然《さんぜん》と彼方に在って輝いている。私はその灯をめがけて勉強する。たとえ戦争であったにしても私は私の行くべき道をしっかりと知っている。

今度の文部大臣も何だか前の人と同じようなことを言っている。とても勤労学徒に勉強させる人ではない。国家百年の計を立てるのならば、宜《よろ》しく、学生に勉強させるべきだと思う。戦争のときには学問は要らんという理屈はないのである。この戦争はいつまで続くか。そんなことは神様だけしか知らん。しかし、これだけの大戦争であるから戦後も種々、いざこざが起るにちがいない。日本が勝っても。

そのときに学問のない馬鹿な国民がなんの役に立つ。

ともあれ、私は当分、次のプランで勉強に励もう。
一、文学史
二、英語

三、東洋史
四、読書、日記、手紙、独逸語、その他の雑用（洗濯とか裁縫とか掃除）
三までは是非、この寮にいる中《うち》にやりたいと思う。勿論、どうか分からない。しかしプランだけはしっかり立てとく。後は努力一つだ。ああ一つ忘れた。字の練習だ。国文学研究の徒はこれをおろそかにしてはならない。


同日。就寝前——。

まず今日のところは、予定どおり勉強出来た。田原さんは依然として、二度ほど午前中吐き、午後はやや楽になったらしく浅い眠りに落ちた。私は、五時から出る番であったから、田原さんひとりを残して置くのは気がかりであった。早番でいつも部屋にいるべきはずの伊阪さんや高木さんや三木さんは揃って外出しているし、矢富さんや小野さんの卓上旋盤は、私の様に二台しかないというのではないから、一台に付きっきりの一人なので忙しくて帰れるどころではない。一日八時間の労働立ちづめである。私は座ってする仕事で楽だけれども。宇賀田さんは事務にいる。

どうも田原さんは熱があるらしい。顔を真赤にほてらせてうるんだ眼を明けた。そこで手拭をしぼって来、金盥《かなだらい》に水をくんで枕元へ置いた。いつも元気でぴんしゃんとしている田原さんも今日は元気なく、ぐったりしており、さも大儀そうに目だけ上げて、

「有りがとう」

と言う。腹痛が去って、熱を発したのであろう。

田原さんはそれでもやや元気づいていろんな話をしだした。

小野さんが私と宇賀田さんとの仲好さを嫉妬していることだの、彼女は食物が出ると機嫌がよくなることだの、目がぎょろぎょろしてほんとに感じがわるいこと、それに今日、私が安藤先生に小説のことを言われたとき、傍《はた》から小野さんが得たりかしこしと「そうですねん、田辺さんはいつも小説かいてはります。わたしなんかとてもかないませんねん」

と、口を出した。その皮肉さ加減、厭味の調子、古今を絶する意地わるさであったことなど。女というものは、噂話については、先天的に感じる興味、本能的な喜びを持つものだ。いい喜びではないけれど。

とにかく、そうしている中《うち》に宇賀田さんが、帰って来た。島田先生が持って行けと言われたという装丁のふるびた「海軍」（※岩田豊雄の戦争小説）を抱えている。

「一度読んだンだけどね、まあ、ええわとおもて」

と彼女はそれを机の上へ置いた。私はそれから安心して宇賀田さんに任し、折から誘いがてら、田原さんの見

樟蔭女専国文科のクラス写真。中段右から３人目が田辺

舞に来た同僚の松本さんといっしょに業場へ出かけた。

作業は厭じゃないが疲れるのには閉口する。今日は寸法切りと仕上げで、あとでなおしてもらったから調子も好くよく出来た。

十時頃は、もう眠くて眠くてならない。暗い道を帰ってくると、今日は風呂があるので宇賀田さんが起きて待っていてくれ、早く早くと急かした。大急ぎで風呂場へ飛んで行く。

空いていて二、三人しかいなかった。浴槽からあがると、ほっとしたような、蕩然《とうぜん》としたような快感で固い筋肉もほぐれるような、体のすみずみまで伸び切ったきもち……だるくて何をするのもいやだ……「侍児扶《たす》ケ起シテ嬌トシテ力無シ」とはこの状態であろうか（※貴女が湯の中であでやかにぐったりとして、腰元が抱き起こそうとしても、全身から力がなくなってしまっているさま。白居易の詩『長恨歌』より）。

お部屋へ帰ると、すでに帰っていた、高戸さんと三木さんが小野さんと共に藤木さんを（これは旋盤の工員さんだ）相手にしゃべっていた。机の上には今日、三木さん達が行った嵐山で取った桜が爛漫と匂っている。田原さんは熱は八度をこしていた。ますます寝苦しそうだ。私も宇賀田さんもいっしょに額の手拭をすすぎ、盥の水を代えたが、田原さんの友達の矢富さんの看護振りは、

やさしかった。

　雨はふりしきる。寝床から上半身をのり出して書いている私はみんなをながめわたす。みんなお行儀よく、この暑いのに端然と寝ている。むし暑い夜だ。もう寝よう。田原さんもよく寝ている。

四月十一日　水曜日　晴のち曇、雨

　久しぶりに晴れたと思って喜んでいたのも束の間、すぐ雨になって困ってしまう。陰鬱《いんうつ》極まる。

　広島女専の人たちは皆、休みと称して広島へ引上げたが、荷物も何もかも持って帰ってしまうらしいので、きっと再びここへ来ないつもりであろう。我々はそんな噂をしている。田原さんはもういくそうで起きて服を着、朝飯後、米をもらうと勇んで帰って行った。

　事務所の人は誰もいないので宇賀田さんと二人で椅子に腰かけて読書したり勉強したり。保健科（※樟蔭女専保健科）の人は部屋がえで引っくり返っている。部屋の編成をあたらしくして、メンバーの中からO氏を除きたいのが皆の理想である。


　夜。

　ヘルマン・ヘッセの「青春は美《うるわ》し」を読む。豊かで溢れる美しさにみちみちた青春である。他国で学んだ青年が最後の夏休みに故郷へ帰ってくる。なつかしい家、美しいふるさとの自然、やさしい父母、愛らしい弟妹と、美しい少女……これらのかもし出す雰囲気の中には、「美しいものは早くほろび、楽しい時は疾《と》く過ぎ去る」という悲しい真理が底を貫ぬき流れ、そこから発するみのりゆたかな青春時代へのあこがれの匂いがふくいくと香っている。

　田園を故郷に持つ、幸福さがしみじみとわかる。

国文科のクラスメイトと。右から2番目が田辺

望郷

春――
あたらしき蝶はめざめたり
ひねもすを　白き一ひらの羽根に似て
ゆたかにもめぐみ溢るゝ春の日を飛ぶ――
こがねの陽光《ひかり》
紅薔薇の紅さ――却《かえ》りてわが部屋のくらさよ。
わがおもひ　はるばる
ふるさとをのぞむ
山はいま、
あをあをとして繁りてあらむ。
水はいま、
せんせんとせゝらぎて水晶のごとからむ。
かの丘辺、みどりの草、黄なるひなぎく、紫野菊、
井の辺なる　小米《こごめ》ざくら、雪柳、はら〳〵とこぼれ
牛はなき、乾草のほのかなる甘き香りたゞよふ。
さはれ。ああ……げにも、なつかしきはふるさと。
ものうき真昼――
障子いと白くして雪のごとく
すゝけたる天井、柱を浄《きよ》むる家。
風とほる納屋、はた物置――
うちしめりて、ひやき土の上に、農具あり。
馬鈴薯二つ三つころがる。
汗のにほひ
わかきゑみ、ましろに輝く歯、
よくかへりしと　畑より来し従兄なる少年は云ふ。
春なれど、夏のごとし、涼しき部屋に行きたまへ、と。
疲れたれば
いと懶《ものう》し。
ふるさとの春色、
ああ、空のいろ、土のいろ
思ふことなし、ふるさとはよきかな、とわれ云へば
ふたたび少年はわらふ。
おお。
生れ出でしばかりなる、
神々の哄笑――
少年をみつむれば
かれはまた、すこしくゑみて云ふ――
〝裏の川辺に花咲けり。
なだらかなる傾斜《かたむき》のみどりの丘に
花摘まずや。〟
ふるさとの花、香り、人のゑみ
われはただ
それのみを思ふ。

いま、暗き部屋に
おぼろげなる夕あかりの中に
われはいよゝふるさとを思ふ
軒朽ちし家
白き障子
苔生えし井戸
ましろき雪柳
黄金の日光、ゆたけき暖かさ
少年——日に焼けしいとこ——
ああ
君よ
ふるさとはげによからずや。

四月十三日　金曜日　晴

月日は水の如く流れ去る。はや、四月も半ばを過ぎた……おっとっと、私はうかうかするとすぐこれだ。いやになってしまう。まだ十三日ではないか。

快晴である。昨日から。

ほんとの四月だ。のびのびとして身体が張切る。力一杯仕事をしたいような、あるいはまた草原の上を、軽騎で疾駆したいような、何とも言えない活動的な衝動に駆られる。

〝春は青春時代〟とは真理である。

風はまだ強く冷い。

広島女専の生徒の去った、向いの寮舎との間の中庭には好い色の苔がびっしり密生し、春の日を浴びて、アンデルセンの童話でも思い出す様な美しさである。これはただし、眺めるだけで、その上を歩こうものなら、たちまちスリッパの裏はびっしょりと濡れてしまう。

空の色の美しいこと。雀の声が音楽のように聞えてくる。爆音も高く低く絶え間なしと言ってよいほどである。時折、ガラス戸を隔てて銀翼の輝くのを見る。先刻からラジオはしきりに、警戒警報を発令したり、解除したりしている。物情騒然たるものがあるが、しかし自然は大きくて朗らかで豊かだ。

好晴がつづくと、しきりと皆、外出したがる。田原さんも矢富さんと宝塚へ行ったそうである。私も宇賀田さんと奈良の萬葉植物園へでも行きたいと思う。一度はっきり相談してみよう。

近頃、可笑しく感ぜられるのは、女子寮の寮母である。彼女達は皆、二十一か二十そこそこの人々で、終日何もせずにぷらぷらしている。寮母の仕事というのは我々が考えていたように、寮生の私生活にも関与して精神的に導いて行く母性的指導者を指すのではなくて、単に高級小使いか、もしくは事務員のようなもので、寮母と呼ぶのがまちがっているのであろう。それにもかかわらず、彼女達は新入生に（どんなものか知らぬが）少し学問をさせ、壮行式や式日にはオルガンを弾き、廊下で寮生に出会えば、その礼を受ける。彼女達の仕事というのは、女子寮事務所の掃除と、拡声器で以て寮生の面会人とか、電話とか、その他の雑用を告げしらせることと、おしゃべりと摂取と排泄と（これはひどくリアリスティックだけれど）のみである。稀《まれ》に小学校を経て来たちびの新入社連中をひきいてどこか青年学校（※勤労青年に教育を施した旧制の学校）の方へゾロゾロと歩いて行く。それだけである。この寮母の態度には皆、反感を持っていて、女専生徒は言わずもがな、寮生の中にも相当寮母を快からず思っているものが多いらしい。要らざる存在というところらしい。

　昨日、田村先生から御葉書来る。最後に、

「お便りは、戦う学徒としての生活がよく書けていて、うれしく拝見しました」

　とあった。思わずにやにやしてしまって（だらしない）「エスガイの子」を先生のお目にかけたくなった。寺川先生はお辞めになったとのこと。一度もおたより差上げてないので気持ちわるく、是非差上げねばならぬ。

　昨夜ヨカラぬことをきいた。O氏がわたしと宇賀田さんについて、あることないこと取り交ぜて尾ひれをつけて他のお部屋へ吹聴しているという。田原さんが言っていたのであるが、伊藤さんの部屋では宇賀田さんのことを、木谷さんのとこでは私のことを、という風に。

　作業から帰って宇賀田さんに言ったら、もう寝かけていた宇賀田さんは、たちまち目をかっと剥《む》いて、

「いやッ、いやらし子やなあ。いやン、わたし知らんわ、もう」

　と猛烈に怒った。彼女の憤怒は相当根強かった。心そこから怒っているらしかった。勝気なこの人としてうなずける。私も夜着に衿を埋めて溜息をついた。

「それにしてもなんて陰険な腹黒い人やろうねえ」

「断じてあんな人、撲滅せざるべからず」

「人間の皮着た悪魔やよ」

「誰かって表面《うわべ》をみただけではあんなわるい人やと思えへんから、あの人のいうこと、ちょっとは真に受けてやるやろねえ。それを思うとたまらんわ」

「随分、憎らしいわ。人のスリッパを穿くだけ穿いといて」

「一体あの人はなんの不足があるというの」

　と、ひとしきりまた宇賀田さんは猛り立った。しまいに夜具から顔をずっとのり出して、

「私たちはあの人にどんなにひどい仕打ちをされても、

なんにも他のお部屋へ行って喋ったり、皮肉言ったりしたことないのよ。いつも普通の調子で話したり応待したりするでしょ。あの人がどんなにスリッパはいても、いつかは、みんながいやがってるのがわかるだろうと我慢して言うのを堪《こら》えてるのよ。顔洗えへんにはおどろいたけど、それでもだまってたのよ。髪梳《と》くのにしても、座敷のまン中でして汚いなとおもったけど何にも言わずにすましてるでしょう。その他、押入れで汚い泥足のまま昼寝したって、万年床敷いたって、うすよごれた二ヶ月ぶっつづけのシュミーズ着てたって、どんなに冷たくあしらわれたって、さしてひどいことしてないでしょう？ 同じお部屋に入った以上は、お部屋の空気を乱すのが本意ではなし、一つ釜の飯を食べる戦友やと思ってねえ。一蓮托生と考えればこそ、何事もだまって穏便にすましてきたのに、あの人は、一体なんの不足不満があって……ああくやしいッ！」

私はその悲劇的な声に危うく吹き出すところだった。しかし笑い屋の私は堪えきれなかったと見え、つい、蒲団のかげでにやにやすると、

「ちょっとッ、笑いごとやないのよッ」

と宇賀田さんは柳眉を逆立てた。

大へんなことになったと私は自分が導火線に火を点じたのもわすれて、夜具の中でモゾモゾした。あわてて相槌を打つ。

「そうね、全くよ」

「ああもうどう言うてよいやら分らんわ……みんな、わたしを悪う思ってはるやろねえ」

と宇賀田さんは、苦し気な声を絞った。彼女は名誉毀損罪としてO氏に死罪でも科しそうである。

そのとき、作業から解放されて田原さん、しばらくしてO氏が帰って来たから、この話はしばらく取り止めの形となったが、しかし、なおも宇賀田さんは黒い輝かしい目をちらちらと私の方へ蒲団のかげから投げつけて、O憎悪主義者としてのウィンクを送った。それから、Oがちょっと外へ出たとき、宇賀田さんは手をあげて、顔の上へもって行き、しきりと鼻の両脇をこすって鬚の意味を手振りでしめした。Oが部屋へ入って来たとき、チラと一瞥すると、機械の油でドス黒いしみを、さながら鬚ソックリにつけていたので（いつもこれだ！　汚らしい）、宇賀田さんの方へ「了解」のウィンクをし、二人の反逆児はかすかに笑いあった。

Oのスリッパ事件について言ったかしら。Oは頗《すこぶ》るエゴイストで、自分の持物を非常に吝《け》ちけちとつかう。彼女は、寮生活について最も必要欠くべからざる、それでいて案外そう見えない普通の〝スリッパ〟を、極度に有効に使用することを考えついた。自分のものをなるべく

永持ちさせ永久に美しくあらしめる方法——然り、それは手入れにあらず、即ち他人のものを借用することである、という真理を発見し、さっそく実行にとりかかった。即ち自分のスリッパを持って帰り、翌日から誰かのスリッパを穿き始めた。大抵の人は寮で売っているスリッパを買うので十人一色で、名前のないかぎり、絶対にだれのものかわからない。

はじめはよかったが、そのうちに人のものを穿くようになってから、そのまま工場へ行く、水たまりも油たまりも無視してスリッパで出かけるから汚いことおびただしい。スリッパは早くいたみ、持主はうろうろとスリッパをさがし、一日に一足はきまってないので大さわぎ。それを知ってか知らずか、どこを吹く風かと嘯《うそぶ》いているのは厚顔無恥といおうか鉄面皮といおうか形容に苦しむ。しかしさすがに女専までくると人物も修養が出来るのか、面々腹の中ではしごく面白くないのだが、まァその中《うち》、気づくだろう。その中、その中ですましていると、つのる一方で、雨の日など（今思い出しても腹が立つ）スリッパのままで非常識にも工場へ出かけたからドロドロである。そこでも、心得たもので、すぐ外《ほか》のスリッパをつっかけて平然と工場へ行き、またドロドロにして帰る。二、三足そうしてためておいて、新しい誰かのをつっかけている。何という人であろう。皆は、言おう、言わなければつのる一方だということを知っているのだが、いざとなると誰も切り出すことが出来ないで困っている。おとなしい矢富さんなんか、もう四、五足も一月《ひとつき》の中に下ろすので弱っている。まるでＯのためにスリッパをやいやいと買ったようなものだ。かくいう私も一度工場まではいて行かれた。母に言うと、カンカンになって怒っていた。

Ｏは頗る陰険であるから、私の前の日記帳を見た。勿論、コッソリとである。私はこの頁をＯが見るのを望んでいる。Ｏの目につき易いところへ日記帳でも置こうものなら全く猫に鰹節以上である。そのときにＯの悪口が目についたらＯはどんな顔をするだろうか。Ｏは果して改心してくれるであろうか。自分のわるかったことに対して、しみじみと反省してくれるであろうか。便所へ行っても手を洗わぬＯ、朝おきても顔を洗わぬＯ、万年床を敷くＯ、泥足のまま寝るＯ、一ヶ月髪を洗わぬＯ、旋盤の油のまま御飯を食べるＯ、食器に指紋をつけて平然たるＯ、他人のスリッパを合計十足くらいチョロまかして……早く言えば盗んできて平然たるＯ、不親切にしてちょっとでも隙があったら友達をおしのけてでも一番になろうとするＯ、陰険で、自分の噂話ばかり気をつけているＯ、決して人を容れない狭量なＯ、Ｏよ、わたしはこの全部を改めてくれとはいわない。なぜなら欠点のない人間なんてこの世に存在しないんだから。しかし一番我慢ならないのは、先生に対する卑屈なまでの従順さだ。いや従順は美徳であるが、追従《ついしょう》ぶりと愛嬌の好さだ。Oよ、これを改めよ。しかして、も一つある。それは友達間の友情を理解しないことだ。これを改めよ、汝は友情を知らぬ動物だ。友情とは独占を意味しない。若き時代において一度はいかなる人にも結ばるべき、美しい木の実だ。ひろくあまねく行きわたる、信頼と愛情、尊敬と和合を友情という。

Oよ、是非ここを読みたまえ。私は汝がこそこそと私の書物、カバンの中からこれを取出してあたりを憚《はばか》りつつ読んでいる姿を想像して愉快でならない。

どうしてOはまた国文科などへはいったのか。国文科はもっとも勉強の出来る者が行くところだなどという浅薄な考えによってフラフラと入ったのか。Oは書物を読まない。小説を好まない。ものを書くのを好かない。そんなOが作文をかいて、細川教授に読まれたことが一度あるが、それをとても得意に思っているらしい。そして私が小説は書くが作文は下手であると嘲笑する。然りOよ、君は寝言の作文が上手である。私は作文となると、しかつめらしくて一向興が乗らない。私は学校における作文などに重大性をみとめておらん。点取り虫のOにとっては、大切かも知れないけれども。

細川教授の作文なんか信を置くに足らず。私は平気だ。学校で作文上手と言われる生徒など型にはまったものしか書けないにきまっている。まして書をよむこともしらず文をかくことも知らぬ者がどうしてこれから先、伸びて行けるか。

また、こんなことを書いてしまった。これでは私の修養にはちっともなっていない。私はもっともっと人格を修養せねばならない。ふと〝復活〟をひらいていると、こんなことがのっていた。バイブルの文句である。

「そのときペテロ彼に来りて曰《い》いけるは、主よ、幾たびまでわが兄弟のわれに罪を犯すを赦《ゆる》すべきか？　七度までか。イエス彼に曰いけるは、爾《なんじ》に七度とは云わじ。七度を七十倍せよ」

＊　＊　＊

この間、疎開する家でいろんなものを売っていたので本をみたら、昔の「若草」があったので買ってきた。その中のいい詩。

なぞ

どくだみの花が
白う咲いた夕暮
僧院の
くづれかゝつたきざはしを行きながら
なぜあのひとは泣いたのだらう
わからない

わからないけれどたまらなくいとしかつた

くれなやむいちじくの木蔭で
だまつて別れてきたけれど
なぜ私も亦《また》なけるのだらう

わからない

人の心はわからない謎だ
自分のこころもわからない謎だ。

まるで僧侶と美しい少女の恋物語みたいな感じの漂う美しく静かな詩である。甘ちゃんだな、わたしは。

しかし私は青年僧を主人公にした「焔《ほのお》の幻想曲」を書いたほどで、僧侶には関心をもっている。

四月十四日　土曜日　晴

家へ帰ってみると、なんと、ガミガミ屋と私達が称していた、ゴーック張りの本屋が疎開でもするのか、非常にたくさん本を売っていたということで、弟も妹も、お

田辺家三姉弟。右から淑子（妹）、聖子、聰（弟）。昭和14年

どろくほどたくさんのまだ新しい本を買いこんで机の上へ並べていた。翻訳物だの、伝記物だの、井伏鱒二のもの、あるいは少女小説など。

山本周五郎の好短篇なんかよかった。

しまいに一日中読んでいて母にいいつけられた用事さえしなかったものだから、

「ちょっとは用事もしなさいよ、家へ帰ってもなんにもしないで」

と叱られた。

家では相変らずの生活状態だ。母一人忙しく立ち働らき、父は朝は遅く、ゆるゆると起きて顔を洗い、御飯をかきこんで町会の事務所へかけつける。

それはほとんど一日中つづく。御飯を食べに家へ帰ってくる。夜は早く寝る、仕事はたまる、催促がくる、母が謝る、父にきめつける。――ちょっとは家にいて、仕事もして下さい――父の煩雑な答弁、稀に家にいるかと思うと、のらくらと遊んでいる父の友人が、さも狎《な》れ狎《な》れしく上ってきて話の花を咲かす、しまいにまた出かける。店の用事はつみ重なる、その間ひっきりなしに鳴る戸口のベル、つまらぬ用件でくどくどと訴えにくる馬鹿、一週間でしあげろと迫る阿呆、母が出て応待する。その中《うち》、婦人部長の責務のために必要以上の労力を消費せねばならぬ、その上、洗濯、料理、繕《つくろ》い物……これでは、お母さんの体はいくつあっても足らない。弟はむっつりして、母の言葉に逆らうのを事とし、妹は（これは舵《かじ》の取り様一つという人間だが）弟と猛烈な弁舌合戦をしている。その上、私が帰ってのらくらしている、というんだから全く申し訳ない。母はいくども私にお父さんのブラブラを責めて訴えるように言うから非常に気の毒で、お母さんが不幸のように思われた。

しかし、お父さんが、そんなに家の仕事に励まないのも、ひとつに、お父さんをそそのかす悪友（？ お父さん、ごめん）Hなる者で、このH氏、ブラシを販売し、ブローカーのようなことをやり、元ダンサーなりしという噂のある女性を奥さんにしているが、この奥さん、中々家庭的で女一通りのことは何でもやる。そして夫婦だけで子供がない。奥さんもHもともに四十そこそこであろうか。琴瑟《きんしつ》相和して、H氏、奥さんにはすこぶる従順で、お母さんがお父さんと比較して溜息を発する。

「あんた、ちょっとこれを持っとくなはれ」

「ああよしよし」

「ちょっと、あれを」

「よっしゃ、よっしゃ」

「あの」

「よしきた」

という調子。

このH氏は子供がない為に、お母さんは批評して、

「子供がないさかい、なんぼ好い人や言うても、ちょっとは人間らしくないところがあるもんでなあ、お母ちゃんは嫌いやわ。やっぱり女でも、一人前にお嫁に行って子供も生んでみな、人間とは言われへん」

と言った。

なるほど、女は女らしく、男は男らしく天地の常道を正しく踏んでそこに成り立つ〝新しき土台〟の上にこそ、しっかりとした事業は組み立てられるものなのであろう。人間の道をも歩かずに「これで人心の機微にふれた」と思い上っている小説家は、たとえそれがどんなに水準の高い文学をものしても、それは正しくしてまことなるものではない。

私は大いに悟るところがあった。

同室の人々が、ブラウスを作ったり、編棒を使ったりしているのをよそに、悠々閑日月的《かんじつげつ》に私は歌をよみ、日誌を書き、小説をつくり、詩にふけっていたが、その心底を暴露してみれば（私はブルー・ストッキング（※文芸趣味や学識のある女性のこと）になるんだ、別に家事的な卑近なことをしなくてもいい）という思い上った考えではなかったか。しかしそれは不遜であり、不実であり、不正である。人倫を正しくして後、事は成る。女は女らしき道を修め、その上に新しくスタートして勉学に励むべきであると思う。女らしくなるには、まず、優しく、そして何事にも気を付けねばならない等々、考えた。しかしそれは三日坊主どころではなく、一日のうちに破れてしまったのは我ながら悔しく情なかった。というのは、妹が曽我物語の一節を国語で習うのだが、教えてくれと持ってくる。すらすらと訳せる中《うち》はいいのだがつまってくると、

「なによ、私が先生でもあるまいし、そう、なにからなにまで知ってるもんですか。わかりのわるい子やね」

という。妹がたどたどしく遅れたり聞き違えたり、思い切って容易な字を間違ったりすると、私はどんなに抑制してもむかむかとして、

「わかりのわるい、なによッその字は！」

とどなりつけ、当りちらして、果《はて》はどしどし立ち上って腹立ちまぎれに歩きまわる。その恰好を妹が見て、きゃらきゃら笑うと、

「もっと真摯《しんし》になんなさいよ、私がこんなにカンカンになって働いてあんたに分らせようとしてるのに」

と頭をつついたりする。

あとで思い出すと冷汗ものであるが……全く。

「宮本武蔵」を弟が友人から借りて来ていたのでよむ。何度読んでも飽きない。武蔵の苦悩、悲哀、憂愁……武蔵は見事に苦悩に克《か》っている。私もこのように強く生き

てゆきたい。

夕方ごろ、そろそろ寮へ帰る時間だというので、母がしきりに天ぷらを揚げて下さっていると、宇賀田さんが来た。その時、私はかまどの御飯を櫃《ひつ》へ移していたが、

「田辺さん、いらっしゃいます？」

という声ですぐ判断し、あわてて行ってみると、お姉さんらしい人が赤ちゃんをおぶい、お母さんといっしょに来られていた。

「いつもお世話になっております」

と言われる。

「いいえ、私こそ……」

と、それこそ米つきバッタみたいにペコペコと私は頭を下げ、どういってよいやら分らず、そばに父は居るし、恥かしくて耐《たま》らない。

宇賀田さんは写真を撮って私といっしょに寮へ帰った。

Oも寮に帰っていたが、ひどく機嫌よく、

「ちょっと私《うち》も勉強して修養するねん」

などと気持ちのわるいことをいって、教科書など持って来ていた。また、意外に美しい夏服を数着もっているが、それらはみな紙に包んだままであった。自慢らしく、彼女は広げてみせた。生地も柄も少女らしく美しいものであったが、デザインは簡単すぎるほど簡単なものであった。

しまいに純綿のガーゼの半布《ハンケチ》を私と宇賀田さんにおしつけて「これ使ってね」としつこく言う。

「お母ちゃんがクラスの誰かにあげ、いいはってん」

などという。困ってしまって納めるだけ納めたが、使わない方が好いような気がする。恩を着せられるのは嫌だ、などという高踏的な気持ちでなくて、こんな純綿をさっそく使うのはもったいないからである。何にしろO（と呼すてでは気持ちがわるいから）さんの心境及び行動の変化のはなはだしいのに驚く。修養を口にしたり、愛想よく角の取れた態度をしたり、何だか、一大迷夢から覚めた如き観がある。また、私と宇賀田さん二人だけに手巾《しゅきん》を与えたのはどういう意味か。一番この二人が口がうるさいから口止め料にというのか、もしくは買収して味方にしようというのか、混沌とした気持ちでOさんの行為が計り切れず、そのまま紙にくるんで抽出《ひきだし》の中へほうりこんでおいた。何にせよ近頃珍しい、好い手巾である。

＊　＊　＊

大統領ルーズベルトの奴め、脳溢血でくたばりやがった。ヘッ、ざまあみろ、と乱暴な言葉でも投げつけたくなるほど嬉しい。十三日発表があった。あの肥満した奴

だから、そんなことであろう。地獄安着を祈る。針の山で痩せて生れる工夫でもしやがれ。醜敵アメリカはまた、十三日の夜に東京を爆撃して、畏《おそ》れ多くも宮城、明治神宮に投弾した。

一億すべてが憤激の渦巻にまきこまれた。ラジオは両陛下並びに皇太后陛下には恙《つつが》なくわたらせられると報道しているが、お父さんならこれを聞いたらきっと、

「そんなに報道するンなら、きっと何かあったンちがうか」

と変に気を回してインテリぶって敵の謀略にひっかかるんだろう。父は君主機関説で、この点が大いに私と考えがちがう。私はこれを憎む。と同時に父の元老中心政治の打破という点には同意する。全く日本くらい、実力もないくせに老人が威張りちらす国はない。すべて若人のみが時代の推進力であるのに、役にも立たぬ老人が立ち塞がって有為の若者の行く手を閉じつける。老人なるものはただ、若者の背後に在って、ややもすれば激突に走りやすい若人に適当な助言と温い訓戒を与えればよいのだ。老人よ、引っこめ！　若人よ、大いに伸びよ。

母も言う。

「特攻隊で若い人がどんどん死んではるのに、うまいこと行かんようになったら、辞職しよる。首相なんて勝手のええもんやな」

四月十六日　月曜日

時計旋盤は八時十分で交代だから、晩まですることがない。無聊で困るから、田原さんと二人で家へ帰ろうともくろみ、河西先生のところへ行く。すると足を投げ出して、衿くびの所の釦《ボタン》をはずして闊達なふうをした先生は、もちまえの鷹のようなするどい目をギロンと剝いて言う。

「ぜひ用事があるんですか」

「いいえ……そんなにも……」

両人困ってもじもじしていた。すると、

「じゃ止《よ》しにして下さい、こないだ帰ったとこなんでしょう」

と一段と蛮声を張り上げる。等分に二人を見比べて、

「ね、ぜひ用があるというんなら帰りなさい。さもなければ、どこか散歩にいらっしゃい。帰してあげないというんじゃないが、用がなければ止めにしてくれませんか」

こう突っ込まれると、仕方がない。

「それでは止めます」

と言ってしまった。

引退《ひきさが》ってくると後味がわるい。こんな天気の好い日、どこかへ出かけたい。そこでまた相談一決して、出かけ

て行った。こんどは和田先生と（欠）先生がいる。「ちょっと散歩に行ってきます」と言い切ると、和田のお婆ちゃん、こすそうに（※大阪弁で「ずるそうに」「狡滑そうに」の意）笑って、老眼鏡の奥から目をにやりと光らせ、「大阪まで散歩が伸びるかね。まあ、いいでしょう、行ってきなさい」

という。

「その代り朝日会館や梅田劇場などに行くと都合がわるいがねえ。河西先生は今、河内に行かれたから内緒で行かしてあげるからね。きっと四時頃には帰って来なさいよ」

そこで出門票をもらい、弁当を持って出た。

朝日会館ではウィーン物語をしている。一時十分からということで、それまで家にいることにきめた。

お父さんとお母さんしかいなかった。

朝日会館へついたのは一時五分前、お父さんに自転車のうしろへのっけてもらう。切符を二人分買って待ったが、一向に田原さんは来ない。そこで、切符をお父さんにあずけて入った。終って出てみると、お父さんはまだいて、そんな人はいなかった、とうとう来ないと言った。暑いのに気の毒で、なんともいいようがなく、すっぽかしを食ったのが胸にわだかまっていた。帰寮すると田原さんはもう帰って朝日会館にはもう行ったんだけど、いなかったから帰ったという。へえ、人の善い私は信じたが、あんなにお父さんが捜していたのに、と不審で、好い気持ちはしなかった。

宇賀田さんがウィンクした。私は、

「もう済んだことだから」

と淡白に言った。

四月十八日　水曜日

昨日有大掃除。蚤駆除為。畳総剝、曝日光。往々而有蚤之卵。急以箒取除。其為今日足腰痛、疲労甚矣。

紫雲英咲而終日日麗。

今日一同訴痛痒、吾已而、無何事恐、為吾面之皮厚歟。為大掃除休工場、休事務宇賀田氏、以拡声器被呼附、不承々々出。五百山氏、実言語同断底意地悪、婦人而、事務室之主、為古狸。小説「中学時代」読而、大感激、弟爾欲見、借受。

時計、矢富氏、為疎開持来、掛壁。小野氏評而曰、家庭的。吾思世帯染。

漢文不得手、然共懐旧情激然。吾時比拙文一章草、聯綿而想起、彼漢文担任教授大江先生之禿頭。先生口癖曰、

途保途保亦

或又、月光照燦評曰

巴亦

或又、獨坐、状曰

律久念亦

先生、無綽名。恐為人格之円満歟。吾思、円満居士。先生有御健勝、祈御息災。

別に特筆大書すべきことも起きず至極平々凡々と日々を送っている。働くのも真面目にやっている。今日は機械、なぜかプンプン怒っていて、好い製品をこしらえさせてくれない。やっと六十二個つくる。

一昨日の夜であったか、田原さんと宇賀田さんに寝る前この日記を見せた。それと前の古い、赤いのを。二人ともすっかり喜んじゃって大いに笑い、何が可笑しいのか、くすくす始終しのび笑いしている。両人口を揃えて、

「諧謔《かいぎゃく》味があって面白い」

と言ってくれた。けれども、田原さんはあとでちょっと愁然としていて何かしきりに考えこんでいる。日記帳を私に返し、

「ありがとう」

と礼をのべた。

何か心配なことが日記に書いてあったんかしら、差支えないようなところばかりを見せたつもりだが、と不安になってひらいてみるとすぐ「田原さんはいい人だが、時に強くなって、人を突放して平気でいるカルメン的なところがある」という文句が目に入り、はは あ、さてはここを見たンだな、とすぐ察した。何とも気の毒であったが、もともと見せるとも言わぬ箇所を見る人がわるいのだから仕方がないさ。私も不用意であった。

上手い上手いと煽《おだ》てられるままに、自分の内面生活があらいざらい明るみに出るのも知らず、好い気になって日記等を人に見せていた自分の姿が今考えると馬鹿らしくてならない。私は案外馬鹿で自惚《うぬぼ》れだから人の煽動にすぐ乗るらしい。全く馬鹿なものである。自分に嫌気がさす。自分が亭主なら離縁するところだが、しかたない。もともと一心一体のある一人の人間が二つの相反する性格を有していて、それが互いに角遂《かくちく》を演じているのだから。心の中はいつも革命の嵐が吹き荒《すさ》んでいて、Aが勝ったりBが勝ったりしている。

この頃、勉強をしなくなって堕落した。

転落、堕落、破滅、放逸、懶惰《らんだ》、饒舌、はてしなく自分の五臓六腑はもみくちゃになり、ガラスのかけらがささってピカピカし、好い良心なんて金むくの光は薬にしたくもない。ひどく絶望的だが全くそうなのだ。

救ひてよ
暗黒の
無間地獄――
そは君が瞳に
恐ろしとうつりなむ
また
低し、救はれじ、と覚えなまし、
くらやみの
無間地獄
われはたゞきみのみを待つ。

四月二十日　金曜日

馬鹿な詩をかく。

眠っていたのだろう。

昨日から雨で陰気になる。朝からやかましく鳴っているのは警報だ。宇賀田さんが、十日ほど疎開手伝のため、淡路へ帰ったが、事務室の五百山なる三十女が、どうも意地わるく彼女を苛《いじ》めるのである。

宇賀田さんは遂に口惜しさのあまり、泣いて帰ってきて、部屋の私たちは大いそぎでなだめ、仔細をきいてみると、五百山さんは、大掃除のことまでもち出してきて、あなたは、目上の人に対して、言葉が丁寧でないと言うそうだ。宇賀田さんもかっとなって、島田課長に、

「大掃除のとき、何か失礼なこと申上げたように五百山さんに伺いましたが、お詫びします」

と切口上で言った。

すると島田さん、温厚居士だから、おもむろに、

「はあ？　何を言ったのだったかね」

ともう忘れている。傍からあわてた五百山さんが、

「あの、それは課長さんは御存知ないかも知れませんが、私がそばで聞いていてどうも腑におちない話振りのように思われましたから」

と言う。この五百山なる女は目上にはひたすら畏敬し、卑屈なほど従順になるが、目下に対しては打ってかわって傲慢になるという失礼極まる役人根性の奴である。終日仕事もせず、ブラブラと遊んで、そのくせ、従業員には、苛酷なほどの仕事を課す。

私は宇賀田さんに言って慰めた。

「〝しかしあなたはこの会社の一介の従業員であり、私は勤労学徒ですから自《おのずか》ら立場がちがうと思います〟と言ってやりなさいよ」

別に五百山のように、目上に対してへちゃらへちゃらと、世辞をつかう必要はない。学徒は学徒のプライドを持して先生と同じ気持ちで目上に対すれば好いと思う。私は五百山にこう言ってやりたい。

「一体あなたは何をお望みなのですか、お世辞でしょうか、お追従《ついしょう》でしょうか。勿論、私は口下手で思うままに口が動かないのですが、私は言葉遣いについて今まで先生にお叱言《こごと》を受けたことはありません。先生に対すると同じような口調で目上の方に申し上げれば宜しうございましょう。今更、あなたからとやかく言葉について言われる覚えはありません。学徒は学徒としての矜持をもって、それ相応に応待すればいいのだと思います。私はここへ勤労奉仕に来ているのであって、何も工員の世辞や追従や阿諛《あゆ》を習いに来たのではありません」

河西先生が、学徒よ、工員化するな、と言われたのはこのことである。川北さんが、「学徒の工員化とはなんたることか、むしろ学徒は優良工員たるべきものである」と怒っていたのも一面の真理があるが、しかし川北氏よ、胸に手をあてて考えてみたまえ。優良工員たらんとする学徒の前にいかに多くの障碍《しょうがい》があることか。その障碍はすべて普通工員なのだ。五百山のように長年の勤務によって徹底的に奴隷根性となった者は、とかく学徒の身分を忘れて、己がたがにはめようとかかり、永遠に消えざる機械的屈従者としての工員をつくりあげようとする。

学徒は学徒らしく働け！　これが一番大切だ。

＊　＊　＊

ただ、休みばかりがほしい。家に帰りたい。あんなに家の生活状態《くらしかた》を嫌悪しているくせに、自分でも変だと思うんだけど——。

でも家はいい、美味しいものを用意して待っててくれるお母さんがいるし。「中学時代」を読んでよろこぶだろうと思われる弟。

この頃、お部屋の風潮は絵画に傾きつつある。私もこの頃しきりに画心《えごころ》がうごく。一難去ってまた一難、ようやく「エスガイの子」が脱稿したと思ったら、画が描きたくなって、勉強も手につかずというかたち。従って文学史も英語も一向に進まない。私はだめだ。みんなで写生に行こうと相談した。私は、田原さんの肖像を描くつもりだ。

四月二十三日　月曜日　晴

宇賀田さんは、帰っているので手持無沙汰だ。

昨日の公休のつづきに、とうとうもう一日休んでしまった。家にいると、やはり何や彼や用事があり、ゆったりとしたくつろぎがある。

しかし、お母さんもお父さんも、いろいろ私のために食べるものを用意していて下さった。パンと紅茶、寒天、魚、夕飯のテーブルの上には、もやしが二鍋もいっぱいに溢れて温かな湯気を立て、大皿の上に山盛りに魚がじゅんとした油っこい光のする背を並べ、プリプリした歯ざわりの魚の子が、鍋に漲《みなぎ》った魚汁の中で浮き沈みしている。なんと美味しかったこと。

もう一日是非居れというので、無断で一日やすむ。まるで公然と休暇を取った如く、安楽な気持ちに慣れてしまった。

弟達に急《せ》かるるまま、近所の映画館へ、「米英撃滅の歌」を見にゆく。頭をチョン切られていたが、しかし、劇中劇のカルメンのオペラはすてきに好かった。藤原義《ふじわらよし》江《え》（※当時人気のあったテノール歌手）のホセが短刀を抜いて、カルメンを殺すところ、ホセの嘆きにもかかわらず、知らぬ顔でカルメンがカスタネットを鳴らして妖冶《ようや》なスペイン舞踊を踊るところ、いつまでもこればかりしてほしかった。

今日、（※寮へ）帰ってみると、相変らずのことでべつにかわったことも起きてない。しかし矢富さんも高戸さんも帰るそうで両人は、切符についてしきりに心配していた。矢富さんは恐らくもう来ぬであろう。田原さんが、友達が行ってしまうと心配していたが、よくしたもので、こんどは中谷さんがまた来るそうだ。

三木さんに画用紙をあげると約束していたが、今日持って帰ってあげると、こんなにくれるの、とたいへん喜んでいた。もっとあげればよかったと思って後悔した。

油画の道具をもってきたが、田原さん、いつからモデルになってくれるだろうか。描いてみたい人は、みんなあるが、中でも、三木さん、山下さん、吉良さん、河野さん、小野さんなど。田原さんも、個性の顕著な容貌である。

三木さんと一度写生に行く約束をした。

四月二十六日　木曜日　晴

二十四日の朝午前中に田原さんの肖像を描き上げてしまい、母から頼まれた靴下のつぎ当てをした。河西先生がいくどもやってきて、画を覗き、田原さんに「田原さん、僕も一つ描いて下さい」とふざけた。

書物を脇にかかえてかるく手をそえ、黒い毛糸編みの服を着ている。光りが白くくっきりと浮き出し、あざやかな小麦色の肌をして、高貴にふくらみを持った優しい田原さんの顔は実物よりも一層美化されている。画の中の田原さんは、どんな少女にもある、少女期特有の純潔美を極端に誇張されて、寧《むし》ろ天使のような、高貴、尊厳、壮重さを備えている。私は今まで描いたのと同じポーズであるから、格別困ることもなく描けた。

最近Oさんと私の仲は、よそよそしさが目立つ。是非、必要な時以外は、まるで言葉の通じない外人同志であるかのように、話しをしない。それでいて、伊阪さん達とOさんとは話もするし、私も伊阪さん達とは笑い合ったりする。しかしOさんと私とは直接、話しはしない。これは不愉快なことである。

どんな場合でも、Oさんを意識して気にかかることおびただ夥《おびただ》しい。気を使うし、心を疲れさせるし、全く損だと思うが、私の方から打ち解けて出てもOさんは容易に心を許さず、フンとかハアとか鼻であしらう。

工場から帰って来たとき、

「お帰りなさい」

といたわっても、黙って知らぬ顔をきめこみ、外の人がお帰りと挨拶すると、「ただ今」と尋常に答えるのである。これではどう見たって私を無視してるとしか思われない。

感じのわるいことである。こうなると勢い、私もそれにつられてしまう。同室の人にはわるいと思うけれど。

泣言《なきごと》を並べたって仕方がない。これからどうなるか、私の知ったことではない。私はもうこれ以上、努力する気もない。努力してあの人としっくり行ったところで何の益もないであろう。あの人は、あんなに友達を欺《あざむ》く人だから。私はつき合うのはごめんである。お部屋の人々は楽し気にOさんと話をしているが、それらも皆うわべのことばかりで、実際はだれも相手にする者がないのは分っている。

でも現在のところあの人は、仮面をかぶっていて、顔も洗うし、髪も縁側で梳《と》く。足の裏ばかりは真黒だが、そう何から何まで文化人のようには、ルンペン生活のあの人には不可能なことで、それを気にする私の方がわるい。

昨日の朝、家へ帰る。荷物を取りに帰ったのだが、河西先生が意地悪く帰してくれないのには弱った。田原さんのときには気易く帰ってもよろしいと許可するくせに、私も横から願い出ると目を瞠《みは》ってあんたもか、何しに帰るんですと蛮声を出す。些細なことにも気を使うので自分でも体をもてあますけれども、自分の性分がどうもこんなものだから。この性格は是非直さないと将来、つまる所は自分の損になるわけだ。

例の如くパン一個平《たい》らげ、御飯二膳茶づけでかきこむ。ゆうべは私一人、七時二十分から十時まで働く。田原さんもいっしょに外出しておきながら、しんどいとか疲れたとか言って出ない。気ままなお嬢さんだ。ほい、また悪口。よしよし、それでは休んでいらっしゃい。

いい月夜で、私は洗面所で歯をみがき、顔を洗い、クリームをつけてさっぱりしてから寝間着に着替えて、庭を二足三足月光に濡れて歩いたが、奇嬌をてらうように見えていやなので、早く切り上げて部屋に入り、床《とこ》を取って寝た。

高戸さんが二十六日に帰るので、お母さんに貰った貝の肉を汽車の中ででもしがみなさい（※大阪弁で「かみ切れないようなものをいつまでもかんでいる」の意）と言ってあげようと思う。少しだけれど美味しいものだから。けれどどう切り出していいものか、私は紙に包んで抽出《ひきだし》の中へ入れて置いた。

それから〇さんも寝て電燈が消えると、月光でしらじらとした白い光りに、ぼうっとあかるい障子を見ながらうつらうつらしていると、いつの間にやら私の想像は飛躍する。

（※日記原本でここに記されている短編「蒙古高原の少女」はP174に収録しています）

これが私の見た夢です。

男装した少女スパイは今頃どうしているでしょうか。

同日。就寝前。

とうとう、高戸さんは荷物と共に去って行った。三木さんも一週間ほど家へ帰っているので室《へや》は急にさびしくなる。

貝肉は高戸さんに上げることが出来た。私は大いに満足した。

＊　＊　＊

青春を祖国に捧げ切るということは、やさしいようで辛く、むつかしいことだ。この重大時局に、そんなことどころではないと言えばそれまでだけれども、音楽をきいたり、友達同志で旅をしたり、読書したり、映画を見たり、あるいは短歌や詩の会をつくったり、雑誌を発行したり、それに小説を発表したり、あるいはまた、劇をやってみたり……そうした若き日の豊かな、かがやかしい想い出は一つもなく、徒《いたず》らに工場の油と埃にまみれてしまうのか。

何より大切な恋人である、国文学研究という仕事をもうちすてて……下らない女工と、退屈な作業の中に埋もれて、美しい青春時代を知らずに過してしまうのだ。これが戦争だというのか。特攻隊の若者は敢然と死んでいるじゃないかと言うか。そう……その人々の死に比べれば我々が過ぎゆく青春をなげくことは、まことに些々《ささ》たる細事かもしれぬ。しかし考えてみよ！　特攻隊の若者は、日本開闢《かいびやく》以来、おそらく何人《なんぴと》もが為さなかったであろう所の、最も美しい青春時代の花を咲かしたのだ。これだけ美しい青春時代の花を咲かしたならば、なんの悔むところあろう、なんの悲しむところあろう。

しかし我々は違う。我々は縁の下の力持ちに、陰の力持ちになって戦っているのだ。死ぬことならば日本人である以上出来る。特攻隊の人々に劣らず私達も死ねる。その自信はある。しかし、こんなところへとじこめられて為すところもなく青春時代を過すなんて、私には堪えられない。自分が可哀想になる。それを考えると、どこかへ早速遊びにゆきたくなる。

四月二十七日　金曜日　晴

睡《ねむ》たいためか不遜な言辞を弄して恥入っている。この頃どうも眠く、夢を旺《さかん》に見る。現実と夢と混合してしまって、混沌とした状態である。

一例をいうと、今私が着ている着物《ふく》は、そのデザインと地質色合において、お気に入りのものであるが、ある晩この服のことを夢に見て、どうも色合いが褪《あ》せてよれよれになっている。銀が飛散ったのも何か汚く、うす汚れていて、みっともない。こんなに汚くなっているはずはないんだが、しかしもうこんなになった以上仕方がない。これはもう着ずにしまっておこう、と考えていた。あくる朝、服をつけるとき、まるでそれが実際であったかのように、女学校時代のセーラー服を取った。そしてよくよくそのブラウスを見ると色が褪せるどころか、よれよれになってもいない。呆れてさては夢だったのかしらんとまで考える様になってしまった。

全く呆れ果てて開いた口がふさがらない。あんなにはっきりした夢は初めてである。

芹沢光治良《せりざわこうじろう》（※小説家）の「希望の書」を読む。勉強にひたむきな青年時代の美しさが今更の（欠）胸を圧してくる。この小説も昔の、――そう、一昔前の時代の小説である。

その中に、

「将来のことなどについて、何でも可能性があるように考えるのが若い時代の特権であり幸福である」

という意味の文句があって、この文句には胸を打たれた。

勉強！　勉強！

青年時代の美しさは勉強にある。旺盛な智識欲に燃える所にある。知りたい、憶えたい、究《きわ》めたい、という純粋な美しい欲望が無限にひろがり、果てしなく膨らんでゆくその楽しさを何にたとえよう。

しかしながら、現代はそれを許さない。青春時代の美しさも意欲も無視し、若き日の特権であり幸福である将来への希望の可能性さえも奪う。全国民が歩調を揃えて行きつく先は、ただ戦争の勝利のみだ。

勝利のみを目指して日本人は進んでいる。その下に在っては、個々の単なる希望など、物の数でもなくなっている。ましてや勉強など考えることも出来ない。

文学も音楽も芸術もすべては戦争の渦巻の中へ巻きこまれてしまう。

あれこれ考えると一切が混沌とした気持ちである。

戦争は破壊だろう。それはたしかだ。しかして建設は、戦争につきものだ。破壊と建設、たしかにそれは並び行われるものでなければならない。

今考えがまとまらないので、またあとにする。

四月三十日　月曜日

家に帰って、ええままよと腰をおちつけて二日いた。今日帰った。皆も同じく帰っていない。宇賀田さんひとりいた。

小野さんと伊阪さんがしばらくして帰ってくる。

昨日、第一国民学校の横手で、書物を買った。もう疎開する所だったのだろう、いい本がずらりと並んでいる。片端から気に入ったのを買って、弟が自転車のうしろに積んだ。三十円は越えたであろうか。増田四郎（※歴史学者）の「独逸中世史の研究」だとか「日本の石仏」「日本の版画」など。

お母さんに見せると何の批評もせず、へえ、という。後で、妹がふとしたとき、友達に手紙を出す話をしている。私は一言挿《はさ》んだ。

「十銭も出して用もない手紙出すなんて、もったいないなあ。そんなこと止めとき」

すると、いつものように妹は、

「ほっといて」

と高調子でいう。

「ああもったいないな。十銭も出して。役にも立たん手紙なんぞ」

しまいに母がきゃらきゃらと笑い出した。

「聖子は十銭くらいのことでもったいない、もったいないというくせに、本だけはズバズバ惜しげもなしに出すんやなあ」

蕗《ふき》のすじを取っていた私は台所からすかさず母に答えた。

「そうよ、つまり学者肌でしょ？」

母はまた笑った。

とにかく私は今、いい本を持っているので心豊かだ。なかんずく「敬語史論考」と「明治開化史論」はいい。

ゆっくり読もうと楽しみにしている。今、寮へ持って来ているのは珍しい「日本縫針考」という書物で、これは面白い。とにかく珍しい書物だ。

現在、従来まで持っていた書物は皆地下へ埋めてあるが、地下はどんなにサラサラの乾いた砂でも、じっとり湿っているということなので心配である。

五月一日　火曜日　曇

もう五月になった。しかし今日は曇っていて陰鬱だ。いやな気がする。

食堂で食べていると、ラジオがしきりに言っている。どこやらの女学生が血書して、鉢巻に和歌を書き、日の丸を血染して特攻隊に贈ったそうである。特攻隊はそれを頭へ緊《し》めて敵艦に突入したのである。

和歌は拙《つたな》いものであったけれども、その真情は汲《く》める気がした。たしかに私は、熱情においてはこの女学生達に負けないけれど、果して勇気において、この人達にまけないという自信があるだろうか。

五月二日　水曜日　曇、時々雨

相変らずの天気。

まだ田原さんは帰らない。友達がないと一日も生きて行けない人だから、多分、中谷さんと待合わせて帰寮するつもりであろう。

今日、三木さん帰ってくる。食堂へ行くとき、濃藍のゆるやかな腰の線の美しいワンピースを着ていた。衿は支那服の如く立ち、左胸に桃色の日向草のアップリケがしてある。中々好い服だ。ほめると、

「いやあ」

と言った。三木さん自身の仕立によるとのことで、ただただ感服した。

旋盤は乙班に回ったけれど、第三工場が疎開するので旋盤も一台疎開する。だから四人で三台だ。夕食後、しばらく部屋にいる。宇賀田さんと三木さんとで、いろんな話が弾む。小説、絵画、恋愛――。

おんなじことだ。

宇賀田さんはしきりに「風と共に去りぬ」を推賞し、

「もうほかにどんな本があるかしら」

というので、私がレイモント（※ヴワディスワフ・レイモント。ポーランドの小説家）の「農民」をあげた。ノーベル賞をうけたもので、これもまたすばらしく好い。

何かのついでに三木さんは私のことを、「純情なところがある」という。私はうれしくなった。まだ若い。純潔に見られたい。私は（※数えで）十八になったばかり

だ。

「そう、田原さんも言ってたわ。私のことを理想家やて」

「どっちも理想家同志やないの」

と三木さんが笑った。

「私は現実家やわ」

と宇賀田さんは胸を抑えて見せた。私と三木さんは異口同音に、

「そうやわ、あんたは現実家ね」

「わたし、理想家の方がいいと思うわ。美しくて」

と宇賀田さんは首を傾《かし》げて言った。

「そうでもないわ、わたし。自分ではどんなに美しい理想を抱いていても、結局、お腹ン中には肉だの魚だのいれる人間なんだから」

と私がいうと、

「うん、結局、理想と現実は融合しないわ」

と三木さんは結論した。

女学生同志のエス（※俗に女子学生同士のきわめて親密な間柄のこと）について、三木さんは、（この人らしく）同情家であった。

「エスをするような人でないと恋愛は出来ない」

というのである。私は、

「出来ることはよく出来るだろうが安っぽい恋愛をするに違いない」

と主張した。別に主張しなくても好いことだけれども。

＊　＊　＊

呑気なことを言って暮らしているが、世の中の進展はまことに目まぐるしい。ムッソリーニは暗殺されたのか、どうしたのか、とにかく死んだそうだ。ドイツは米英に対してのみ無条件降伏したと、朝きいておどろく間もなくヒットラー戦死云々のことを隣室で話している。真偽が疑われるばかりだ。ドイツの降伏！　何ということだろう。

頑張れ！　ドイツよ。おん身らは不屈の民族、不撓《ふとう》の国民として世界に鳴りひびいた栄《はえ》ある歴史をもつ人々ではないか。遥かに声援を送る。

いまはただ、私達の力の弱いことのみ嘆かれる。私一個人がいかにあくせくした所がなんにもなりはしないのだ。

ただ当面の仕事に精を出すのが近道である。私達が日常友達と交す会話の何と平凡な、しかもつまらなく見えることよ。

五月三日　木曜日　曇後晴《のち》

今日、中谷さんがお父さんと見えられて、更にもう少し休むが、決して止めないと言っていた。田原さんは、お父さんが胃癌《がん》になられて、休まれるという。お母さんはないし、お祖母《ばあ》さんは疎開せられているから、家に女手がないのである。まことにお気の毒なことである。

宇賀田さんが「滅敵」と題する詩一篇を私に示してくれた。先に油画を贈呈してその裏に「若人礼讃」という詩を書いて宇賀田さんにあげた、その返礼である。私は頂戴と言ったが、彼女は拒んで羞《はにか》んでいた。颯爽たる言葉遣いである。清純な詩であった。

朝、徒然《つれづれ》なままに、パステルで画を描いた。パステルは白墨と同じで脆弱だ。指頭か綿でこすってのばす。すると、ぼうっとして神韻縹渺《しんいんひょうびょう》たるものが出来上る。そこで青衣をまとった幻の中の女をおぼろおぼろと、森の中へ立たせた。彼女は夢見るような焦点のない大きな瞳と、赤く妙にふくれた唇と、あいまいな肌色をもっている。その髪は妙に薄赤く、ある部分は赤色、茶色みを帯び、あるいは黒に、あるいは白っぽく光り、さざなみを打って、顔の周囲の輪郭をぼんやり刻んでいる。私は、これを大切にしてだれにもあげるまい。

私の幻想の中のみの女である。

五月四日　金曜日　晴

今日はたくさん事件がある。何から先に記し始めていいかわからない。昨夜は、久しく出なかった警報が突然出て、しかも空襲まで発令になった。時刻も十一時頃、数目標の敵機が、熊野灘から侵入して西北に向っているという。目指すところは大阪らしい。三月十三日の空襲（※第一次大阪大空襲のこと。詳細P265に）と同じ状況にある。きっとまたやられると思うと気が気でない。飛び起きた。

真暗だ。戸をあける音、あわただしい足音、ざわめき、次第に騒然たるものがある。私は荷物を棚から引きずり下《お》し、めったやたらに物をつめた。暗いが廊下へ出ると、星あかりで薄明るい。私は油画の道具から浮世絵から、パステルから英語の書物から洗顔道具に至るまで、どやどやとつめ、靴を出し制服を重ねた。一向、情報は得られない。折々、先生が部屋の前を通られる。

私は支度万端ととのえて、呆然として床の上に座している。宇賀田さんはひとりぶつぶつ言いながら用意をした。皆、眠いところを叩き起こされたので、むっとしている。しばらくすると、突然朗らかにサイレンが鳴りわたる。夜のしじまを破ってそれは空警解除をしらせた。ほっとして一同、丸寝する。明け方までぐっすり眠った。

まったく今朝は大変だった。暗闇の中でつめたものだから乱雑の極みに達している。腰を据えて九時までかかって片づける。それから洗濯した。

昼食後十二時半から講堂で朝日新聞の記者から時局に関する講話を聞く。宇賀田さんと行ってみると、既に女工も男工も席に就いて女専学徒の席が前に空けてあった。女専生はあとになってやっと少しばかり、三、四十人もない、ごくわずか、来た。

やがて入口の戸を排して、寝不足にたるんだような眼をして赤ら顔の、小心そうな島田教育厚生課長が国民服姿でいかめしく現われ、つづいて小柄な中年の、色白な男が悠然と入り来《きた》り、とっときの皮張りの椅子へゆっくり座りこんだ。戦闘帽と鞄を大事そうに抱いている。島田さんが国民儀礼の後に、壇上に立っていう。去年の六月四日にも時局のお話をして頂いたけれど、今年もまたやってもらう、という意味の簡単な挨拶で静聴を願いますといって引下る。やがて小柄な新聞記者は壇上に登り、正面の国旗に恭々《うやうや》しく最敬礼をほどこしてから、くるりとふりむく。

「妙にちまちまっとしてるやないか」

と、後の席で小野さんが誰かに囁やいているのが耳に入る。ほとんど同時に、

「えらいちっこいね。メーチャンの兄弟分や」

と宇賀田さんは横の私にささやいた。可笑しがりの私だ、笑いを抑えるのに苦労して、なお足らず、遂にくすくすとやってしまった。何事でも容姿の批評をまずやるのが女の欠点だ。

さて、新聞記者は咳一番、たちまち時局を説き起こし始める。まずドイツの動向。ヒットラー総統の戦死は確実だった。涙が出るほど悲しいことである。現代の英雄としてあんなに世界の人から、あるいは注視され、あるいは恐怖され、あるいは敬慕され、あるいは信頼せられていた英傑が、一瞬にして斃《たお》れるなんて、こんな悲しいことがあるだろうか。しかのみならず、ゲッベルスも自決して果てたそうである。ドイツよ、最後の一人まで頑張り通せ。

新聞記者は、妻として、ドイツ国を持っている、と答えたヒットラー総統の、いかによくその国を赤の魔手より救ったか、いかによく国民を善導したかについて声を大にして述べ、彼が、いつか行なった演説をよみかえしてみた。

「かかるが故に予は国民において犠牲を要求せらる場合、喜んで応ぜらるべく期待する」

とか言ったものだった。彼は一、二の注釈を加えた。たとえば期待するという外国風の文章は日本語にすると「……しろ」とか「……せらるべし」という風なものであることなど。

最後は、

「しかして予はドイツ青年諸君に最も期待する」

という言葉で結んである。

「これを叫んだヒットラー総統はすでに亡いのであります。しかしながら、期待すると言うのみで、どう期待するかということについて何とも言っていないのが、千万言にもつくし難い意味を持っているではありませんか」

と声、涙とともに下る調子だ。

それからアメリカの動静について述べ出し、話ひとたびサイパン島のことに及ぶや、たちまち声は芝居がかりになり、態度には身振り手振りをまじえ、口角泡を飛ばして話す。髪を梳《くしけず》り静かに手を取り合って海に入って行ったサイパンの女、兵隊のあとにつづいて手榴弾を持って敵陣に飛込んだ国民学校一年の子供、敵の手に渡すに忍びず、吾子《わがこ》を刺して己れも刃《やいば》に伏した母、それらの人々の最後を語るときには、最大級の声音と身振りを以てしたから、女工連のあいだには早くもすすり泣きの声が洩《も》れ、ちびの男子工員らは物珍しそうにちろちろと見やった。私達学生は比較的この種の話には慣れているものだ。だから安価な感傷に溺《おぼ》れはしない。女専生は皆、毅然としている。学校などにはこんな激越な調子で話にくる人が少なくない。

飛行機を送れ、艦を送れと言う。仕事をサボっているのも気がひける言葉である。しまいに特攻隊の話に及ぶ。人形を死出の供とするに忍びず、それを置いて行った若い神の話には心を打たれるものがあった。

今日は田原さんが帰寮した。お父さんの病気は誤診であったと。友達がいないので寂しそうにしている。

五月五日　土曜日　晴

我々の（※動員先の工場からの）引上日《ひきあげび》は六月の下旬であるという。果して真実か否かは知る由もないが真実とすれば嬉しいことだ。一週間ほどの休暇があって学校工場（※この四年前から、工場に改修された校舎内で勤労作業が開始していた）へ行くと、まことしやかに説く人がある。

今日は外出日で家へ帰る。昼食の弁当を貰うのに、食堂へ行くと、意地悪の塊みたいな食堂のおっさんが、弓場先生が伝票を渡したとおっしゃるにもかかわらず、

「もろてまへんで。先生にきいとくなはれ」

と歯を憎らしく剝き出し、知らぬ顔を決めこんでごしごしと大鍋の掃除にかかっている。栄養不良の下働きの女が、ごそごそと伝票をさがしに隣の室にかくれたが、

「おまへんでえ」

と、力のない声でいう。

癪《しゃく》にさわって弓場先生を引っぱって来たら、しばらく

食堂の中をうろうろしている様であったが、まもなく女達が忙しく握りはじめた。伝票はあったらしい。

（何と憎らしい）と私達は憤慨して、冷笑を以て酬《むく》いてやった。

「こんな汚い飯、誰が二度取りなんかするか」

と例の如く誰かが大きな声で言った。痛快だった。

家では、妙ちゃんが来ていた。お母さんは例のように御馳走をして下さった。宮崎の多恵ちゃんが、親戚へ行くとかで、美しい銘仙のもんぺの上下を着て、頬紅を塗って化粧して表を通っていた、と母は語って、

「まあ、きれいになってはるなあ。やつしたら（※大阪弁で「化粧したら」「おめかししたら」の意）もう、いっぱしの大人や。あんたもちっと、やつしたらどうや」

と言う。私は、ははん、と鼻で笑ってオルガンを弾いて、聞かぬ振りをしていた。私は人格の修養をまず心がけている。言葉遣いも汚く下卑ており、挙止動作ことごとく落ち着きがなく、しかも心ざまはねじけ歪み、その上、女一通りのことはなんにも出来ないでいるのに、そんなことどころではない。学問もなってなく、書籍も読んでいず、科学的教養は少なく、何をさせてもやれない、歌も詠めない、詩も拙い、字も下手だ、画もかけぬ、こんな私が人並みの仕事が出来るはずがない。若き日をそんなことで費やしてはならぬ。あくまで修行道に進んで行かねばならぬ。

帰りがけの電車の中で田原さんと、千葉先生の話をする。

「あの先生は清冽なかんじね、ほんとに。大好き」

「わたしもあんなタイプ好き」

と私は答えた。以下、その対話を紹介する。

まず田原さん――

「あの先生ねえ、歴史の先生らしいね、いかにも」

「ふん、あの先生に古事記なんて習うの恥かしいわ」

「澄みとおったというきれいな感じがするね」

「あの講義、中々面白いわ」

「私もあとからよんでみたけどほんとにいい」

「中々深う調べてはるね」

「ふん、日本武尊《ヤマトタケルノミコト》なんかのとこ。あはれ一つ松」

「たたみこも　平群《へぐり》の山の」

と私も暗誦する。私は言った。

「だけどあの先生、ときどき面白いこといいはるね」

「うん、そいで、そのとき、ちょっと赤うなりはるやろ。とてもそれが清純なかんじ――」

「だけどあの変な話しはったとき、青白い顔してはったわ」

「うふふ～」

二人とも笑い出してしまった。変な話とは、近頃の男

女関係について先生が話して下さった心得を指す。

千葉先生のことを話す時には必ずこれが話題として出る。

「とにかく清らかな先生やねえ」

「清らかさを通りこして、厳しささえ感じさせるわ」

等々切りがないからやめる。

弟が「宮本武蔵」の挿画集を借ってきた。石井鶴三（※彫刻家。挿絵画家としても才を発揮。『宮本武蔵』の作者・吉川英治も称えた）のだからとってもいい。寮では、武蔵のムというと、かんかんになる。三木さんと宇賀田さんと私と画をかこんで昂奮した。模写しようと決心して硯《すずり》も持って来ている。

今日、田原さんは帰ってこなかった。

五月十日　木曜日　曇、時々晴

文学史は手につかず暮している。

昨日、家に帰った。帰寮してみると浅賀先生から手紙が来ていた。早速封を切る。相変らずこの鈍才の私をきびしくはげまして下さっている。体験談をものしてごらんと書いてあった。私は遠い蒙古のことか北京《ペキン》のことなら書くくせに、身近のこととなると手も足も出ないのである。描写力の弱いためか、私のつける日記は後で読んでもまどろかしいばかりである。だから体験談なんて困る。周囲を批評する眼も未熟だし感想も幼稚だし……これは浅賀先生に書いた通りである。

家ではお父さんもお母さんも町会の役で走り回っていた。しかし相変わらず、これを食べとか、これを持ってゆけとか、いろんなものを出される。

近頃、女工の真の姿が目につく。女工は依然として女工だ。つまらぬ下品な歌をうたう。いかに島田（※教育厚生課長）さんが一生懸命になって女工の教化につとめても女工は女工だ。済度しがたい（※「度し難い」「救い難い」の意）。

学徒の工員化を防ぐ唯一の道は、学徒の模範的優良工員たらんとすることである、とはよくきくが、難しい。

頭が近頃からっぽだ。私は呆《ぼん》やりと暮している。

今日はどうしてか眠くマイクロ（※測定具のマイクロメータのこと）を手にもったまま、ついうとうとした。旋盤を前にして何たることかと我が心を叱りつけてみたが眠たいのはなおらない。また、うっとりと居眠る。ハッとなって再びすうっと目がひらける。しばらくしているとまた、うとうととねむたくなる。

どうしてこんなにまでねむかったのか、近頃の私の精神は堕落している。

五月十四日　月曜日　晴

急激に、私達の引き上げがきまった。全く突然のことで、私達は呆気に取られた。デマでもあろうが、五月二十日頃引上ということは本当であったのだ。折角馴れ親しんだ職場を離れるのは未練がある。

確実な諜報の得られる宇賀田さんの言うところに依って、私は二、三日前から略々《ほぼほぼ》察していたが、全く夢の様であって、とても本当のことと思えない（※樟蔭学園からの願い出により、田辺が動員されていた郡是塚口工場をはじめ、大阪近郊十ヵ所の工場に動員されていた全女学生に、学校内工場での勤労作業が認められることとなった。これにより、生徒たちは勤労奉仕の合間を縫って、少しではあるが講義が受けられるようになった）。

五月十七日　木曜日

私は今、家の二階の私の勉強室にいる。机の上や本棚を整理し、やっとペンを取って机に向ったばかりである。

今日でいよいよ、郡是とおさらばである。何となしに名残惜しい気がする。大掃除をして、島田教育厚生課長のお話やら、小林さんや、羽渕さんの挨拶があってのち、帰る。寮もいいものである。私はきっと寮の方が好きになるだろう。家では煩雑な用事が待ちかまえていて、一刻も自分の時間というものを持つことが出来ない。お母さんに言わせれば、これこそ修養になるのかも知れないが、これは結局、人を徒労させ、いらいらさせるばかりであって役に立たない。たのしく働き、たのしく自分のみの時間が持てる様な家庭がほしいものだ。女中でさえ自分の時間がもてることは許されているのに。現に今私が日記をつけているとたちまち妹が、教えて教えてと持ってくる。やり切れない。邪魔臭いのである。久し振りに家に帰ったのであるから、ゆっくりと机に向って手紙を書いたり、日記や金銭出納簿をつけたり、絵を描いたりしたいのである。一刻も休息の隙なく、こんなものを持って来られてはたまらない。全く妹という子は理解のない子だ。そうかといって突放してもしつこくて放れないし、私自身も気持ち悪いし。

急かされると、イライラして怒鳴りつけたくなるのも、あながち私の修養不足のみではないのである。

相手が悪いのもたしかに一理はあると、私は確信している。

昨夜は最後の饗宴というので、各自持ちよって五目ずしや寒天やお汁粉をして、たらふく食べた。そのあとで女工さんを呼んでくる。三木さんや伊阪さんが平生《へいぜい》、一緒に仕事をしている藤木さんなど。

宇賀田さんはまた、挺身《ていしん》隊の則本さん達を呼んで来たが、さすが挺身隊は挺身隊であった（※「女子勤労挺身隊」のこと。戦地に赴いた男性の労働力の代わりとして、軍需工場などに動員された。未婚、非学生、非就職者の女性たちであった）。行儀も正しく、笑う時でさえ慎ましやかにしている。女工の藤木雪子は女専生に知られていたが、しょせんは女工で下品な歌をかまわず歌ってみたり、悪びれしたりして挺身隊側の二人と対立し、私達は困ってしまって、いつまで経っても座が白けていて気持ち悪かった。

女工の歌うのは「郡是ロマンス」と呼ばれる馬鹿げ切った歌であって、明治時代の節の如き古びた、卑しげなものだ。呆れ返って私が沈黙して苦り切っていると、伊阪さんも三木さんもしきりにちやほやと機嫌を取っている。藤木はノートを携えて来ていた。拙い字で〝音楽帳〟と書いてある。それをバラバラとめくると女工の好みそうな流行歌集が並んでいる。

皆が煽ってあげると藤木は得意気に歌い出した。私は困って、宇賀田さんと顔を見合せて苦笑したが、結局さんざんの不首尾であった。このとき私は宮本武蔵の寸劇をやった。最後のお通（※吉川英治著『宮本武蔵』で武蔵と慕い合う女性）と別れる場だ。三木さんのお通、宇賀田さんの解説である。私は武蔵、これは一昨夜の文科の会合の時にもしたものであるが、あまり拙い出来でもないと思っている。

当夜、女工達が来るまでの御馳走はすばらしいものであった。机をまん中へ持ち出して赤や青のシロップで乾盃した。葡萄酒のつもりだ。廊下へ出たら、細い三日月が真黒い寮舎の上に上っていた。我々は感傷的になって〝行春哀歌〟（※旧制第三高等学校の寮歌。旧制第三高等学校は、後に京都大学教養部として併合）をうたった。

静かに来れなつかしき
友ようれひの手を取らん
くもりて光る汝《な》がまみに
消えゆく若き日はなげく

友よわれらが美《よ》き夢の
去りゆく影を見やりつゝ
わかれの酒をくみかはし
わかれの歌にほゝゑまん

ああ青春は今か行く。青春は過ぎる。一刻も容赦しない。我々の青春は祖国に捧げた。我々はただ、青春を祖国に捧げて働き抜けばいいのだ。

意余って言葉足らず、妹が急かすから、またあとでゆっくり書く。実に妹という子はしようのない子で、何とか処置をつけないと私が蝕《むしば》まれてゆく様だ。

あゝ青春は
　今かゆく
くるゝに早き
　若き日の

五月二十日　日曜日

今、慰労休暇に休んでいる。こんなに休んでいていいのかしらと思うほどだ。私は早く働きたくなった。

今日、久し振りで銭湯なるものに行ってみる。母は髪を洗いたいと言っていた。

中は非常に混雑している。

温気とゆげの中で、巨大なからだ、しなびたの、小さいの、はち切れたのがうじゃうじゃとうごめいて、無気味である。中に見知った顔が二、三、うごいている。湯槽は小さい。その周囲の石の腰掛にずらりと並んで、しきりと足をこすっている人がある。

まったく銭湯は不気味で不衛生だ。湯は濁っている。着物を入れるところは汚い。脱衣場で虱《しらみ》をとっている女がある。

五月二十一日　月曜日

私は二、三日することもなく過してきた。文学史をやらねばならぬと思って「明治開化史論」と並行して勉強するつもりだ。

我々文科と物理化学の方は十九日に（※学校工場へ）行ったところ、後発隊となったので、も一度二十六日に行かねばならない。一ヶ月間、何か外の工場へでも行くか、学校工場をやるか、勉強するかである。私は学工であろうと思っている。

勉強は皆も欲しないという。このような時節に勉強でもあるまいと思われる。それに爆撃で教科書やノートを焼いた人もあり、遠方へ疎開した人もあり、地下へ埋めて容易に出されぬ人もある。一ヶ月あまりのことならきっと学校工場であろうと思う。

キュリー夫人伝の狂的な勉強ぶり、「大地」（※アメリカの小説家で、ピュリッツァー賞とノーベル文学賞を受賞したパール・バックの代表作。「王淵」はその主要登場人物のひとり）の王淵のような直接興味で以てする勉強など読んでいると、私も全く勉強がしたくなってくる。けれども祖国は苦難

樟蔭学園の学校工場での作業風景（昭和17年から19年頃）

の海の中に喘《あえ》いでいる。私は祖国のために勉学や青春は捧げて悔いない。早く工場で働きたいと思う。私の欲するのは平安のうちに孜々《しし》と学び、学生生活の愉快を享楽することだ。勉学と友人の生活に浸ることだ。しかし今はちがう。私は全ての望みをすてて、工場で働くひまをみつけて文学史でも読んでいよう。

ところでこの十九日に学校へ行ったとき、校長先生がいろんな注意のおわりに、

「工場通いをしますと、どうしても風紀が乱れる。なかんずく、つつしんで頂きたいのは若い男女間の恋愛問題で、近年これは相当、大きな声では言えんが乱れとります。私は一番これが心配です。どうか、これには気をつけてください。ラブ・レターなどやりとりしとりますと、いつかそれが抜き差しならぬことになります。そうすると何でもないと思ったことでも、退引《のっぴき》ならぬ破目に落ちて、女はそうなるとどうしても負担が大きい。むろん、男子は道徳的に責を負わねばなりませんが、女子はそれよりも以外のことで大きい負担があります……」

みんな真面目クサッテ聞いている。私は例のごとく何かもやもやとわけの分らぬものが胸へこみあげ、思わず爆発してぷっと笑ってしまった。すると、後の席もつられてくすりとやっている。隣の宇賀田さんもやり出した。私は一番前列だから真正面をむくわけにはいかない。右

肩へ顔を歪めて笑う。なぜこう可笑しいんだろう。私がラブ・レターなんかやるときのこと、考えられもしない。それが可笑しいのか。もしくは羞恥のあげくか。

それはともあれ私は決して先生のおっしゃるように軽はずみなことはしまい。それが何を指しているかは、はっきりまだ知っていないけれど、性生活の無知であることは純潔のしるしのように私は誇らしく思っている。いくぶん。

千葉先生に出した論文「上古の女性」（※「上古」とは、日本文学史の時代区分で、大化の改新まで、あるいは大和朝廷時代を指す）は秀をつけて返してもらい、評に「再読したが出色の出来栄えである」としてあって嬉しい。千葉先生が前よりも好きになった。会いたくてたまらない。この論文については私はほとんど絶望していたのに、こんな程度のものが秀とは恐れ入る。優がほとんどらしい。田原さんと宇賀田さんとに見せたが、両人とも私には各自の論文を見せてくれなかった。

校舎を何ヶ月ぶりかで見た。うっそうと樹が茂っていて美しい。森の中に校舎があるようだ。廊下は明るく幅ひろく階段も悠揚と明るく広い。郡是のせまい建物を見た私は大いに満足した。

私はこんな美しい校舎で学んでいた生徒なのだ。樟蔭は立派である。

前庭より望む本館

五月二十三日　水曜日

今日もうっとうしい。しょぼしょぼと雨が降る。

東洋史をやっている。面白くてやめられない。藤田元春（※地理学者）の参考書をやっているのであるが、あれも憶えたい、これも知りたい、どうしてこうなるんだろう、などと考えて行くと、面白くて私は歯医者へ行って順番を待つ時間も惜しくて、おぼえずにはいられない。私がこれといっしょに勉強したいのは、植物学か、動物学か、生理である。

近来、私はどうも文学史におさらばにしかけているようだ。弟のことばに左右されるわけではないが、弟はいわゆる、実学なるものを尊崇して止まないので、ある日、梅本さんみたいなことをいった。

「科学や理科は、発展性があるから、いくらでも研究の余地があるけれども、なんだ、文学なんて阿呆でも勉強できら。先人の学んだ跡をついてゆけばいいじゃないか」

私は口惜しかったが、弟ナンカを相手にして文化の維持だの、発展だの、国体明徴だのを、云々してもつまらんから黙っていた。私はこの問題にたいして、答えるべき用意を持たぬが、私は文学と国文学は、ある角度から眺めた場合、ちがうと思う。

いわゆる創作的なことと、研究的な意味を持つ学問の文学とはひらきがあるのであって、しかして国文科とは、その両方を併せ学ぶものでなくてはならない。阿呆に出来る仕事ではない。それは、入り易いからそう見えるのであって、なるほど、国文科の勉強はある一定の水準までは何人も、よくなし得るが、それ以上は、限られた人たちでないと究めにくく、学びにくい。

しかし性根を吐くと、私は、実学としての医術を学びたかった。医師として立ちたかった。女専へ入学するか、医専へ入学するかで私の将来がきまるものとすれば、それはあまりにも早くきまりすぎている。私は将来のことは考えられぬ時局であると思いながら、つい考えてしまって後悔する。

細見さんとこで順を待っていたら、男の患者たちがしきりとドイツの降伏について話していた。日本の新聞記者が、最後までのこったベルリンのありさまは正視出来ぬほどみじめで、坊主にされたドイツ軍兵士の捕虜のありさまなど、あわれであったと。父は幾度も言っていた。

「しょせんは西洋人やからな」

日本の国民はちがう。ドイツは遂に屈したが、日本はあくまで一億が玉砕するまで戦うであろう。日本人はちがう。私はそう思うと、日本人に生れたよろこびを、今までの修身の時間に感じたより以上に表現できないほどうれしく思う。

沖縄の幼い少国民のように日本内地の子供たちもまた、先生から手榴弾を手渡されて、いたいけな喊声《かんせい》をあげて、敵陣地に突込んでゆくであろう。我々女性もまた、銃を取り、剣を握る。わたしは体がわるいけれども、しかしいざとなれば、人には遅れを取らぬつもりだ（※田辺は生まれつき左足が股関節脱臼で悪かった）。


いまさっき、宇賀田さんとその姉さんのみっちゃんが来て、写真、写してほしいという。みっちゃんというのは、よく宇賀田さんの話に出てくるが、中々感じのいい、朗らかな美しい人だった。ただ、小柄で、顔も腰も、手足もみんなほっそりとしている。大東亜省（※いわゆる「大東亜共栄圏」内の政務を目的とした。敗戦で廃止）へ勤めるので、こんど北京へ行くという。ぺきん！　私の胸は高鳴った。

「いいわねえ」

と羨ましがると、フフフと二人ともつつましく笑っていた。

宇賀田さんはキラキラと光る眼でいう。

「あンねえ、北京での勤めがよかったら、私も学校止して行こうかと思ってるのよ」

「断然、いらっしゃいよ」

と私は大乗り気ですすめた。私なら飛んでも行きたいところだ。これから北京は秋になる。美しいだろうなあ。

「冬物を淡路へ取りに行かねばなりませんのよ」

と、みっちゃんはたのしそうに、ふくよかな声で言う。

あとで宇賀田さんに室《へや》を見せた。汚なくて恥ずかしい。

宇賀田さんは何にも毎日することがなくて藤田東湖（※江戸後期の水戸藩士）の正気の歌（※東湖が作った五言詩。尊王攘夷派の士気を鼓舞した）を暗誦していると言っていた。

パーマネントから帰って来た母に、この話をしていると、いつのまにか、みっちゃんの言葉が、私の気持ちまで入って、

「そいでね、『北京はこれからよろしいですよ』って言うてはったわ」

というと母は冷然と素気なく突放した。

「よろしいですよって、行ったわけでもないのに」

「でも」

と私は癪にさわってすぐ食ってかかった。人の言葉尻をとらえて批難するのは、母のくせだ。食ってかからざるを得ない。

五月二十五日　金曜日

用紙がたくさんあるので、私はノートを妹といっしょに作った。三、四冊出来て嬉しい。これだけはどうかし

て焼きたくない。なにを書こうかとたのしく迷っている。

　お祖母さんが福知山から帰っていらっしゃる。妙ちゃんも家にいるので久しぶりに七人になり賑やかだ。「お祖母さんは、服部へ行っても福知へ行っても結局はこの家が一番いいんやろう」とお母さんが言っていた。そのくせに、家へ来ると、服部へ物を持って行ったり、福知へ持って行ったり汲々《きゅうきゅう》としている。あちらこちらに心を置いて結局その中のどれ一つにもおちつけないのであるから、どこへ行ってもいやがられるらしい。私の家へ来ても、服部の叔母へパンを運んだり、何やかや遣《や》る。お母さんは慣れているが、服部の叔母や福知の叔母たちは、それを快く思わない。お祖母さんもじきに喧嘩して気が合わず、蒼惶《そうこう》と帰ってくる。

　あの子も、この子も、で、服部と家と福知と京都との間を、いい年をして幾度も往来し、かてて加えて、この頃はボケて色んなものを忘れたり落したりして苦笑している。私達が大騒ぎするのを抑えて強いて何でもないもののように言っても、その口の下から「しもたことした」と呟くのだから、さすがに年寄りだ。

　ところで面白いことがある。

　服部の叔母の長女で私の従姉のことである。

　ロッパ（※古川緑波。喜劇俳優。「昭和の喜劇王」と謳われた。昭和十年に東宝に入り、古川ロッパ一座を組んだ）か東宝かよく知らんけれども、何かそういう劇団へ入ったらしい。

「ずっと前から、それればかり考えていて、希望していたけれど、家の問題もあるし……」というそうだ。田原さんに私はこの話を面白おかしくはなしてやったら、田原さんはきゃらきゃら笑っていた。私はありのままに言ったら家の恥だから脚色したのである。

「遠縁の人だけれどね、ロッパ一座に入りたいといいだしてね。親族会議で怪《け》しからんことをいうと叱られたの」

私は言いながら、嘘だと思って自分自身がいやになった。

今日、お祖母さんが、服部から帰って来て、

「梅田の地下かなんかへ試験うけに行って通ったそうな」

「どんな試験ですの」

とお母さんはパンを焼きながら鼻でけずったようにいう。

「歌、うたうのや」

お祖母さんは、けろりとしている。

「へえ」

とお母さんは意外そうにいった。

「そいで、こんどは東北の方へ巡業に行くんやて。何でも物資《もの》があるそうやな」

お祖母さんは気楽なことばかり並べている。もはや、

「家の犠牲になるとかなんとかいって」

とお母さんが笑った。

「今まで犠牲になったンやから、というてた」

お祖母さんがいう。するとお母さんが、

「そりゃ、三十にもなるまで犠牲になるのが、ほんとの犠牲やな」

とかるく一蹴した。ここの照ちゃんは、いい縁談を断ったそうなので、お母さんは止《と》めをさすように言った。

「ええところで勤めをやめて、いいかげんに嫁入りしたらいいのに」

この服部の家へ物を疎開すると、何でもどしどし使うほどルーズな家庭である。叔母さんも従姉達もそれが普通のように思ってしまっている。よその家から疎開していたミシンを、使って下さいと言われたからと言って平気で使ってしまう。潰れそうになるまで使うから、その家の人は驚いて早々に舟（※当時の一般的なミシンは、下糸部機構が舟の形をしていたことから「長舟式」と呼ばれていた。ここではミシンのことを指すと思われる）をもって帰った。すると叔母は、薄情だといってぷんぷん怒っている。また、ほかの人があずけた着物を、叔母は得々と着て歩いたりする。私の服でも預けると早速、私と同い年くらいの従姉がいるから、すぐやられる。

叔母は洒落者で、子供の着物は質に置いても自分を飾ろうとするのだから、従姉たちもつまらないらしく、それに、叔母は口ぎたなく子供たちを罵《ののし》ってコキ使う人だから、従姉や従兄も面白くないのであろう。

「思《おも》や、こどもも可哀想や。叔母ちゃんがきついんで、いやなんやろう。あれで叔母ちゃんがもちっと子供を可愛がってたら、お母ちゃんが苦労して育ててくれはるという気もするけど、ああこどもを憤《いきどお》ってたら、子供もつまらんのやろう。こんなに一生けんめい働いても、お母ちゃんに叱言《こごと》いわれると思うと、ついふらふらと女優でもなろうかという気がするんやろかい」

と母は言っていた。

このところ、お父さんはどうも仕事せず、あそんでいる。町会のしごとが忙しいらしく、家の仕事は手に着かぬらしい。折角写しに来たお客さんに、

「出来るの、遅おまっせ。七月だっせ」

「あはあ、宜しおま、どうぞ」

とお客がいささかも動ぜず、とことこと二階へ上ってゆくと、お父さんは苦笑して、

「こらあかん、この頃は平気でいつまでかかっても写そうとしよる」

といっているから、仕事嫌いは徹底している。ほとんど御飯を食べるためのみのように、ときどき家へ帰ってくる。夜は夜で家の店はクラブのように、煙草のけむりが込め、賑やかな笑声が渦まいている。我々が筑前守《ちくぜんのかみ》と

いっている蓄膿症《ちくのう》のブラシ屋氏か、親戚のおじさんに似た上久保氏とか、吝嗇家《りんしょく》の大家とか、また平家蟹に似た、われわれが「醜」とよぶ小父《おじ》さんとかが定連《じょうれん》である。

（※日記原本でここに記されている短編「公子クユクの死」はP177に収録しています）

五月三十一日　木曜日

午前三時間勉強して、午後三時間労働している。その労働たるや、カチンコチンの運動場を深さ三十センチくらい掘りおこさねばならぬ。そこへ芋を植える。十年来ふみかためた運動場であるから、その固いこと。薄い、妙に鋭角の鍬《くわ》などてんで受けつけず、カチンコとはねかえしてしまう。なさけない。

腰が痛くて起き上れない。とうとう今日は休んでしまった。

昨日、母といさかいした。お母さんは、

「通知簿はどうなったの」

という。私は暑い道をてくてく帰って来たばかしで、その上、整地開墾作業でくたくたになっているから、いらいらしている。つい、つっかかる様な口調で、

「もう、通知簿なんかどうでもいいわ。こんな時節にそれどころやない」

「そう、捨て鉢にならんでもええやないか」

「今、そんなことを考えてられへん」

「そんなこと言うては上の学校受けられへんやろう。働く働くでそんなに働きたかったら、学校やめてどこかへ働きに行ったらええやないか。つっかかるように、ものを言うて、ほんとに可愛げのない子や」

そこまでで母がやめてくれれば好かったのに、ミシンをふみながら、まだいうのである。

「だいたい、うちで学校へあげるような事は出来《でけ》へんのやけど、まあまあとおもってやっと専門へ上げてるのに。何や、そのいい方は。そんなに仕事したかったら、もうどこかへ勤めたらええやないか」

私は憤然として、新聞から顔をあげた。

どう考えても母のことばに無理があると思う。ひどいことを言う、と思う。

するとまた母はつづけた。

「高い月謝払うて、なんのために学校へ行かしてるのや。学校へやってる以上、通知簿のことは気にするやないか。聖子はほんとに可愛げがない。親の手伝いもろくにせず遊ばしてるくせに、なにをえらそうにへりくつを並べるのや」

私は誇りを大いに傷つけられて咽《のど》がつまった。

勿論、母にも一面の真理はある。けれども、高い月謝云々ということばは私の乱れた脳神経の網目に引かかった。

大体、私は、親は子を教育する義務があると思っている。親が苦しい中をきりつめて子を勉強させるのは当然だという気がしている。

勿論それに対して子は感謝すべきであるが、それについて親は誇る権利は薄いと思う。

私の月謝が高いなら、どうして父も母もあんなに闇のものを買いこむんだろう、どうしていろいろ乱費したり、多額の小遣いをくれたりするのだろう、また父はどうしてああ仕事を嫌って働かないのだろう。それに母は、そんなに私に偉そうに言ったって仕方がない。

私の性質のゆがみはもちろん私自身の不修養でもあるけれど、足が悪いからこんなに引込思案にひねくれたのかもしれない。すると母も責任の一半《いっぱん》は、負うべきである。どうもけしからないと思う。

それに帰ったばかりで疲れて暑くて、泣きたくなっているのにもってきて、時代おくれな認識不足の通知簿のことなど言い出されると甚《はなは》だじれったい。実際、母は家庭と町会に沈湎《ちんめん》していてなんにも分らないのである。

学校では問題外である。通知簿なんぞ話題に上らない。このごろ忙しくて、母は感覚や感受性が鈍くなっている。私は母と話していると、とんちんかんなので時々じれったくて、つっかかるような口ぶりにならざるを得ない。いくら急がしくても、子供の話ぐらいには、てきぱきと答えるほどの新鮮な気持ちをもっていてほしい。お母さんも私に対して不満があるだろうけど、私もお母さんに不平をもっている。お母さんは「忙しいから、何を言ったかおぼえてないよ。そっちで判断して」というが、私はそういうルーズなやりとりはきらいである。

町会でやっている畠《はたけ》のつい向うで、さきの三月十三日の大阪罹災《りさい》の時（※第一次大阪大空襲のこと）、防空壕でむしやきにされた、人間の死屍《しし》が発掘された。

はじめ、私と弟と祖母が、畠の整地をしていると、防空壕を掘っていた人々の間で、「肉」だとか、「死人」だとかきこえる。戦災地あとを掘って、逃げおくれた死人が出てくるのは、この頃ままある習いである。

私と弟は怖いもの見たさで、好奇心いっぱい、先を争って壕の上に走り上った。

まだ何にも見えない。

凹字形に掘られた壕の中で勤労奉仕の人々が、てんでにシャベルや鶴嘴《つるはし》を杖にして、沈重な顔をしたり、何かを期待するように好奇的な目を光らした人など、とりどりに立っている。女連は壕の中へよう入らず、土を山積して固めた上で話し合っている。

「どこなの、どこ」と私が言うと「お嬢ちゃん、それ、

樟蔭学園正門。昭和18年頃

そこ、そこ」と隣の人があわてて指さした。ぎょっとして思わず飛び退《の》く。土運びの蓆《むしろ》の上に、土にまじってなるほど、牛肉の筋に似てぶよぶよと赤い土まみれの一塊の肉が見える。

私は息をつめて見入った。弟は腰をかがめて仔細に観察を下している。私の目はまだ肉から離れない。黒こげではなくて、こんなにも生々しくあざやかな血汐の色を有している、ということが不思議なのである。

このときくらい、人間がいかにも物質的に思われたことはない。

「ええ肥料になりますやろ」

と、おばさんが残忍な諧謔《かいぎゃく》を弄してエヘヘと笑うと、日よけの手拭をかぶり直した。そうかと思うと、

「肉の特別配給だっせ。御馳走したげまひょう」

と年よりまで言う。あたりの人は胸わるそうに顔をしかめたが、年より婆さんは、きゃらきゃらと笑った。

壕の中の男連中はしきりに死体の位置と発掘後の処置について論じあっている。

「お嬢さん、もう止めときなはれ、御飯食べられしまへんで」

隣組長のおじさんが、スコップでよい土を畠へ投げながら、汗のしたたる顔で笑った。眼鏡がきらりと光っている。私も笑って頷き、壕から退いた。

「どこの人やろう」

ということが、人々の疑問と話題の焦点になっていた。

編集部より

大阪府域への米軍機による爆撃は、前年（昭和19年）12月に始まり、終戦前日（昭和20年8月14日）まで、約50回を数えました。

その内、100機以上のB 29による“大空襲”は、3月13日深夜から14日未明に始まり、6月1日、7日、15日、26日、7月10日、24日、8月14日まで、計8回に及びます。

一連の爆撃により、大阪のキタからミナミまでが見通せるほどに、街は焼き尽くされ、廃墟と化しました。

その被害は、死者・行方不明者が約1万5000人、重軽傷者が約3万人、被害家屋が約35万戸、被災者が約120万人に上りました（『改訂　大阪大空襲　大阪が壊滅した日【新装版】』〈小山仁示著、東方出版、2018年〉より。なお、田辺が体験した、大空襲各回の被害などについての詳細は、日記本文の編集注、あるいは年譜中に記載しました）。

大阪大空襲

六月二日　土曜日　曇ときどき雨、風加わる

母とのいさかいや、死体の発掘などの平和的な事件の次に、こんなにも恐ろしい、終生忘れ得ない様な、傷手《いたで》を与えられた事柄が起ろうとは、誰が一体予知し得たであろうか？

六月一日の日、学校へ行って第一時限の授業を受けていると警戒警報がなりひびいた。

早速用意をして階下へ降りる。間もなく空襲警報が出た。

何となく、ラジオの情報もただならぬ気色が感じられる。十数機とか数十機とかが、しばしばくりかえされた。また編隊が、という言葉も一再ならず出る。「敵は今日は主に近畿地区を狙っております」という中部軍の情報である。

私は富田さんたちと防空壕へ待避した。小阪はしかし平安であった（※田辺の通う樟蔭女専は小阪にあった）。

高射砲の轟きと爆音と爆弾の炸裂音をきいたが、何事もべつになく、手相やら、映画や結婚やら、小説の話が弾んでいた。

九時頃から防空壕に入って十一時近くなると、大阪がやられた、という情報がきこえた。罹災地は天王寺、都島《みやこじま》の方だという（※この日大阪は、第二次大阪大空襲に見舞われた）。

家はまず大丈夫と安心していた。壕から出て空を見上げると、恐ろしいばかりの雲がムクムクと起っている。その動きは異常に速いし、色もちがう。あれは煙だ、と誰かが言い出した。まさしく大阪（※駅）の方角である。

教室へ帰ろうとするとラジオの情報でややその真相が判明しだした。それによると、天王寺は天満のまちがいであり、桜宮《さくらのみや》、築港《ちっこう》、中之島、都島、十三《じゅうそう》などが喧伝《けんでん》されていた。

不安なままに教室で昼飯を摂っていると、細川先生がいらした。その前に私は小野さんに福島（※田辺家のあった地区）というのを聞いて胸がびくびくと震えていた。

伊阪さんと、富田さん、黒田さん、大館さんらと帰る。小阪駅は満員だ。我々はすでに富田さんと伊阪さんとにはぐれてしまい、黒田さん、大館さん、私、と三人のみになった。

関急（※関西急行。現在の近鉄）は鶴橋より向うは不通である。

窓から、炎だとか煙だとかが遠望された。私は満員の電車の中で、それでも希望を失わないでいた。

さて鶴橋からの城東線（※現在の環状線）も不通である。大阪まで歩かねばならぬ。勇を鼓して三人は歩きはじめ

罹災後の御堂筋本町付近

た。爆弾による土煙とか、焼夷弾の煤《すす》などがまじった雨が降り、白いワイシャツなど、ほの黒い染みになって残る。

至るところ、交通遮絶である。まず上六《うえろく》（※上本町六丁目の略称）まで出た。

それからの地理には私は不案内であった。大館さんが一番くわしい。

湊町《みなとまち》へ通ずる道を歩いた。前の三月十三日の空襲（※第一次大阪大空襲）で、ここらは一面の廃墟だ。このごろから、すでに、大阪方面の火災によって生じた黒煙がもうもうと天に込め、あたりは薄暗く、一時すぎだというのに、もう夕方のように、陰気である。ぼうっと赤いあたりには時折、ちろちろと紅蓮《ぐれん》の舌がひらめく。私は地理を知らないので皆に引っ張られて歩いた。

次第に疲れる。足を引きずった。荷物が重い。煤が目に入って痛む。

しまいに荷物は二人に持ってもらった。疲れたが、トラックには誰ものせてくれない。靴は水と泥でびしょびしょだ。

私は機械的に歩いて、やっとの思いで梅田《うめだ》新道《しんみち》に出た。

ああああ何里歩いたろう。

無我夢中の思いである。

もう一歩もうごけぬ。

梅田新道はものすごい。まだ炎々と燃えさかっている。真赤な火だ。

のどが痛く、目がしむ。第百生命は全滅だ。きれいに中が抜けている。閉じたガラス窓からプゥーと黒煙がふき出している。ざわめきながらとおる通行人は、それぞれの家が心配らしく目もくれない。わずかな荷物を持ち出して、呆然と立っている罹災者、ひっきりなしに通る消防署の自動車。

そのまっただ中で私達三人は別れた。二人は郊外の家なのでこれから大阪駅へ行くという。私は疲れのあまり、顔が硬張《こわば》って、まんぞくに礼もいえず荷物を受けとり、しばらく休んで歩き出した。

そのとき、私の心は絶望で叩きのめされていた。福島方面とおぼしい方角は真赤に燃え、黒煙は天に沖《ちゅう》し、カーンカーンと消防車が絶えまなく通る。自動車、トラック、通行人の中を、絶望にうちひしがれて私はとぼとぼとあるいた。でもまだ一縷《いちる》の希望は捨てずにいた。

桜橋のあたりは、火の海だ。あつくて、火の粉がふりかかって通れない。やっと消えたらしいやけあとにも、まだ余煙がぶすぶす立ちのぼり、鬼火のごとくちろちろと火が各所に燃えている。電柱が燃えきれず、さながら花火のごとく火花を散らしている。目がしゅんで（※大阪弁で「染みて」「沁みて」の意）、喉《のど》がヒリヒリしてやり切

大阪駅前

れぬ。遂に手拭を鞄から出して目にあて口をおおいして通った。熱気のため、かげろうのようなものがゆらゆらと焼けあとにこめている中を、人間の頭より大きい火花が、ゆらりゆらりと人魂の如く飛んでゆく恐ろしい光景は、一生忘れられないものだと思った。

　やっと出入橋までくると、なんのこと、橋を越した向うは至極安全で、どこに空襲がありましたか、といわんばかりだ。ああこれなら大丈夫かもしれないと、急に元気づいた。もはや行く手には煙も見えない。阪神に乗ろうとしたが来そうにもない。やはり止《や》めて歩きつづけた。

　菊一の前まで来た。浄正橋も美しい。少しも焼けておらぬ。ああこれでいよいよ安全だ、と思うと嬉しくなり、急に気が抜けて角の喫茶店の植木鉢でながいこと進まぬ足を休めていた。

　すると私は妙な現象を発見した。通る人々が私の休んでいる通りへ来て、熱心に何事かをみつめている。

　私は思い切って歩き出した。そして通りを曲ったとたん、はっとした。

　白煙がいぶっている。やられた、と思い、出来るだけ急いで天神様の方へ出た。角の三枝はやられているらしいが、この通りは大丈夫らしい。私はどこをどう歩いたか、どんな気持ちがしたか、てんで、おぼえがない。けれども消防車の長いホースや、ただならぬ人声や、煙、それから、途中のやられている家々を見て、助かった、と思った予想が全然裏切られたと一瞬に感じた。

　今はもう、私は意識なく、家の方角へひょこひょこ、魂が歩くみたいに歩いていると、焼けなかった、無事な家の前で、そこの主人らしい男が無遠慮に、消防の活躍を見ながら、欠伸《あくび》しているのをみつけた。いやな人だと思って通り過ぎようとすると、後から、「あ、田辺さん、田辺さん」と呼ぶ。我に返ってふりむくと件《くだん》の欠伸男だ。

「えらいことでしたなあ、お宅、焼けましたなあ」

　私はこの言葉が強すぎて、すぐ受取れず、どすんと胸が鳴った。次の瞬間、来るべきものが来た、というあきらめのまじった思いが湧然とわく。私の額はすうっと冷たくなった。

「はあ、焼けましたか」

　という私の声は、我ながら憮然としていた。

「ええ焼けました。あの辺、すっかりきれいになあ、えらいことでしたなあ」

　と彼はくりかえした。

　私はこのとき初めて標札を仰いで彼が父の知人であり妹の友人の父親である金広氏であることを覚《さと》った。

　雨が降っていたので彼は、

「まあ、ちょっとここへ腰かけなはれ。お父さん、よんで来まっさ。濡れるさかい、家で休んでなはれ。お父さん、呼んで来たげますわ」

　と請じたが、私はそれどころではなかった。

「ええ有難うございます。けれど、やはり、一度行ってみますわ」

「そうだっか。行っても何もあらしまへんけどな。ほんだら傘、かしたげまひょ」

　と彼は家人を呼んで、小《ちっ》ちゃな、油紙の傘を開いて貸してくれた。私は礼を述べてそこをはなれた。

　なるほど、裏通りは一面の煙だ。火はどうにか消えたらしいが、煙がもうもうと立ってくすぶっている。

　私は呆然として歩いてゆくと、ふいに、聖ちゃん、聖ちゃん、とよび止められた。思いもかけぬ、三宅さんのせまくるしい入口に、妙ちゃんや妹や、池田のおじさんの顔がのぞいている。

　お祖母さんは私の顔をみるや、泣声で、

「家、焼けたんやで」

　といった。私は胸がいっぱいになった。

「そうやてなあ、金広のおじさんに傘借りてそこで聞いたけど。わたし、省線（※鉄道省が経営した汽車または電車の路線。この時には鉄道省は運輸省に改編されていた）不通で鶴橋から歩いて帰ってん」

「よう鶴橋から帰れたなあ」

　妙ちゃんはいたわってくれた。見れば髪はみだれ、顔は煤で真黒、目ばかりギラギラと光り、涙をためている。

「もう、しんどうてしんどうて……」

　私は入口の水槽につかまったまま一歩も動けなくなってしまった。

「聰ちゃんが早う帰ってくれたんでなあ、助かったんや」

　お祖母さんは、私の手から鞄を受け取り、

「まあ上って休み」

　といった。すると向うからお母さんが見るもいたましい姿でやって来た。眉は暗く、眼には涙の跡がある。どろどろの破れ草履をつっかけ、汚れたもんぺに割烹エプロンという出で立ち。妹と妙ちゃんは、いち早く叫んだ。

「お母ちゃん、姉ちゃんが」

「聖ちゃん、帰って来やったで」

　お母さんは、私をみつけて、見る見る眼をうるませた。

「聖ちゃん、家が……家がやけてしもうた……」

　その声は涙で曇って鼻声になっている。私は不覚にも涙がこぼれた。

「あんたの本なあ、たくさんあったのが出してあげたかったんやけど、出すことが出来なんだ……」

「……」

　私は何にも言えなかった。鼻がじんと痛くなり、涙がぽとぽと水槽の水の上へこぼれおちた。

日記と地図を基に編集部が再現しました

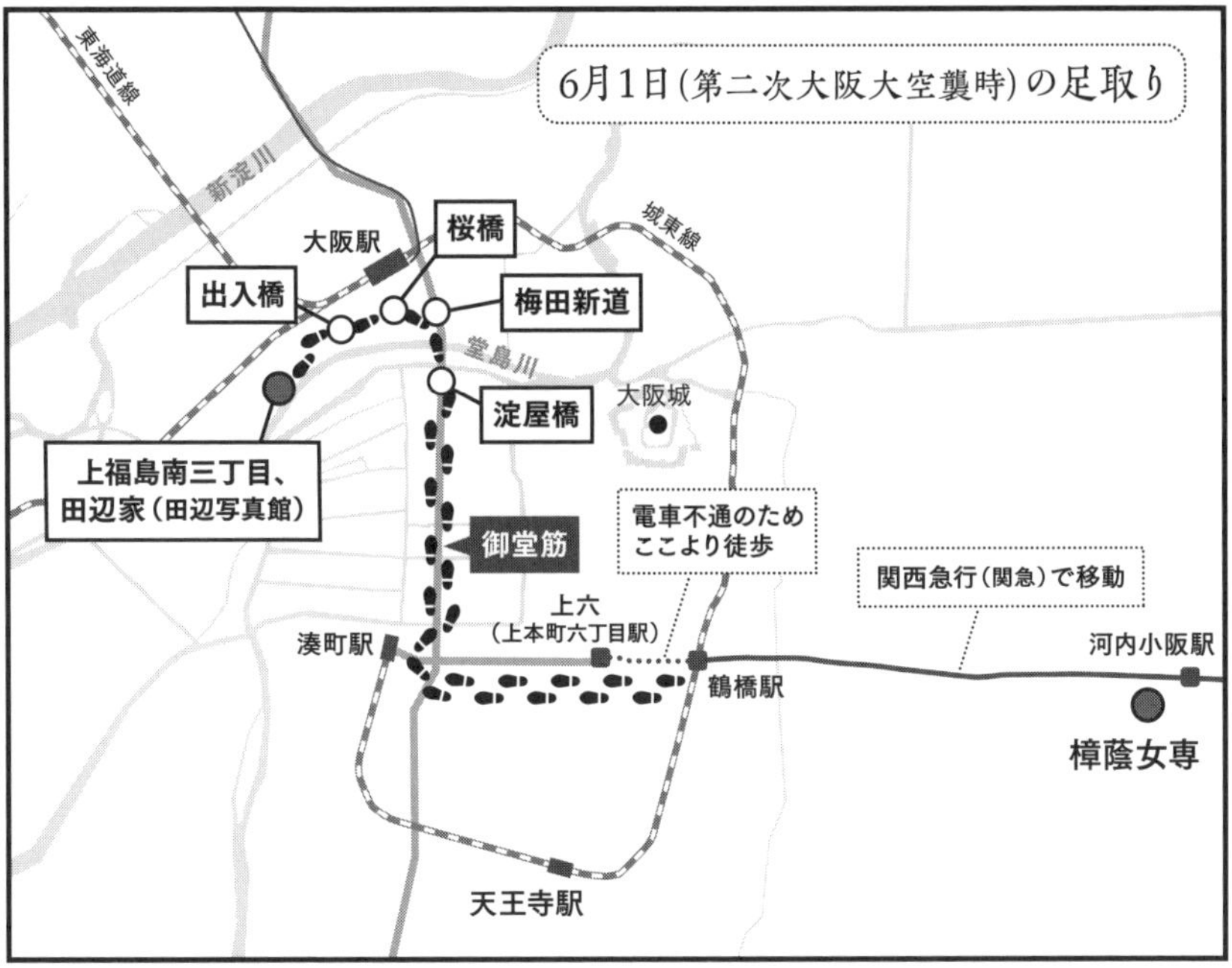

ああ、あの大きな、居心地のよい、ひろびろとした家。生れて、そして十八の年まで育った、あの美しい、古い家！

それが二、三時間の中《うち》に、夢のように消えて、灰になってしまうということが、あり得るであろうか。

私の夢を育んでくれた白い壁の三畳間の勉強室、立派な本の数々、美しいノート、ミシン、オルガン、蓄音器、机、椅子、文房具から日用品、衣類に至るまで、火はなめつくしたのか。それはあまりにもあっけない。

「それで何か持出したの」

「それがな、着るものは何か持ち出したけど、蒲団がなあ、一畳しか持出さずや……」

私はあの美しい蒲団をしのんだ。すべての点において、私には、あの家が焼けてしまったということが実感となってぴったり来ず、もどかしい感じだった。

お父さんも、私が帰ったと聞いて、濡れしょぼれた恰好で向うからやって来られた。

「そうか、帰って来たのか、家、焼けたよ。ははっは。これも戦争じゃ戦争じゃ、仕様がないわい。しかしこれで皆、無事に揃うて、まず目出度いとせんならん」

とお父さんは、快活に言った。私はたとえ、それが不自然であっても、しおれた皆を元気づけようとする心がうれしかった。

ひとまず二階へ上った。なるほど、着るものは大分出してある。私の恐れた如く、美しいノートを七、八冊も入れた黒鞄のみはなかった。私は涙も涸れた思いだった。

我々は三原さんという家の二階へ改めて引っ越した。その夜は蠟燭《ろうそく》の下で、罹災者にくばられたお握りを食べた。もちろん、電燈は不通である。学校へ行って寝んでもええことだけ、ましやと皆いいあった。

罹災直後はさほどでもないが、時がたつにつれあれも持ち出せばよかった、これも出せばよかったに、と、お母さんはくやみ、あげくのはてはトボけたように放心状態に陥って呆然として為すところを知らぬありさまだ。

「それでも皆、元気やったことが幸せやで。神崎みてみい」

とお父さんは言った。

前の神崎の散髪屋のおじさんは、爆弾の破片で手足を一本ずつ切断せねばならぬとのことである。

焼夷弾は私の近所に落ち、河原田さんの一軒こちらから水野さんに至るまで、向いも天神様さえ焼けている。しかも五丁目には爆弾が落ち、即死者が二、三人出来た。まずまず幸運とすべきである。我々のように一家無事であったものは。

商売道具のレンズを失って焼いてしまったとお母さんはくやんでいたが、それでも、これだけ持ち出せたのはええ方やと、あきらめた風であった。しかし、考えてみると、化粧道具から、洗面具から、何から何まで焼いてしまっている。まったく裸一貫から始めねばならない。

爆音がひどくて出られにくかったそうである。焼夷弾落下の音を聞いて飛び出してみると、もう家は、直撃を受けて、便所の袖垣《そでがき》がめらめらと燃え出し、二階の暗室がゴーッと火を吹いて黒煙がもうもうと渦巻いていた、という。それで持ち出す間も何もあらばこそ、裏も表も火の海でどうにも出られなかったそうである。

本もノートも焼いたが、これも仕方あるまい。それを言うと、お母さんが悲しがるから、もうやめる。弟も、教科書は何一つ持ち出せなかったという。

隣組の人々は別れを惜しんでいる。八組は全滅である。その夜、お母さんは痛みはじめた私の足を冷すため、バケツに水をくんできて手拭をしぼって下さった。

裏の八百屋の新ちゃんという上の中学の方の子は、帰って来ないそうで、家の人々は心配していた。

この夜は、一睡も出来ない。さすがにお父さんは、十も年を取ったようにやつれ、顔は黒く、髯《ひげ》もまばらにのびて凄愴な顔つきだ。お母さんは大病のあとみたいに、呆けた様子で、いつまでたっても事実が信じられぬようにぼんやりしている。妙ちゃんや私や弟は、若いからさほどでもない。妹は前のとおり、はしゃいでいる。お祖

大阪城周辺

母さんは、自分の持ち物は糸一本あまさずごっそり疎開していて身軽いから、さほど力もおとさず、腰かるく働いて食欲が依然としてさかんである。

お母さんに及ぼした打撃は大きく、私はお母さんのかなしそうな顔を見るに忍びない。若いものの顔は、未来の希望に輝いている。私たちは若いのだ。

近所の罹災した人々はみんな、この土地は退きたくないといっている。

同日、午後——。

昨夜帰って来ず、近所の人が探し歩いて、

「新ちゃん——、新ちゃ——ん」

と呼ばれていた八百屋の子は今朝方かえって来て、我々も愁眉をひらいた。

家のやけあとから弟たちは、変色したコーヒー茶碗や釜鍋などを掘り出して来た。台所道具は、何一つ助からないと思っていた。

釜のよいものは取られたらしい。火事場泥棒が氾濫していると見える。

私は足が痛くて動かれず、空《むな》しく灰色の空を眺めている。今さっき、服部の裕ちゃんが来て、家が焼けたときいて、涙をこぼし、お母さんの愚痴に相槌を打っていた。

六月四日　月曜日

昨日、学校へも行かず（もっとも日曜だったけど）焼けあとの宝さがしをやっていると、意外にも田原さんがやって来た。彼女は、単に遊びに来るつもりであったのだが、まさか家が焼けたとは思わなかったそうである。

田原さんの家は大丈夫であったという。焼け跡に立って呆れ果てていた。

三原さんの二階へ請じ、借りていた樟専の雑誌「翠滴《すいてき》」（※小説など、生徒の創作や学校行事等の諸記録を掲載）を返して、高木さんへの言伝《ことづて》をたのむ。また、二、三日うちに来ると言っていた。

昨日も今日も無為に暮している。お母さんは、井原《いばら》（※岡山県にある母・勝世の出身地）の町で写真でもすれば好いのだけど、というつもりらしいが、それには弊害が伴う。一つは、皆の学校のことである。二つは、子供ばかり大阪に止《とど》まるとしても、炊事をする人がなくては困る。妹は転校してもさし支えないけれど、弟は不可能だし、私も無論こまる。

私はいっそのこと、もう学校を止《よ》そうかとさえ考える。弟は「そして煉瓦《れんが》女工になるのか」とひやかすけれども、考えてみると、勤めるのに好いところはなし、さりとて学資を出してもらうのも好くないし、進退に窮している。

昨日あたりからぼつぼつ写真を取りに来る人があって、お父さんもお母さんも、日本人なら、焼あと見たら、何とも言わずに、「それはどうも……お気の毒でしたな」と言うて黙って帰るが、どうも朝鮮人や支那人と来ると、ひつこく粘って仕方がないという。それで気前よく写真代を還してやってると言われてた。日本の真の底力が出ないのもこんなに、日本人と朝鮮人との人種の相違によるのではあるまいか。朝鮮人も日本人だけれども、やはりほんとの心の底はちがうであろう。

六月五日　火曜日

焼け残ったものを見たり話しをしたりすると、いよいよ執着心が強くなる。そうだ、私は「秀」の論文「上古の女性」と、立派なノート及び女学校卒業の時、先生や友達に書いてもらった、帳面を失ってしまった。

妙ちゃんは「あんたが横着でだらしないから疎開しとかんのが悪いのや」といったが、それもあるだろう。とにかく私が悪かったのだ。

六月八日　金曜日

三原さんの二階にいつまでいてもきずつない（※大阪

弁で「気づまりな」「苦しい」の意）から、前に駒木さんがいた家へ引うつって来た。

昨日は大変であった。

九時半頃、警報が鳴り出して、しばらくすると空襲になった（※第三次大阪大空襲）。また、とっとことっとこ荷物を前いた家の壕へ運ぶ。

見慣れぬ形の飛行機が五機、超低空で飛んで来た。それから間もなく異常な爆音と、つづいて爆弾か焼夷弾か落下する音がきこえて、また急いで何の音かわからない、炸裂でもしたような凄まじい響き……鼓膜がビリビリ震動した。

そんなことが一回か二回ではない。爆音が止むと、壕の外へ走り出てみた。空は南を除いた三方共、黒煙がもうもうと立ち上っている。十三、三国《みくに》あたりだという声がきこえた。

光りながら焼夷弾が落ちてゆく。それがはっきり見えた。敵機が過ぎ去ったころ、各所に漸《ようや》く火の手が上り出し、空は暗澹《あんたん》として夜の如く暗い。

避難の人々は南へ南へと逃げた。家を消火しないで荷物をまとめてさっさと逃げた人が多い。怪《け》しからぬことだと思う。

今日に至るまで断水である。井戸水をもらいに行く

（※第三次大阪大空襲では、大阪市の主に東部で被害が大きかった。特に水道管関係の被害が甚大で、大阪市民は上水道による水の供給を受けられなくなり、飲料水は井戸から汲んだ）。

母は怖がって田舎へ行こうと提唱した。

父は去就に迷うよと口ぐせの様に言いながら、事実は迷うという口実に安住して、いつまでも決断をつけないでいる。

同日、午後四時——

父の妹でやもめ暮らしをして、子供四人かかえている例の服部の叔母は、ルーズでしまりがなくて、おべんちゃらで、芝居気たっぷりで、仕様のない女であるが、今日もその家へ荷物を疎開すると、丁度、淑子ちゃん（※妹のこと）も危ないから連れて行っていたので、早速「ああ、お米がない」といって、疎開の米を食べようとしているらしい。妙ちゃんが帰って言っていた。大体、疎開の米を食べようとする者があるだろうか。まったくルーズな家だ。淑子ちゃんの米はずっと前、三升五合を服部へ貸してあるので、持って行くことはないのである。それに祖母も祖母だ。私たちは祖母を「糞婆」と呼んでいるほど嫌らしい老婆で、長男の家のことは少しも見ずに、よその家ばかり面倒を見、子供を可愛がってやる。その祖母は、昆布を疎開のつもりで預けたのに、ざるへ移していたそうだ。

六月十六日　土曜日

昨日は四度目の大阪爆撃であった（※第四次大阪大空襲。大阪市の中心部のみならず、周辺の地域にも大きな被害が出た）。出入橋は炎々と燃えて、堂島の国民学校も焼けた。七日（※第三次大阪大空襲）では、第一の国民学校が全焼し、そのあたり全滅、また、阪神の福島駅が爆風で倒壊、その他、相当やられている。

一昨日、初めて学校へ行ってみた。

私は啞然とした。何という小阪の平安さであったろう。クラスの人々は半減していたが、みんな呑気に小説の話、映画の話をし、私に向って気の毒だと言ってくれたのは、浜さん一人、木谷さんがちょっと尋ねてくれ、三木さんは同病相憐《あいあわ》れむで私に向ってニヤニヤとし、西川さんは今どこにいてんのと言っただけである。

皆はどこに戦争があるのかと言わんばかりだ。勿論、疎開してなかった私も悪いけれども、山本さんなど、私が、

「百数十冊あった本焼いたの」

というと、

「阿呆やなあ、なんで疎開せえへんなんだん」

と言って、ただの一言も気の毒にとも、惜しいとも言ってくれない。総体にみんなは冷淡だ。憎らしいばかりだ。

お母さん等も、

「一億全部が焼け出されたというのならまだ納得がいくけども、焼け出されん人があえらそうに出たら、同胞ながらむかむかする」

と言っている。

細川さんのおばさんが話していたが、焼け出されて田舎へ帰っても、何や全《まる》やけになって、と陰口をきき、疎開してあった服を着て町を歩いていると、

「フン、焼け出されのくせに気の利いた服、着とる」

とまるで目の敵にして同情心の薄いこと、おびただしいという。

一億戦友とみんな標榜するけれども、そんなことは上辺だけだ。日本人というものは、互いに感じ合えば話せる人間である、話せばわかる人間である。お互いが心から、この多難な祖国の運命を直視し、その苦楽を分ち合い、共に戦い合ってこそ、この戦争にも勝ちぬけるのではあるまいか。誰のために我々は家を失ったか。何者と我々民族は戦いつつあるのか。それを思えば、お互いが大和民族、日本人である。戦友愛でやり抜くべきだ。

私は西川さんが罹災して靴下がないと言ってるのを聞き、早速、人絹《レーヨン》ではあったが一足の靴下を上げた。私は贈物を期待する人間ではないが、私が皆に親切にするほ

どには、皆は親切でないということを私は今更の如く悟った。事実、考えてみると私の一家はみんな親切者で、根は気好しである。特に祖母の場合について考えると、人に迎合せんが為の親切の如く、過度の親切だ。父も母もともに親切屋という点においては相譲らない。

六月二十三日　土曜日　雲

この数日来、私は心の平安を取り戻したように思う。学校へも忠実に通っている。それは勉強したいからだ。皆の薄情にも慣れた。それが当然だからだ。

私はひるまない。

私は泣かない。

私は屈しない。

新しき生への首途《かどで》——私は雄々しく新生への第一歩を踏みしめる。

ただ、お母さんが可哀想だ。幼くして母を失い、結婚して、忍耐と屈辱のいくとせを暮らし、漸く、主婦として一家に君臨して、それもほどなく家は焼け、収入の道は絶たれて路頭に迷わねばならぬ。

私はこの上なく可哀想に思う。しかし私は若い。何かになりたいと思う。そしてお母さんを安心させ喜ばせてあげたい。

小野さんの家が十五日の空襲（※第四次大阪大空襲）で焼けた。みな焼いたそうだ。疎開もしていなかったという。倉へ直撃を受けたと言う。細川先生は、小野さんが本を焼いたというとすぐ、

「そろえてあげましょう」

と仰っていた。

学校は師団になって、多くの兵隊さんがいる。門にも「鎮西〇〇〇〇〇部隊」と、真新しい大きい標札をかかげ、私たちが営々と働いて耕した畠は一夜のうちに防空壕となっている。見るかげもない。

橋のたもとには兵隊さんが立っている。哨兵《しょうへい》だ。門衛の所には五、六人ずらりと面をならべて頑張っている。私はまばゆいし、照れくさいし、最初は礼もしなかったがこのごろはする。

哨兵の小屋も出来た。運動場には馬までつないである。授業しているにかかわらず、兵隊さんは部屋の外を闊歩《かっぽ》する。遂に細川先生は「ちょっと君」とよびとめ、「ここは授業しているから通らないで下さい」と強硬だ。

先生は一般に快くは思わぬらしい。生徒は、女専の方は興味的に眺めている。高女のちび達は尊敬と親愛の目でながめている。彼女達は純真だから、哨兵の前では立ち止って最敬礼をしている（※「高女」とは、同じ学園の「樟蔭高等女学校」のこと。当時の樟蔭高等女学校は、現在の中

学・高校に当たる中等教育機関であった。樟蔭女子専門学校は、現在の大学に当たる三年制の高等教育機関)。

女専の生徒はそろってみんな兵隊さんの前を通る。一人では誰も通れるものはいない。私もだ。誰かを物色してきょろきょろしている。誰かが来ると早速つかまえて門をくぐる。

しかしなぜ門衛の前に並んだ兵隊さんは、あのように、まばたきもしないで、通る私たちをみつめているのだろう。

六月二十四日　日曜日

敵の爆撃は、大都市から中小都市、つまり衛星都市へと鋒《ほこさき》を向けつつある。静岡だの、豊橋だの、近くは吹田、豊中、布施という具合に。

そして沖縄は依然思わしくないが、鈴木(※貫太郎)首相は「沖縄は天王山にあらず」と喝破し、下村(※宏)情報局総裁も「本土決戦」を唱えている。

国民義勇隊の結成を各所で見る(※本土決戦に備える防衛軍。国民すべて男子十五歳以上、六十五歳未満、女子十七歳以上、四十五歳未満の者で編成され、軍の統率下におかれた。竹槍ほか、武器もない玉砕要員であった)。「国民抗戦必携」というものが大本営から配布されるはずだ。挺身斬込みの要領などや、タンク、天幕、戦車の破壊焼夷法、そんなものなど。

巷間《こうかん》では三つの生き方及び思想が存在している。

その中《うち》の二つは楽観的な戦局の見方だ。飛行機もあり余っている、予科練(※「海軍飛行予科練習生」の略称)は皆、飛練(※「飛行練習生課程」の略称。予科練卒業後、本格的な飛行訓練をする)になって腕を撫している。敵を本土近くまで誘《おび》きよせ、一挙に屠《ほふ》って、余力でアメリカ本土へ押し寄せるというのだ。それらの説を標榜する人々は神州不滅を説き、大和民族の祖国愛を説き、国体の尊厳を説く。それらの人々は罹災しても、その日からの生活にたちまち困るような人ではない。

その二はひどい悲観者だ。もう日本もだめだ、という。負けたらどうなるだろう、沖縄はもう取られたとしたら、昼となく夜となく、B29はやって来よう、どこへ逃げたら最も安全か。これらの人達はそのくせ、捷報《しょうほう》がちら、とでも入るとすぐ喜悦に入る、無邪気な愛国者だ。

その三は中庸で、戦局に一喜一憂しつつも、たいして悲観も楽観もしない。現在の生活に進んでいる。

面白い報道がこの間、新聞に出ていた。ヒットラーの結婚説があばかれている。彼の親衛隊員のいう所だから、本当であろう。結婚していないことが、純潔の証明の様に新聞でも雑誌でも書いていたくせに、と私はおかしい。

しかし今更ながら私にはドイツ人の感情が解せない。首領が死んだらもう責任も義務も没入だと、敵に降服するのだろうか。何千万、何百万の軍隊よ、なぜ再び起って君等の祖国を守らぬか。

降服は破滅だ。日本の青少年をして羨望せしめた、あの溌剌《はつらつ》たる、活気ある、見事な統制力をもった、ヒットラー・ユーゲントは何故活躍しない？　世界婦人の模範とまで賞揚されたドイツの婦人よ、何故、御身らは腑甲斐なき男子に代って銃を取らなかったか、たとい一兵でもいい、英米ソの兵を殺さなかったか。

憤慨しても始まらぬ。

六月二十五日　月曜日

依然として出席率は多くない。十人あればいい方だ。それでも先生は熱心に授業する。作業は毎日ないが、時たまある。

今日はないものと思って弁当食べてたら、呼びに来た。先に帰った人もあるから、みんな怒って帰ってしまった。私も裏門からぬけて出た。重々悪いと思うんだけれども。

まだ家は決まらない。福島の小さな家にごちゃごちゃといる。早く家へおさまりたいのだが、思わしい家がないので困る。

甲子園に、とてもハイカラないい家があった。（※家材）道具も置いて行って疎開しているので、家賃も要らず、道具を傷めぬよう使用してくれと言うのであるけれど、二時間ほどの手違いで飛行将校の夫婦が入ってしまった。

妹はその家がハイカラな好い家なので、残念がっている。こんな小さな家に住んでいると、ベランダのある家、テラスのある家、サンルームのある家、勉強室、書斎、寝室、食堂、台所、芝生、林などと並べると、華族の別荘だけれども、そんな家が羨やましい。こんな時局だということも承知しているのだけれども。

（※日記原本でここに記されている短編「或る男の生涯」はP185に収録しています）

七月十一日　水曜日

二十六日（六月の）には、尼崎、佃の方に爆弾が落ちた。福島の私の家の近所にも爆弾が落ちて、壕に入っていた我々の肝《きも》が潰れるほどすごい音がした（※第五次大阪大空襲。朝方、田辺一家が長く暮らした此花区などに多数のB29が飛来し、大きな被害をもたらした）。

正直に言って、実際、あの時は好い気持ちではなかった。蒲団を一寸《ちょっと》のけると、すぐさまB29の凄まじい爆音だ。はっと思うと、すぐさま天が抜けた様な音、息をつめて蒲団をかぶると、鼓膜がびりびり震動する。なんという不気味さだ。

爆撃が済んで出てみると、どこの家のガラスも木端微塵《こっぱみじん》に砕けている。私の家も壁がくずれ、ガラスは外《はず》れて哀れなありさま。その夜は一晩そこで寝て、翌日、池田のおじさんが二階借りしている大島の家へ行った。

七月十六日　月曜日

私は疲れて何を書く元気もなく、あらゆる生活意識を失いがちになりながら、ともすれば怠惰に陥りがちな仕事の単調さを、必死にくりかえしている。いま学校工場にいるが、手縫班は人が少ないため、一人でも休んだら戦力に影響することも、私は大きな誇りと強い自信をもって高らかに言えることに深いよろこびを感じている。

気候はわるく、身体の調子はだるい。昨日、医務室で体重を計ってみたら、十三貫、四十八キロあまりに減っていた。

七月二十日　金曜日

池田のおじさんは工場をさぼって、医師を買収し、遂に田舎へ逃避した。彼はそこで不当なほどの優遇と慰安とを与えられ、美味いものを食べ、新鮮な大気の中で呼吸し、そして夜は警報に悩まされることなく、安らかに眠るであろう。時局を忘れて、昔を憶《おも》いながら好きな魚釣りに専念し得るであろう。私は彼のそういう非国民的な行為を好かない。彼は純情というものなんか、一片も持ち合わせていない。愛国的熱情など、彼に取っては微風のようなものである。

七月二十四日　火曜日

料理おぼえ書

一、豆を水につけておき、それをすりつぶし、メリケン粉と水とでこね、みじん切りにしたる玉ねぎ、菜、茄子等、野菜を一緒に混ぜて団子にし、天ぷらで揚げる。

二、茄子の両面を焼き、それに豆のソップ（すりつぶして煮、漉《こ》す〔※「ソップ」とは「スープ」のこと〕）をつける。

三、野菜を炒め、水を加え、メリケン粉のこねたものを落とす。
四、うどんを茹でおき、野菜を炒めたものを混ぜ、少量の水を混じ、更にメリケン粉、カレー粉を溶いたものをその上に混ぜる。少し御飯を入れる。

今日は全く、古今未曾有《みぞう》の大爆撃であった。五時早朝からひっきりなしに大型と小型とりまぜての来襲だ。あとでラジオを聞くと、小型二千機、大型四百機、硫黄島、サイパン、マリアナ等々からこぞって来たそうだ（※第七次大阪大空襲）。

一日仕事は手につかず、もちろん学校へも行けぬ。空は二ヶ所黒煙を吐いている。川西（※海軍軍用飛行機製造工場、川西航空機製作所を指すものと思われる）がやられたらしい。生産が低下してはならぬ。気が気でない。

それにしても友軍機はどうしているのだ。呉は五百機来て五十機堕とし四十機撃破しているのに、大阪はたった七機しか堕としていない。房総半島に来た敵駆艦×隻だって、撃退とのみで、いささかの損害も与えていないのにかかわらず、我が方は輸送船一隻やられている。

一体何たることだ。馬鹿野郎、軍は眠っているのか。

七月二十五日　水曜日

家が決まり、二十八日に引っ越せることとなった。今は池田のおじさんも妙ちゃんも帰ったから、水入らずの五人ではあるが、何しろ、二階住まいのため不自由なことが多い。

階下の七野一家は五十あまりの母とその姉妹（これは養子を取って二人の子供があるが、養子氏は出征中也）、妹娘の子供二人である。妹娘は大手前（※大阪府立大手前高等女学校。現在の大手前高等学校）を首席近く卒業した教養もある近代娘だが、姉は教養も何もろくすっぽない。小学校を出たばかりの長屋のかみさん然とした女だ。暮らしは低級で零細で物質的だ。この状態では日本の文化は危険状態にある。ラジオだって警報以外には聞こうともしないし、本は読まないし、レコードもないし。楽器、絵、あらゆる文化的生産など薬にしたくも見られない。ただ、生きているというだけである。

私達の生活はこれから見ると中流以上であったといえよう。「焼け出されやと思うて、人を馬鹿にする」とお母さんが憤慨するが、たしかに同等に取り扱われるのはちょっと否《いや》みたいほど生活程度は低い。

七月二十九日　日曜日　晴

今年は天候が不順であるが今日は夏らしく暑かった。やっと七野のややこしい家から逃れ出て自分の家と名のつく所へ来ることが出来た。全くの水入らずの親子五人、ホームスイートホームである。それも福島の広い家と違って、ちょっと表から入ってつつと歩けば早裏へ出ようというささやかな家であるから、よけい親密さが増した様である（※一家は淀川を越え、尼崎市のはずれに、上述されているような小さな家を借りた）。

私は二千機の爆撃があって以来、学校工場へは出ていない。それからしばらくは城東線が不通であったし、それが済むと宿替えである。その片付けとつづいて、今日も休んだ。明日は学工（※学校工場での勤労のこと）の休みの日だ。

こうして家に落ち着いていると、まったくの〝娘〟という感じ。ちっとも学生らしくない。勉強しないから、あたまン中はからっぽだし、小説も作らないし、詩想も湧かず、和歌も作らないから私は全く平凡な〝としごろ〟の娘になり返ったようである。事実、家の用事ばかりしていると、手伝いもし、料理もするから、自然よく覚える。家庭の主婦みたいになるのは当然である。私の様な学生は、勉強の為に、家の用事は手が回らない。

お父さんは、以前同町会にいた大江という人の所に手伝いに行くことになった。遊んでるのももったいないし、ということであったが、名目はいかにも体裁がいいが、父も母も月給によって生活するのであるから、お父さんもサラリーマンとなるわけだ。

ところがこのサラリーマンたるや、すこぶる紳士的職業に従事する知識的階級だ。訪れる名士の応待をするのである。大江はまだ若いが〝やり手〟の評がある事業家で、現在、自分の発明にかかる団栗《どんぐり》の実から成る団子及び圧縮した乾パンを工場で製造し、住友だとか軍隊、陸海軍にさばいている、なかなか見込みのある商売をはじめている。

何といっても食糧問題の深刻なこの頃、この種の商売は押しがきく。かく申す拙者も度々頂戴に及んだが、なかなか美味い。お父さんは食べ飽いた、と自慢そうに言う。陸海軍の中尉だとか、課長だとか理事だとかが来ると、蜜と砂糖のふんだんに入った濃い、ぽっとりしたコーヒーを飲むし、豆の入らない昼飯を食べるしで、お父さんはなかなか好い具合である。大江の話が出た当座は、砂糖でもメリケン粉でも、手当り次第もって帰れる様な話であったが、そうそう自由にもならぬらしい。ただ団子ばかりは、二十ほどは自由になるようだ。

米はこの頃足らず、大豆をすりつぶしてメリケン粉と混じった代用食ばかり作っている。今日のお昼ごはんは団子汁をしたが、私一人でやれた。みんなに味をきき、美味しいと答えられてニヤニヤするのも月並みな娘らしく、急にいやになった。やはり私は書物を抱えて源氏を読み、万葉を諳《そら》んじ、文法を考え、女性史を論じている方が似つかわしい。

みんなで（学校の友達）雑誌を作ろうと思っている。題は翠樹、若潮、あらなみ、蛍雪、蛍燈、窓雪、薫風などである。小説を出そうと思っているが、よい題材が浮ばない。赤猪子《あかいこ》の話をしてもいいが、月並みだし、謀反を取り扱ってもいいが、題材はないし……。

八月九日　木曜日

今日もまた休む。疲れるし、それに夜、警報が出るから起きるので体のだるいこと、だるいこと。

五日の夜は大変だった。また西宮がやられた。武庫川へも焼夷弾が落ち、松はぼうぼう燃えた。たまらない。また焼け出されかと慌てた。荷物を出して道傍へ並べたくらいだ。空襲に疲れてぐったりしながら、まだまだ敵に屈服なんぞするものかと気張るのも妙に空しい。

しかし、ここで屈伏してはならぬのだ。私は気張ろうとするが、ややもすれば、ずるずると底無し沼へ落ちて行くような、無気力と倦怠とに悩まされる。わたしは「戦へる青春」というのを書こうとしているが、ぴんと来ないから、も一つたのしく書けない。育児科の村上さんという文学愛好者が、私の作品を見せてくれとせがんでいる。私の作品は何か一つ霊感が起きて作れるものであるから、起きないときには作れない。おきて来ない中《うち》は、まるで普通の凡人と違《たが》わず、その前に書いた自分自身の作品に、へええ、こんなものを書いたかしらんと感心するほどである。

その代わり書いている中に来たら神がかりになって別人のよう。人の言うことなど聞こえないし、話しもせず、何も見えず、奔流のままに書く。

終戦

八月十一日　土曜日

「エスガイの子」を村上さんに見せた。また普通の人と同じだ。折角この人こそと信頼して見てもらったのに、つまらなくも、日本物の小説以外はあまり受けつけようとしない。

「これ、翻訳物？」

「ううん」

私はまたかと思って返事もせず、村上さんの作業場を離れた。

憂鬱になってくる。蒸し暑くて、そよとの風も吹かず、折からさあっと横なぐりににわか雨がやって来た。ポプラの葉が躍り上がっている。仕事は割合ある。前立てやポケットのボタンホールも閂留《かんぬきどめ》も溜まっている。

私の仕事を理解してくれる人はいないものか。まあいいや、そんなことは。

「批評してくれる？」

と訊いてみると、

「ええ感想文書いてもってくるわ」

といった。明日が楽しみだ。

「批評が楽しみなんだけど、誰もしてくれないでしょ」

「先生に見せたらどう？」

と村上さんは気楽そうに言う。ああ、見せるほどならこんなに苦労はしない。

ソ連が越境してきた。国交断絶を言いわたす。すでに満洲樺太の国境において激戦はくりひろげられている。いよいよ、日本は世界を相手に戦うことになった。すみきわまった一筋の道をわれわれは毅然としてただ歩み、必死に戦うのみである。広島には敵機が新爆弾を投下し、多数の殺傷者を見た。新型爆弾は空中で破裂し、熱線、爆風共に強烈とのみで、詳細なる報道を見るに至らなかったのであるが、このほど、原子爆弾と新聞紙上へ載り、その残虐甚だしいものらしく、畏れ多くも李鍝《イウ》公殿下（※朝鮮王族李王家の一人で、大正十一年に来日し軍人教育を受けた）さえ御戦死あそばされたのである。

今こそ我々は民族の名誉にかけて祖国を守らねばならぬ。ソ連何物ぞ。一方的な宣言、不法な挑戦、理由なき侵略、それらは平和と正義の名において撲滅せらるべきである。

しかし、中部軍参謀長も言う如く、ソ連としても、引っ張り出されたアメリカに対して戦いはするだろうが、多大の損害を見つつ理由なき戦争を敢えてするほどの愚鈍ではあるまいと思われるが。校長先生は一日、私達を集めてソ連との開戦や広島の爆弾のことについては、絶対に放言するな、とおっしゃった。

昨日、始めてビラを見た。縦四、五センチ、横七、八センチの小さい白い型の紙で裏も表も刷ってあったが、謄写版なんかではなかった。中々面白い。ナンダ、こんなもの、フン、乗るもンかと思って余裕タップリで読むから、おだやかである。

同じようなことで、原子爆弾をいくつも落としたらどうなるか考えてみなさい。広島は一個の原子爆弾であれだけの被害であった。だから諸君はこの上無益な戦いをやめて、早く陛下に戦争を止めるよう請願しなさいとある。

「陛下」という尊貴なる文字を、豚の子、けがれたる狐、臭き狼の如き醜の奴らの筆に上せたかと思うと、クラクラとするほど烈しい憤りを感じ、ビラを地に叩きつけたく思った。

お母さんは言う。

「こんなビラ、一回や二回ならなんやけど、こう何遍もやられるとつい、うかうかした無学な人は、ほんにそうかいな、アメリカのいうようにしたらええかいな、と思うやろう」

「そんなこと、決してないわ」

私と弟は声を揃えて言うと、

「そりゃ、あんたらは純情やから」

と一言できめつけられた。

そうだろうか。弟は、

「そんだらぼく年寄りとうないな。若いほど純情やから」

と言った。ああ、年寄ると感情まで、否、忠節まで濁ってくるのであろうか。

八月十三日　月曜日

村上さんが昨日、「エスガイの子」と一緒に感想文をもってきてくれた。やっぱり解《わか》ってくれるのだと嬉しかった。しっかりした文章で、

「説明的になりすぎる所があること」

「王者エスガイの品格を出す為に、一家の言葉に、も少し考慮を加えてほしい」

という批評は堂々たるもので、なるほどと感じた。まさしく、そういうところがある。気が付かなかったのはうかつであった。

私の文章が説明的になるということは、すでにお母さんからも注意せられたことである。

八月十五日　水曜日

何事ぞ！

悲憤慷慨その極《きわみ》を知らず、痛恨の涙、滂沱《ぼうだ》として流れ、肺腑は抉《えぐ》らるるばかりである。

我等一億同胞胸に銘記すべき八月十五日。

嗚呼《ああ》、遂に帝国は無条件降伏を宣言したのである。今日正午、畏《かしこ》くも陛下におかせられては玉音おん自ら、痛ましくも詔勅を読まれてその次にすぐポツダム会談を受諾した旨、発表された。すなわち日本の無条件降伏。

嗚呼日本の男児何ぞその意気の懦弱《だじゃく》たる。何ぞその行《おこない》の拙劣たる。

陛下におかせられては、広島に投下せる一原子爆弾とソ連の挑戦とにつき、この上、民草を苦しめるに忍びずと仰せられているが、陛下よ、臣ら草莽《そうもう》の微臣《びしん》、いやしくも大和民族たるものは、一人として瓦となり全からんこと期するものあらざるなり、然り、日本民族の栄誉にかけて三千年の伝統をそのままに、玉と砕けんことをこいねがう。

何の為の今までの艱苦《かんく》ぞ。サイパン島同胞婦人、日本の勝利を信じて静寂に髪を梳いて逝き、アッツ島守備兵また神国不滅を確信して桜花と散り、沖縄の学童はいたいけな手に手榴弾を握って敵中に躍り込み、なかんずく、特攻隊の若桜はあとにつづくを信ずと莞爾《かんじ》と笑って散った。嗚呼何の為に我々は家を焼かれたか。傷つき、そして死んだか。

皇国の不滅を叫び天皇陛下万歳を奉唱し、後につづく者あることを信じて逝った幾多の英霊に対して、我ら一億何の顔あってか地下に見《まみ》えん。全てを「勝利」にささげ、全てを「勝利」に信じて、孜々《しし》として己れを捨ててきたではないか。我らはたとえ幾千の原子爆弾頭上に落下するも恐るるに足らず。もし敵一歩たりとも本土に上陸せば、白醜の碧眼一人半手隻足たりとも斬りつけて死なんものをと激しき闘魂にふつふつと身を焼いているのである。

しかるに嗚呼、何らなすことなく徒《いたず》らに双手を上げて、何処《いずこ》に三千年の伝統と美しき国体は存するや。一億必死の時至らば刺違えて死なんものをとまで思いつめ、全てを祖国へ捧げて来たものを。

我ら学徒もまた、美しき、また再び来ざる青春の時代を惜しげもなく祖国に捧げたてまつり、勉学にうちこむべき精力をすべて生産増強にふりむけて傍目《わきめ》もふらずひたすらに国想うおとめごころの赤き一すじの道を、ひたばしりにあゆみすすんで来たものを。男子の学徒もまた学窓を出でて筆を捨て、雄々しく空へ海へとあまかけり行った。何故？　ああ、全て、祖国のかがやかし勝利を確信して！

われわれ罹災者は家を焼かれた。また闇をにくみ、不自由に堪えた。何事ぞ。その艱苦、報いらるるに最大の恥辱を以て与えらるるとは。
我々の忍耐と努力と艱難に対して報いらるるところは
あまりにも痛憤せざるを得ない事実である。
しかしながら我々は、つつしみて大君《おおきみ》に御詫申上ぐる。
陸軍大臣（※阿南惟幾《あなみこれちか》）は今日自刃《じじん》された。辞世に曰《いわ》く。

「大君の深きめぐみを浴《あ》みし身は
いひのこすべきかたこともなし」

国憂ふをとめごころの一すぢに
すべてを捧げまつりしものを
弓矢折れて戦ひつきしいやはては
君にわびまつり死なんものから
闘志焼けず闘魂尽きず敵前に
頭下げよとのたまふや君
はらからをわがはらからを撃ちし敵
そのひとりだに殺さで止むなる
いかなればかく苦しみきかく死にき
わがふるさとの国護《も》らむとて

美しき一代《ひとよ》の青春《はる》も返りこず
空しかりけり全てさゝげて
天なるや神またいかりたまふらむ
雲とぢこめて陽光《ひかり》なきかも
原子爆弾何するものぞそのいくつ
われらが上に落ちて来ぬとも
男児団何ぞ懦弱の意気なるや
弓矢折るとも戦ふべきを
大君の大慈悲仰ぎくにたみら
たゞ涙して面あげえぬかも
滅ぶもあれ死ぬるもあれやたゞたゞに
戟《ほこ》朽つるまで戦はんもの
くされたる豕《いのこ》の奴醜の女《め》に
神国人の勝たざらめやは

醜の鬼一歩上陸《のぼ》らば女《め》にしあれど
　碧眼ゑぐらむ胸だに突かむ

醜の碧眼一人だにあれ殺さむと
　ひそかに唇《くち》をかみてゐたるに

大やまといくた茨の道あゆみ
　むくはるなくて膝かゞむとは

壁にならぶ防空頭布鉄かぶと
　すでにむなしきしづけさのあり

今はわれは語るべきなしひた黙《もだ》し
　涙を呑みて勉めはげめん

そのむかし国生みたまひし二神は
　この胸のいきどほろしさやるなくて
　雲に向ひて怒りなげうつ

八月十六日　木曜日

今日はじめて新聞に接し、親しく大詔を見奉る。

陛下の大御心、拝察するだに畏ききわみ、原子爆弾を使用せられては、大和民族滅亡のほかは非《あら》ず、かくては祖宗に対して申訳なしと仰せらるる言のかしこさ、母と二人で涙を流して読んだ。それを読み奉っては、憤おろしさのあまり暴動を起こしたり罷業したり、一時憤激の情に駆られて更にこの上聖慮を煩わしたてまつることの不忠をひしひしと感じた。


陛下は御涙をお呑みあそばされてかくさとしたまふ。

「神州ノ不滅ヲ信シ任重クシテ道遠キヲ念《おも》ヒ総力ヲ将来ノ建設ニ傾ケ道義ヲ篤クシ志操ヲ鞏《かた》クシ誓テ国体ノ精華ヲ発揚シ世界ノ進運ニ後レサラムコトヲ期スヘシ」

また仰せらる。

「今後帝国ノ受クヘキ苦難ハ固《もと》ヨリ尋常ニアラス爾臣民《なんじ》ノ衷情モ朕善ク之ヲ知ル然レトモ朕ハ時運ノ趨《おもむ》ク所堪ヘ難キヲ堪ヘ忍ヒ難キヲ忍ヒ以テ万世ノ為ニ太平ヲ開カムト欲ス」


爾臣民ノ衷情モ朕善ク之ヲ知ル……何と有難き極みの御ことばであろう。一億臣子、これを奉読して哭《な》かざる者あろうか。更にまた、

「朕ハ……常ニ爾臣民ト共ニ在リ」

という。ああ、大君、われらとともにいます。

しかも陛下は力足らずして自責の痛恨に胸を噛む臣子を責めあそばされず、

「帝国臣民ニシテ戦陣ニ死シ職域ニ殉シ非命ニ斃《たお》レタル

者及其ノ遺族ニ想ヲ致セハ五《ご》内《だい》為ニ裂ク」とまで仰せらるるのである。

この大御心のふかき、嗚呼また何をか言わん。今はただただ、父とも仰ぎまつる大君を頂いて日本民族一致団結、これからさき何十年かつづくであろう幾多、いばらの道を断乎《だんこ》とふみしめ、最後の光明を仰いでひたすらつとめはげんで行くのみである。

まことに新聞の論ずるとおり、大纛《たいとう》（※天子の旗）ひと度進めば勇躍これに従い、大纛ひと度停《とどま》れば粛然としてふみとどまる。

八月十七日　金曜日

今日は学徒に対する処置など話があるだろうと思って妹と家を出る。相変らず省線不通。地下鉄を利用し、妹と別れる。

校長先生のお話は九時半よりあったが、軽挙妄動するな、大詔の御意志に違《たが》うことになる、とくれぐれも戒《いまし》められた。それから、ドイツと日本とでは事情がちがう、ドイツの場合をすぐそのまま日本に取ってはならない、と仰られた。だから、アメリカのいう条件を日本は誠実に受け入れねばならない。かえって、アメリカを憎み、かるはずみなことをして秩序を乱しては、自縄自縛となる。連合国側は、かかる日本に対しては、より苛酷な状態に陥らしめるであろう。条件どおりにしたら奴隷の様な状態には置かないだろう。また損害賠償も、金ではなくて物量になると思う。それもまず生糸、綿糸、綿布、茶、そんなところか。

産業戦士は職を失うが、損害賠償物の製造に働かねばならぬ。内地にある兵隊は近く召集解除になろう。しかして、これらの兵は帰家して、あるいは農耕に、あるいは漁労に従事するも、食糧問題はそれほど今から神経を鋭《とが》らせることはあるまい。米は重慶（※中国国民党政府）が取るかもしれぬが、それとて急場のことでなし、魚類も缶詰として出さねばならぬが、その他は人手と空襲がなくなったのによって日本国内に自給自足出来よう。

また、女子の教育も今までは戦争で男子を取られて女子が後をしなくてはならなかったが、これからは、男子は戦争から帰ってくるから、女子は元のように家庭へ帰るべきである、と。

私はどうすればいいのか。

成るようにしかなるまい。

宇賀田さんが浜さんに手紙をよこした。

私も森さんと共に宇賀田さんにも手紙を出そう。

かけまくもあやにかしこきすめらぎの
　みそばに在りと念《おも》へばうれしも

今はたゞすめらみことの示したまふ
　行手めざしてひたあゆみ行く

茨あらむ苦しかるらむ行くみちも
　大君います何か歎かむ

そのむかし荊に伏せしことくにの
　その王だにも讐伐《あだう》ちてしか

事こゝにすべて終れりわれらまた
　責ありされど今はいはじな

あたらしき道は開けぬ面あげて
　すゝみ行かなむ嶮《けわ》しけれども

腰折五、六首。
わが才も尽きたり。筆、力なし。何をかいわん。

八月三十日　木曜日

すでに葉月も終りを告げるころになって、久しぶりにペンを取る。今、頭上を轟々と空気をふるわせつつ行く機影、星印がくっきりと鮮やかに、すっきりとしたその形——すでにしてわが祖国のものではない。アメリカの飛行機だ。

かつての日、いかに憎悪し、いかに憤怒したか。幾多の人々の生命と、あまたの生活を奪い破壊し闘魂に燃えしめたそのB29、グラマン、ロッキード、シコルスキーらが翼を揃えて悠々と青空の果てから果てへ飛んでゆく。感慨無量なものがある。非常に低く低く飛ぶので道行く人は必ず立止って仰ぐ。

横浜、東京湾、逗子沖にすでに敵艦は来たり、上陸軍百五十名は二十九日（※正しくは「二十八日」）、上陸した。

学校は国民学校から大学まで九月中旬には授業開始する。私の学校は九月一日に行くことになっているが、授業になろう。

畏くも陛下にはさきに国民生活を明朗にとのおぼしめしから、管制を解除され、娯楽機関を復興させられ、今また戦災者の為に御料材百万石を下賜《かし》あそばされた。年内に三十万戸建てる方針であると。

有がたいことである。この聖天子の大権にかかった曇りを一瞬も早く取除き奉るため、我々は誠意をもって大国民らしく連合軍の条約を履行してゆくより道はないのだ。

九月四日　火曜日　雨

今、授業している。久しぶりで聞く講義、しかも以前とはまた心がけが違う。私は必死になって勉強しているけれども、勉強はどんどん身体の中へ吸収されるようで快い。

「三日見ぬ間の桜」（※大島蓼太の俳句より。世の中の移り変わりの激しいことのたとえ）というが、中々世の中のことはそれどころではない。

どんどん変遷していっている。この世界の趨勢からちょっとでも目を外そうものなら、たちまち没落する。

私の家ではこの度、二世帯に分れて、お父さんは大阪の福島の家で、我々四人はここの武庫川の家で生活している。というのは、大阪でバラックを建てるつもりなのだ。そして借りたり買ったり疎開先から持ってきたりして、写真機を集め、また写真屋をするという。焦土再建の意気に燃えて、あちらでもこちらでも、みんながまた大阪へ戻って商売をしたく思っているらしい。しかし籍の転入は許されないので、相当大きな問題として燻《くすぶ》っているようだ。首相宮が民の声を聞こうと集められる投書の中にもこのことがあったと毎日新聞四日付にある。

それはともあれ、かつての細川ブラシ店の主人公（※ここでは「主人」の敬称の意）もともに来ってお父さんと計り、バラックを建てて商売することを望んでいる。お父さんはバラック小屋でも、瀟洒《しょうしゃ》なハイカラなものにして、屋根なども赤いスレートで葺《ふ》くつもりだと希望に燃えている。しかし材木などどうするのか、私達は一向知らない。お父さんには成案があるのだろうか。

終日寝ころびたい様な漠然とした顔付きでいるか、または薬を浴びるほど飲んでいるか、または鼻糞をほじりながら片膝たてて新聞をよんでいるかのお父さんの日常は、昔にかわらぬ。私は別に咎めようという気も起こらなくなった。大人の癖というものは直りにくいものだ。お父さんは、何事によらずお母さんに頼っている。

今ではお母さんが一家の原動力だ。

私の今の悩みは学資がないことだ。私はあんなに望んだ大学へも行けそうにないし、女専も卒業出来るかどうか。

かつての日の感激と、大言壮語を私はさびしく思いかえし、そしてまた、無理に微笑して、いいわ、自分で働くなどと思ってもみるが所詮、大学なんて叶わぬ夢だ。しかしお父さんがもし、着実に働いて金を貯《た》めていたら、あるいは私の学費も浮いたかしらぬが、今はお父さんもお母さんもただ、弟の大学入学と立派な者になることばかりを頼みにしている。そして私も弟の学資を稼いでやらねばならぬ。

作家志望なんて夢のようなことを頼みにしている私が、と思うと情けなくて涙がこぼれる。

私は文才なんて何にもないのに、お母さんは不当に私の小説や作文、ないしは短歌を過大評価している。私はだめだと思いつつ、自ら「エスガイの子」に書いた如く自分の能力のことは考えず、進めるだけ進もうと思う。

今日初めて勝俣先生の講義をきく。よかった。面白い。いま更級日記を小説化して、その現実と夢の交錯の美しい姿と、将来への希望に、常に燃えている、作者の生活意欲の逞しさを描こうと思う。私はいま前途になんらの光明もなさそうなので、光明に燃え希望の灯をあかるく掲げつつ、現実の厳しい茨《いばら》を微笑して切り拓いてゆこうとする更級日記の作者の姿に傾倒している。図書よりその参考書二冊を借り来たり、毎晩勉強のあとで調べて今のところ構想を練っている。冒頭を、京の家のはじまりからもってこようと思うがいかが？　相談する人もなし。私は淋しい。友達がいないのも気楽だが、また一方には気が抜けたみたいな気持ちがする。宇賀田さんはまだ来ない。恨めしい人。どうしているのかしら。

九月九日　日曜日　晴

勉強が始まって、私はまた希望に燃えつつ日々をすごしている。

面白い。まったく、国文学は究めれば究めるほど愉快だ。

私は漢文をもっと究めたく思っている。行ければ論語、孟子、史記、左伝、魏志なんかも見たいし。

それから科学も、もっと研究したいし数学も化学も面白く感じられてきた。

今、私はあらゆるものを吸収したくて体がフクレ上がっている。図書へ行けば見たい本だらけ。それも二冊しか借りられないので困る。本屋の店頭には満足するような本は手に入らぬし、入っても買えぬし、勢い図書で借りたいのに。

更級日記の小説は一向に進まぬ。鬱々として日を送っている。今は勉強一点張りだ。その希望に私は寄り縋《すが》って強く逞しく生きている。

世の中の急変はめまぐるしい。アメリカ兵が関西へ入ってくるのも間もなくであろう。東京へ進駐してきたアメリカ兵は、元帥マックアーサーを先頭に、星条旗を仰いで敬礼している写真が載っていた。また横浜あたりで不祥事件がしばしば起きるが、日本へ来たアメリカ婦人記者は述べている。「罪の一半は、日本女性にもあるであろう。日本女性が毅然とした態度を維持し、清楚な服装でいたら、かかる事件はおきないはずである」

彼女は、日本に来たら美しい日本キモノが見られると期待していたが、意外にもうすよごれた足に下駄をつっかけ、薄い夏服を来た姿であったという。清楚な服装、毅然とした態度は全く大切であろう。ある種類の女に間違われぬため、いろいろな心得が毎日の如く新聞に出ている。彼等の風俗習慣への理解を助けるために、新聞は大童《おおわらわ》だ。

いまさら、こんなことを考えねばならぬ日本はかなし。

九月十日　月曜日

お父さんがこの頃病気になった。

平凡な言い方だが、母は気を傷めている。父の顔色はわるく、懶《ものう》そうである。いつも懶そうにしているが、この頃はよけいだ。医師に見せると、肋膜《ろくまく》（※肋膜炎のこと。胸膜炎とも。肺を覆う膜に炎症が起こり、側胸部や背に疼痛を来たす）になりそうな徴《しるし》があるという。砂糖や肉をたくさん食べねばならぬという。そこで母も心配して闇で砂糖や酒を買いととのえるために奔走している。

父は相変わらず福島の家に一人生活していて、私達か母かがほとんど毎日行っている。遊んでばかりいるし、支出はかさむし私は気が気でない。夜も母はあれやこれや考えるといつまでも眠れないらしかった。

「お父さんが治らな、商売も出来《でけ》へんが。いっそ遊ぶ気で二、三年養生するか」

私はなにも返事出来なくて、ふうんと無意味に答え、隣の家との隙間から洩れる灯の光が、天井に星座のように細かい点々になって光るのを眺めていた。

父の口調は弱々しく、語尾がはっきりしない。いかにも体に故障がありそうである。

私は、同情したり、心配したり、世の常の女のようにせず、むしろ父に対して腑甲斐ない、と叱咤《しった》する気持ちのほうが強い。自分でも気の強い、やさしみのない女の子だと思うけれど。父は事実、私達の中では一番食物もいいし、働かないのだから。最も健康であるべきはずなのだ。鋭気をたくわえているはずなのだ。

母は私達の残りをすこし食べてそれで働き通し、休息すなわち、六、七時間の睡眠である。健康そのもののような顔をしている。体もよく肥えていつも晴れ晴れとしてい、私は母の顔を見ることがうれしいが、父の意気消沈したような顔を見ると、心は陰鬱に閉ざされる。

小阪の方へもアメリカ兵が来るという噂で皆は脅え切

っており、学校休もうかしらんと口々に言っているが、私はそんな気になれない。あいかわらず出席率は少なく十一人ほどで、十五人もあれば大漁だ。

昨日、服部の方へ例の疎開しておいた「北京の秋の物語」（※前年、田辺が書いた長編の習作。中国を舞台に、日米で学んだ若者、排日派の青年、軍人、新生中国の若者らを描いた）を妹と取りに行った。

服部はいいところだ。彼方に山脈が霞んで、畠と田がつづく。白雲を貫いて丈高い玉蜀黍《トウモロコシ》が山よりも高くそよ風にふかれていた。無花果《イチジク》はそろそろ大きくなって赤づき、草いきれの匂いがみちていた。

服部の家族は豪壮な家に住んでいる。私達が行くと、よろこんで歓待してくれ、冷たい氷を入れた水や茶を出した。

中流以上の豪奢さだ。風は涼しくよく通り、畳は美しく、天井は張られており、扇風機は回る。玄関の植込みも美しい。廊下の右は二階へ通じ、左は三畳ほどの勉強間である。こんな勉強間を幾度、私は夢に見たことだろう。

家具調度のよさというものは言いようもない。前の人が残して置いたのを使用しているらしいが、荒っぽい家族だからすでに結構な鏡台を破っていた。

父親はいないし、母親なる叔母がだらしのない人で、扇風機の前に寝ころんで

「煙草盆」

と言って、私より一つ上の次女に持ってこさせ、

「そいでなんやのん、聖ちゃん、なにも特別言いつかったことないのん」

と言う。巻煙草の一寸ほどの吸殻を大切そうにパイプにのっけてマッチをすった。女がこんな自堕落なの、嫌いだが、私は色にもあらわさず、

「うん、今日はね、お割烹があるから割烹着とりに来たんやねん」

「ああそう。そんだらゆっくりしていき。お風呂入って晩御飯たべてゆっくり遊んで帰りいな」

「今日は忙がしねん」

「なんでやの。また、たまに来たんやからゆっくりしたらええがな。裕ちゃん、お米洗うとき」

叔母はしばらく父母の消息を聞いたうえ、

「そやけど聖ちゃん考えてみ。四人の大きな子かかえて働きもせんと遊んで、高い闇のもん買うてなあ、なんで暮らして行けるねん。叔母ちゃんも働かんならんしな、あれやこれやでよう訪ねてこなんでん」

事実、私は叔母がどう捻出してこの贅沢な生活をしているのか分からない。風呂も毎晩たてているようである。

あいまいな答えをしていると、叔母は勢こんで言った。

「こんどは叔母ちゃん、商売するつもりやねん。お父ちゃんがどない言いはっても、アメリカ人相手に商売するねん。なにも卑屈にならんと、どんどん相手の金を獲得して吸収せないかんやろ」

私が笑って、ほんとに、というと叔母はますます、そうやで、と気焔《きえん》をあげていた。私はその語調や口吻《こうふん》から、酒場か喫茶店かでもやるのではなかろうか、と思い、この叔母にふさわしいと考えたが、裕ちゃんが可哀想になる。

裕ちゃんはいい子だ。親切だし明朗でもある。この人はいい家庭で順調に育ったら、オールコットの「四人姉妹」（※アメリカの作家、ルイーザ・メイ・オールコットの『若草物語』のこと）の中のジェイン（※前出の四人姉妹のうちの次女「ジョゼフィン」のことか）になれそうな子である。機智が巧妙で天性人を朗らかにさせ、笑わせる素質を持っている。

一番上の、この家族が杖柱《つえはしら》とたのんでいる長男は二十一、二か、いや三か。水産講習所へ通っている。特待生だというので、祖母もこの家族も自慢だが、母は、なんや、あんな漁師の親方みたいな学校、と当たるべからざる鼻息である。高等学校から大学へ、そして官界へ、ゆくゆくは総理大臣、政治家、とめざす母は、かかる姿の弟を想像しているので、一介の水産技師養成の学校で優等だとて晏如《あんじょ》としている従兄の態度に慊《あきた》らぬものを感じているらしい。東京弁を使って、好かぬ人だ。彼は予科練とか海兵とかの若い人々に比べると、どこか違う空気をもっている。軍で鍛えられた人たちは重厚で、実直で、朴訥で威厳があるが、彼は浮薄で、軽佻で、放漫的だ。それを海の男の豪快と解すべきであろうか。

それとも違う。彼は核心をもっていない。彼は彼の骨子とする部分が鞏固《きょうこ》でない。要するに彼は信念を持っていない。

軍で鍛えられた人たちが、あんなにどっしりと貫禄がつき、動かないのは、確固たる信念を叩き込まれた厳しい生き方をしてきたためではなかろうか。

長女は、好きな道を行くのだと言って、演劇界にとび込んでしまい、戦時中は移動演劇班に入って諸国を廻った。彼女はおっとりした態度と口調をもち、親切でいい子だが、考え方に真実性を失っているので、生活が曲がるであろう。

次男は海のものとも山のものとも分からないが、家族中から可愛がられているので、甘やかされ、独立心を失い、子供っぽい。いつも混沌たる目と、のどかに開いた口をもっている。

私達兄妹《きょうだい》の生き方は、このいとこたちより真実性と希望的なものを持ちたいと願う。

自分自身の生活に対して、より強くより逞《たくま》しい意欲と情熱を抱いてゆきたい。

九月十一日　火曜日

学校から帰ると、宇賀田さんから手紙が来ていた。新日本建設の希望に燃えて意気高い調べをかなでた文だ。

「……けれど今はもう御国と共にすべてを捨てました、何もかもすべてを……新日本建設に若人の全てを捧げましょう、斃《たお》るるまで。私のこの激しい心には故郷の山川はあまりに静かです。この、激しく揺《ゆら》ぐ天地の中でどうしてこのようにおちついていられるのかと自分の周囲を見回さずにはいられません……」

同志、宇賀田さん。しっかりやりましょう。

今日、学校で、倫理学の時間、今後日本の行くべき道を教えられた。将来、日本は文化国家として、立たねばならぬ。武力なき大国が存在し得るや否や、ということは世界に課せられたる問題である。

この提出問題に対して日本はいかなる答案を世界に示すか？　……すなわち、それは我ら若い人々の明日への使命、今日の責務、勉励でなければならぬ。

前田文相（※前田多門文部大臣）は「青年学徒に告ぐ」演説を行い、一芸一能に秀でよ、国狭く人多い今後の日本は、どこそこの学校を出たからこれこれの資格があるというのでなくて、端的にお前は何が出来るか、という、結局実力の問題となる、というのである。また、学校の時間でも、その個人個人の天分を発揮するということが重大である、と説かれている。

お父さんはますます悪い方に向いて行きつつある。福島から帰った弟の言うことを聞くと、熱が下らず、だんだんしんどく疲れてくるそうである。お母さんはかまどの火をくべながら、涙をすすっていた。

「とね山の病院（※豊中市にあった刀根山病院のこと。結核予防の療養所として開所されたのが始まりで、現在の大阪刀根山医療センター）へでも入れな、いかんやろ」

と、涙をすすりすすり言うのを聞くと、私も眼がじいんとしてくる。

何と弱いお父さん、腑甲斐ない。商売も出来ぬではないか。私も学校を退学せねばならないかもしれない。私も働かねばならぬ。いまこそ、マリー・キュリーを目指して働きつつ学ぼう。映画も食事もふりむかず、美衣を着ず、ただ一心に勉強しよう。苦学もいとわない。お母さんは、聰ちゃんだけでも学校出してやりたいと泣きながら言った。私も働くのだ。

九月十三日　木曜日

　お父さんはいま、こちらの家へ来ている。終日、蚊帳を吊って寝ている。食欲もなく顔色もわるく、懶《ものう》そうだ。ソップばかり飲んでいられるので、お母さんが、

「ほんとに弱いなあ、あんたは」

と嘆息すると、蚊のなく様な声で子供っぽく皆の背中の方から抗議する。

「こっちかて無理になろう思うてなった病気やなし、そういうてくれるな」

　お母さんは苦笑して、匙《さじ》でお鍋のそこを引《ひっ》かきまわし、うつむいたままでいう。

「そうかて、周囲《はた》のものもかないませんがな。本人も辛いかしらんけども」

　こういう会話が、しばしばくりかえされるので家は陰気である。

　昨日、学校から帰ると、すぐ豆を煎らねばならない。じゃまくさいと思ったが仕方なくやっていると、お父さんがふらふらと夢遊病者みたいな足取りで、ほの白い顔をしかめて蚊帳から出て来ていう。

「聖ちゃん、勉強あるのやろ」

「うん」

「せめて、あんたら三人だけでも、暢気《のんき》に勉強させてあげたいのやがな」

　呟くようにいう。私は寂しくなってひとしきり、ガチャガチャと炮烙《ほうろく》の豆をかきまわした。

　また、昨晩は、急にお父さんが起き直って、

「お母さん来たんとちがうか」

　とぼそぼそいう。折から停電中で蠟燭をつけていたから、急に私はおそろしく背筋がぞうっと寒くなった。

「ちがう、ちがう」

　私は何者かに迫られたように甲高い声で否定しつづけた。外は晩夏の闇がどっしりと重く垂れている。蠟燭のゆらめきをうけて、弟は脅えたように大きく目を瞠《みは》っていた。母は理性的な声で、無感動に、

「誰もいませんで。ちがいますやろ」

「道、尋ねてるのとちがうか、お母さんやろ」

「いいえ、こんな晩《おそ》うに来はれへんわ」

「……そうか」

　ぼっそりとお父さんは黙り込んでしまった。何となく恐ろしく寒かった。

　今日、ふと教室に靴音がするので何気なく振向いてみると、宇賀田さんがニコニコして、

「こんにちは」

　と入って来た。あっと呆れてものも言えない。明日から来るという。二十日から寮へ入るという。すぐ帰って

行った。話したいことはあるけれど。

九月十四日　金曜日

曇って蒸し暑い日だ。東條大将は自決しそこねて勾留され、連合軍の手当てをうけて快方に向かいつつあるとのこと。とんだ死に恥をさらして気の毒ともあさましいともいいようがない。歴史の正しい批判を待つと遺言までしておきながら。どうして短刀ででもやらなかったのであろうか。杉山元帥は見事に拳銃で自決され、夫人もまた白装束で殉死された。これは短刀で一突きとのこと、立派な最期であった。

家ではお父さんは何とも分からない。どうなるか。

学校の作文の時間に、「最近の感想」と題するのを一時間で書かされた。私は、服部における叔母の生活と、それに対する私の反発を描いたが、あとで考えると、もっとあったのにと思う。

空虚な心だ。むなしく涼しい窓辺によって頬杖をつく。

更級日記はまだ進まない。このごろは勉強が少ない。

山本さんが朝日の一万円の懸賞小説に出したらどう、という。出そうかとも思うが、いま題材がない。しかし生れてからの自叙伝――戦争に明け、戦争に暮れた今までの半生を書いてみたい思いも湧く。「エスガイの子」を出してもよいが、すでに尾崎士郎の後塵を拝することも潔くなく（※小説家・尾崎士郎の代表作のひとつ『成吉《ジンギ》思《ス》汗《カン》』を念頭においていると思われる）、取り扱い方が違うと力んでみても、世間はそう見てくれまい。新人を登場させるというのであるが、私は一等になって一万円もらわなくったって、名前が小さく載るだけでも嬉しいけどなあ。お母さんが喜ぶだろうと思うと、私は胸がおどるのだ。更級日記を出そうかしら。私はまだ、学生だから勉強をもっとせねばならぬ。新人としてデヴューするのは早いが、すでにその萌芽を認めてもらいたく、三等ぐらいにはなりたいと思う。

九月二十一日　金曜日　晴、風つよし

朝はもうひどく涼しくて、廊下が冷たく感ぜられる頃となった。夜も早くから寒くて、どうかすると風邪を引きそうだ。満月が美しい。

食糧問題は深刻化するが、今のところ、さして切実でもない。まだましである。

一句、あり。

名月やかてゝなき夜の寒さかな

腹一杯食べることは出来ぬが、我々は満足するほど食べることは出来る。

今の生活状態は概して良だが、勉強の方は一向に進まなくて、先生は長いお休みだし、範囲も少ないので恒例の十月の試験はないことと思う。しかし私は、勉強の興味は湧出しているので復習、予習は怠らず続けている。

一方、小説の方はすこしも進まず、私の筆は膠着して更級日記小説化は、もはや断念せねばならない。作中の人物の性格描写は拙劣で、叙述は平板である。私は人物の性格論だけは計画的に立てることが出来るのだ。覚え書を覗くとこの通りだ。

たとえばヒロイン小君《こぎみ》の姫――現実と夢幻の中をさまよう乙女。夢幻に生きんとして果さず、しかも現実は窮迫の生活である。空想には耽《ふけ》るが徹底することは出来ない。なぜなら現実の世界が、すぐ彼女を覚ますからだ。しかし彼女はいつかそういう時が、世界が、あるものと希望を持っている。夢を考えず、物詣しても心から祈ることも出来ず、経を読む気に（も）なれぬ。宮仕えしても不徹底だ。初恋も初々しく淡々としすぎる。これは何を意味するか。現実の世界があることを知っている。物語を以て今の境遇を考え、それを通して人生を把握しようとする。自分の夢幻の世界に酔うて現実の姿に正しく目を向けられない。だから彼女は現実世界のことは第二とする。そして次々に夢は破れるが、彼女はなおも希望を抱いて進んでゆく――。

ざっとこういう調子だ。これを見るとどんな大文豪の手記かと思うだろう。しかし実際は一介の、吹けば飛ぶ様な女生徒だ。海のものとも山のものともつかぬ、塵にひとしい無名の存在だ。

私は呻《うめ》き声をあげてペンを投げ、頭を抱えこんで深い物思い（に）沈んだ。私が最後に書いた場面では、長い夜を、物語をみてあかした小君が、朗らかに明けゆく冬の朝の透徹した大気を吸って、希望に燃えた瞳で、静かな霜の色を見つめている、勾欄《こうらん》のスケッチであった。私は、私の筆に動かされて、何の気もなく無心に操られている小君の姿が憐《あわ》れになって、手荒くノートを閉じてしまった。

私は今、気乗りがせぬ。インスピレーションが湧いて来ないのだ。神よ、掩護《えんご》を垂れたまえ。ダメだ。私には才能がない。しかし今に来ると思う。いつか、烈しい欲望がおこって、私をまた天国へ導き、更に生命の炎のまえに立たしめて、歓喜と栄光の冠を、私の貧弱な頭に載せてくれるであろう芸術の神を私は待ちこがれている。ミューズの足にひざまずいて、私は血の涙をながす。苦悶の息を吐き、憂愁の気を吸うて、体はくたくたに困憊《こんぱい》しながら、息も絶え絶えに神来の興が再び下り来たって、ペンが紙上に躍動する時を待っている。今の私はこういう状態だ。しかし、勉強の方は潑剌としていて、正規の学課のほかに「孟子」を読破して漢文の力をつけようと思っている。いまのところ、源氏が面白いこと一番だ。

書き落とした。私は女専の生徒のことを懸賞小説に書いてみようかと思うが、唯一の材料である日記を焼いてしまって惜しいことをした。考えても仕方がないから、遮二無二《しゃにむに》突進しようと思っている。クラスの人の性格をかきわけたい希望で、背景に女専生徒の思想や教育程度を、とかく忘却しがちな世間にしらせたい。

九月二十二日　土曜日　雨

今日もまた、持ってきてくれなかった。「北京の秋の物語」を。約束を守らないにも呆れる。

女専生徒の小説はいま構想を練っている。戦争を背景にして取入れることは難しい。この状態では時流に投じようがないから、ほんとうの自己の識見と高い教養とがものをいう。

個々の性格はむつかしいが、やったらやり甲斐のあるものであろうと思う。ただし、私はいま、そんなに乗り気になれない。

女専入学のとき――四月、若葉の校庭、しかし外は灰色の戦争で、圧迫は教科書にまで及び、相当不自由な勉強だが、しかし楽しい生活、担任教師は潑剌たる才気にあふれ、しかも執拗なまでに生活意欲強く、鋭い観察眼をもったH、級長は、しっかり者で少々冷たく理性的な、しかしやはり家庭の裕福らしい娘Mをえらび、副級長には、富める家の少女で才気煥発、才におごって勉強しない、少々男学生とも交際があり、理想家を以て任じ、頭脳がするどく美しく、打てばひびくような勝ち気な少女Tをえらぶ。そのほか、人数はごく少しとする。

●男のようにぞんざいな口調と粗暴な態度だが、人のいい、貧しげな、大柄な身体と悪い頭の少女。
●空想家で、すぐ泣いたり笑ったりし、激情にかられやすい、夢みがちな少女。
●美しくて無邪気で、享楽的な人生を送ろうとし、富める家で、婚約者のある少女。
●貧しい家、多い弟妹のために卒業すれば働かねばならぬ、真摯で美齢《メイリン》のような乙女。こつこつと勉強する。切り口上で言う。
●冷然とクラスの人々を見下して、我一人高しと孤高を守り、絶対に他と妥協しない狷介《けんかい》な少女。
●福徳円満、全く女らしい、やさしい少女、人格はみがかれている。家庭がいいからである。
●家庭がわるいために、陰険でおべっかになった少女。

二《ふた》マタ。

●いつもじっと考えに沈んでいて、批判的内省的な目をもっている。きびしく自己を責め、周囲を批判し、人生を真実に渡りたいと願う。この少女はまた私自身の映像でもある。なかば主人公といえる。小説を書いてみることのできる少女。

そのほか、教師には陽気でアメリカニズムの洗礼をうけた若い自由奔放な青年教師。ちょっとニヤケて真面目な人々には受け（入れ）られない物化のK教授。老齢で物々しく威厳があり、しかも優しい漢文のO教授。風流ですべてに通じている、硬いがまた優しいK教授。最後に識見も高く教養もあり、真心から生徒をみちびかれる校長。また、若くて理想家で清らかで真摯なT教授。こう並べてみると私の胸は久しぶりにわくわくとし、眼はかがやく。そうだ、書こう。

美しい青春時代の学《まな》び舎《や》の雰囲気——。

しかし戦争はやってくる。法隆寺見学、文芸会、短歌会、感想会、雑誌編集、試験、ハイキング、いろんな講義、映画、男学生とのクラス会交渉などのほかに、もうすでに学業をなげうって働こうと提唱する情熱家のM。冷然と反対する者、賛成する者。その中《うち》、工場出動命令——その日の感激。「海ゆかば」（※昭和十二年当時、政府が国民精神総動員強調週間を制定した際のテーマ曲。戦闘意欲高揚を意図して作られた）を歌う紅頬《こうきょう》の少女たち。しかし戦争はしだいに不利となる。そのうち、家を焼かれた友も出、あいまいな人は田舎へ帰り、また機銃掃射でやられた人も出る。しかし遂に終戦の大詔は下った。一度は憤慨する少女、徹底抗戦を叫ぶ少女、しかしすべては大君の命《みこと》に服する。そして、また、次の希望を抱く。憬《あこが》れの苑《その》をつくりあげて、うつくしい新しい日本を建設するのはわれわれだ。

九月二十八日　金曜日

進駐軍が昨日大阪へ入ったので、私達は、二十五日から学校は休みで家にいるが、実にこの二、三日というもの、目まぐるしく、忙しい日だった。

お父さんは服部へ行って、悪いものを、お母さんの忠告もきかず無茶食いし、その夜は七転八倒の苦しみ。翌日、ヒマシ油（※下剤として使用される）を買ってきて飲ませると、下痢も出来ずウンウン唸り、ちょっと良くなると、早速食いしん坊を発揮して私が心配して止めるのもきかず、お母さんもお母さんで鰯《いわし》を重湯につけて食べさせると、さあたちまち三十分もたたぬ中《うち》にまたまたひどい苦しみよう。アップアップと金魚のように口をうごかし、ものも言えず顔色は真蒼《まつさお》に変じて悶《もだ》えている。私は馬鹿馬鹿しくて、呆れてしまう。どうしても気の毒という気になれない。

　昨日はまた、ひどく苦しそうなので、どしゃぶりの雨の中を、寒いのに弟と私が一つの傘によりそうて、甲子園まで医者をよびに行った。それから昼には大阪までわざわざ河原田さんの薬を取りに行く。

　今日は母がまた別の医者を迎えるというので、甲子園の医者を断りに行かねばならぬ。それで、つい邪魔くさいなあ、と嘆声を発すると、母にかんかんに叱られた。私は、もはやお父さんに対して女の子らしいデリケートな心づかいを忘れている。

十月一日　月曜日

　食糧事情は深刻だ。台風のため、収穫は少なく、アメリカはそうそう助けてくれない。巷《ちまた》には行き倒れが氾濫し、闇が横行し、収拾すべからざる状態だ。どの顔も空腹のため、へし曲がったようだ。しかしまた、ぬくぬくと暖衣飽食している階級もある。私の家では正体も分からぬ粉を伸ばし伸ばして食べ、三升の米を闇できゅうきゅうと買って六日ものばして食べている。野菜もない。藷《いも》は一貫目（※約三・七五キログラム）七十円、六十円が相場だ。メリケン粉は一貫目百円。すべて高くなっている。


心配せずに食べられる時が早く来てほしいと願う。家は焼けるし。

　今日から学校へ行ったら、宇賀田さんは「戦争しなかったら日本は二等国として残ってることができたのに、要らん戦争して四等国になってしまったのね」と笑ったが、まったくその通りだ。端的に言い表している。食糧の自由に入る金持ち階級はいいが、我々平民は苦しい。これ以上苦しくなれば、消えてしまいそうである。伸びざかりの少年に二合一勺《しゃく》でどうなるものか。日本は実に馬鹿の寄集りみたいで、むしょうに腹が立つ。

十月二日　火曜日

　だいぶ、お父さんの病気は治り、もう我々とほぼ同様の食物をとるようになったが、栄養が足らぬというので、我々よりも好い食事をとっている。

　今日は一日中、なんの講義を聞いても、よく頭に入らなかったことが今になっても強い悔いとなって残っている。なぜだろう。私は家のことを考えていたのだった。

　母は、働きにゆくという。そうか、または食物商売でも何でもする、と言っている。あれやこれや考えていると私は憂鬱になってくる。勉強も身が入らない。つらい。小説もすすまない。前途は真っ暗だ――励ましてくれる人もない。クラスの人々は歌舞伎を言い、宝塚に騒いでいるが、私は別の世界で喘いでいる。

十月六日　土曜日

あらゆる現実の重荷は無際限であるように見える。私はハイヂ（※『アルプスの少女ハイジ』として有名な、スイスの児童文学作品の主人公。「ハイジ」とも。原作ではキリスト教文学の色合いもある）やパレアナ（※アメリカの児童文学『少女パレアナ』『パレアナの青春』の主人公。孤児となり、気難しい叔母に引き取られる）などのように、宗教的に受け入れることも出来ない。精神的の負担は私の肩にどっしり重くかかり、幽霊を背負ったように軽くもあり、重くもあり、暗い日々だ。私は生きている。しかし死んだかもしれない。しかし私は生きている。なんとか、かとかしつつ。

よく晴れた日の三時頃、学校から帰りしなに武庫川の土堤を歩こうとすると、突然、坂を上った。一歩一歩、目覚めるばかりに澄んだ高い秋天が張りつめられて、地平線に垂れるほど薄いコバルトになる、その美しさ！急にまた私は生きる喜びをひしひしと感じて涙が出そうになった。

十月七日　日曜日

村上さんは日記を見せてくれた。読んでみたが、まだこの人は浮世の荒波に当たっていない。高師浜《たかしのはま》へ罹災して行ったって、いい家に入っているらしいし、まして経済上の困難なんて考えてみたこともなかろう。

しかし私は真裸で、烈しく戦っている。学生だけれども、私は人生の闘士だ。

父はまだ起き上れなくて、ぶらぶらしているが、栄養は充分に取っている。私たちは顔の映りそうな粥《かゆ》でも、父は真白い御飯を食べている。そして口では、みんなにはすまないというが、私は、それは恢復期の食欲の意地汚なさをごまかす口実だと思っている。

降って降ってふりぬく雨だ。憂愁夫人（※ドイツ人作家ズーダーマンによる同名小説に登場する伝説上の女性。その姿を見た者には不運が付きまとうとされる）のように私は沈んでいる。母はソップ屋をはじめると言い出した。いきいきと元気づいてもいるし、事実、健康で始終新しい生活の設計を考えている。父は口に出して言うといっぱし言うが、実行力も、時勢に順応してゆく気力もだめ。私は父と母の、あらゆる殻を取り去った人間的価値を切実に考えてみる今日この頃である。

小説は着々進んでいるが、なんともいいきれぬ。題末定。

人間の生きてゆく尊さをつくづく知るこの頃――。

一粒の米も、一滴の水も、みんなありがたい恵みだ。これを感謝なくして暮らせるだろうか。感謝に伴うものは報恩であらねばならぬ。私は謙虚に、一日一日を充実して暮らすことを心がけるようになった。

政府はまた、幣原内閣にかわる。今は大変革時代だ。神道はマックアーサー司令部からの命令で廃止され、天皇制も根本修正が行われる。私はこの新時代に対して、ものも言わずに成り行きをみている組だ。治安維持法は撤廃され、皇室を論議しても何しても、引っ張る人はない。特高警察は撤廃だ。私は『大地』で老夫人の言ったような言葉をまたも胸におもいうかべる。

「新時代です、――新時代です――すべては変りました……」

十月十四日　日曜日
うた日記　食糧難をうたう。呵々《かか》。

一握の米の尊としいつたりの
　いのちこれにて幾日か過ぎむ

湯気たてる真白き飯《いい》の夢にだに
　こがるゝといふあさましき日よ

こん色に光れる芋の熱かるを
　口にふくめば涙しこぼる

日々のかていよゝ乏しくなりゆけば
　強ひて笑ひぬ秋晴の頃

漱石も源氏枕もなにかせむ
　たゞ一椀の粥の尊さ

いと厚きむかしの本に色あやに
　美食のせたる腹立たしさよ

ともすれば鍋の底みぬ弟らに
　わがすべてをば与へんとする

働けばいよゝ空くてふ人のことば
　我はわらへず悲しかりけり

げになり首相の君にもの申す
　　　　粥一椀につなぐ命と

生きてゆく人のいのちの尊さの
　　　　日々に思へるつゝましきころ

米粒は重湯の底にひそむらむ
　　　　押しいたゞきて食へる悲しさ

かくかくのもの食ひたしといふときの
　　　　味気なきかな溜息も出づ

食ふためにあさりありくといふ人の
　　　　野獣のごとき瞳してをり

十月十六日　火曜日

一昨日の夜、お父さんは胃潰瘍で吐血した。経過は順調だが、家中はしめっぽい。私はこんな空気は好かぬが。もう晩《おそ》いから、また明日ゆっくり書く。

十月十九日　金曜日

大江先生はお亡くなりになった。惜しい。ほんとに悲しいことだ。

千葉先生も重態だそうである。

蔣介石は日本に対して寛大な取扱いをするのは不賛成らしい。

理由なき支那蔑視は排すべきであった。たしかに日本は支那を蔑視しすぎた。しかし何はともあれ日本は敗《ま》けたのだ。

日本は完全に叩きつけられたのだ。守山義雄氏（※朝日新聞記者）のいうようにドイツほどではないにしても。しかし日本は敗けたのに変わりはない。日本は敗けた。たしかに敗けた。私は今更ながら、その言葉を口にして暗い前途を感ずる。

人心は動揺一方だ。民意尊重といったって、政治智識には一般の人民は貧困だし、特攻隊で育てられた青年層は思想も学識も浅薄で、頼むに足らず。老人連は頭が古くて、動乱の世界には処し難く、婦人参政権を与えられたって、婦人は、そんなものよりも、米を、と望むほど疲弊している。

食糧、食糧。再建への熱意もただ、食糧の多寡如何《いかん》にある。

父の死

十月二十一日　日曜日

私は若いが、しかし死にたくなる時がある。

お母さんはどんなに苦労だろうと思う。パール・バックの「母の肖像」をよんで感激した。彼女はよく母を理解している。

私もお母さんを理解はしているが、しかしお母さんは私を理解していまいと思える。まして私は、妹の無理解には立腹する。私の興味は妹にとって何ともないし、私の美に対する喜びは妹にとって無関心である。私は修養出来ていないから、それを看過するだけの気持ちにはなれない。将来もあまり仲の好くない姉妹が出来上るであろうことは、かなしいけれど仕方がない。私は妹の人物については理解しているつもりだが、しかしあの子は私を理解しようなんて考えてみたこともなく、いつも怒っている。自分の範疇《カテゴリ》に当てはめせぬからだ。

私はしかし「戦える使徒」（※パール・バック著。自らの父であり、また宣教師として中国に渡り、民衆に献身、「聖者」とまで仰がれた使徒「アンドリウ」を描いた）のように父は描きはすまい。父は永久に、我々三人の子供からその真の姿を描かれないだろう。それはあまりに悲惨であるし、つまらないから。

私の言おうとすることは支離滅裂で頭は濁っており、むしろ私は今、死んでしまった方が楽な状態だ。家中は不愉快なことだらけで、私は死ぬのを待っている。どちらを向いても泣きたくなり、人生への希望も何にもありはしない。この私を慰めるのはただ一つ。自然美と学問とあるのみだが、天気は曇っているし……勉強も、手につかない。それは家がごたごたしているためで、席のあたたまる暇もなく働くからだ。

家は汚いし。私はウロウロしている。父の病気はよくならず、食気《くいけ》ばかり盛で、母がいないとニチャニチャと音を立てて缶詰をたべる。どこにアンドリウのような聖者的なところがあろう。母はたしかにケアリ（※アンドリウの妻）をしのぐ偉大さがある。

今の私は何か機縁があったら自殺するだろう。こればかりの不幸に出遭ってクヨクヨするなんて、なんだという人があるかもしれぬが、私は雄々しくのり切ろうとしても、だめ。それは結局、私自身を偽り、私自身を不純にしてしまうことだ。清純にして強く逞しきもの、それを望んでいるのに、私の現実は私を圧しつけて不純にしようとする。

父が吐血した日、私は泣いた。おどろきと恐れと悲しみで。

しかし今また私は冷然としている。あの涙は少女期にありがちな感傷であろうか。

十一月一日　木曜日

父の病気は一向、はかばかしくなく、家中はじめじめしている。母までが暗い眉をしていると、たまらない。我々の用事はたいてい父でふさがり、しかも精神的にこの暗澹さに支配されてしまうのは腹が立ってたまらない。愛情の薄れた病人に対して、私の態度が尖っているなんて怒っても無理はないと思う。父の病気で、私は気がふさがり、何をしても楽しくなくてつまらない。

二週間経つと試験は始まる。しかし私は、晴れ晴れとして試験を受けられないで弱っている。

寮の食糧難は相当深刻であるが、私はこれについて書く元気も持たない。すべてに疲れ、叩きのめされ、ぐったりとなっている。父の溜息、しかめ面を見聞くと、何となく腹が立つ。悲しくもなる。ある意味で私は利己主義にちがいない。しかし、どうしてあんなに父は痛がるのだろう。便通がないからかもしれない。母はしきりにさすっている。奥の間で終日、日の目を見ず、もやしのように青白く細くなって万年床で寝ている父は、はなはだ貫禄がなくなり、つまらなくなって、どんよりとした瞳をしている。物を食べたがるが、少し食べると腹が張って痛むから始末に負えない。

家の経済状態は暗黒だ。母が今まで働いた金であやうく家を支えもっている。それを思うと、父はずいぶん母に感謝せねばならない。父がどれだけ母に世話になったか、考えてみると、全くどう言っていいか分からないほどであろう。

いつか喧嘩して父が母を撲《なぐ》ったことがあったが、今頃再びあんなことがあったら、父の手は朽ちてそのまま凍りついてしまうかもしれん。

いつの場合にも父は頼もしげなく、誤っていたが、いつの場合にも母は正しく逞しかった。母の偉大さは、私は充分見知った。どうにかして、えらくなって、母を安心させてあげたい。私の一生の半分を母に捧げようとも思う。

十一月二十一日　水曜日

さて——私は、すこぶるぐしゃりとなって日を送っている。

というのは、二日前から試験があったけど、昨日の試験、倫理と外国文学史が、どうかわからない。倫理はすっかり一人決めして、こんな所出ないだろうと思ったところが出て、なんと失望したことだろう。

今日は休みで、明日またあるが、早く試験がすんでほしい。筆不精になってしまった。

書きたいことはあるけれど、しかし手が震えていうことをきかないから。

いま、憂鬱のあまり勉強をそっちのけにして、「あしながおじさん」を読み、懸賞募集の小説を考えていた。

ヂューディ（※『あしながおじさん』の主人公のこと。孤児だが、名を秘した慈善家の金で大学に行くようになる。現在は「ジュディ」と表記されることが多い）は明るく、そして戦闘的な人生観を抱いている。日常生活の個々の小さな出来事に対して、それを笑ってむかえる。真に大きな試練にぶつかって力を出すのは当たり前のことで、日常生活の嫌な、小さい出来ごとを一つ一つ笑って勇敢に当ることは難しいのだ。

あたしの字の汚いこと。倫理が危うくてしょげている。

十一月二十二日　木曜日

今日の文学史は、また山家集が危うい。聖典視されているという一事を付け加えとけばよかった。

懸賞募集の小説のこと、しきりに考えている。

やはり学徒のことを取扱う。

十一月二十三日　金曜日

また憂鬱。もう何にもあたしの憂鬱を救ってくれない。ヂューデイもケアリも何もかもあたしとは縁切れだ。

ひどくミザンスロープ（※「人間嫌い」の意）になったけど、私はそうでもなく、楽しいときもあるけど。頭がクタクタなので。私は疲れているのだ。

父は弱い。少しよくなったかもしれないけど。病床から、やかましく指図し、何事にも口を出し、その合間合間に、さもしんどそうに溜息をつき、横着にごろごろ寝ている病人は、煉獄にもう一万年とまってなきゃならないだろう。

またそうでもなく、気の毒になり、愛する時もあるけれど。

十二月二日　日曜日

ひどく寒い日々だ。巷《ちまた》には餓死者が氾濫している。貧民は年の瀬が越せまい。風は冷たく吹き抜け、そのために美しいコバルトの武庫川の空でさえ、冷やかに感ぜられる。

十二月二十三日　日曜日

母が田舎から帰ってからというもの、父の病態は一向捗々《はかばか》しくなくって、とうとうどん詰まりまで来てしまった。一昨日の朝、極度に衰弱していた父の容態が一変し、正午には京都の宗雄兄さんと、服部の叔母二人へ電報「カン一キトク」を打つ。近所の人々に医院へ駆けつけてもらう。

夜、叔母（が）来、昨日朝、正午近く宗雄兄さんが来る。父はひどく、しんどい、しんどいと言う。池田先生が強心剤を注射。こう急にくるとは思わなかった。もう昨日今日は、はっきりものを言う元気ももたない。母は泣き通しである。父は「お母ちゃんよう」と母を呼び、母の首に手をまきつける。もじゃもじゃ生えた無精髯の間からは黄色い乱杭歯が見える。垢くさいマッチ軸のような細い手、色の悪い頬、それらが急になつかしく愛すべきものに見えてくる。

人の顔さえみると、ゆったり微笑し、なつめの様な目を明けるが、もうものを言う元気もないらしく、おだやかに眠るばかりだ。時折、大きい呻き声をあげる。胸が苦しいという。心臓が弱っているのだ。「おお可哀想に、しんどいなあ、しんどい、しんどい」

母は涙を泛《うか》べて父の背をさすり抱くと、父はさも気が紛れて安心したように、母の胸に顔を埋《うず》めて眠る。危篤というても、今が今というのでもないらしいから、宗雄兄さんは帰る。おばあさんは台所を切り廻しているが、遠慮なくよその家の米を使う。私の家の米だということを頭においていないらしい。どこか抜けてるのではあるまいか。

この頃の食糧事情を知らぬわけでもあるまいに、よそから来た叔母二人に「遠慮なしにどんどん食べや」といい、宗雄兄さんに配給の酒をあげたのに、「あの子は一膳もご飯たべなんだ」と大きな声でいう。実に実にま抜けた人である。祖母の籍は服部にあるのだから、私の家ではもう一月分の米を出して食べさせているのに、一体なんと思っているのだろう（※この日、田辺の父・貫一は亡くなりました。死の間際にあっての家族の様子については、本書P253からの解説を参照）。

（※日記原本でここに記されている中編「無題」はP188に収録しています）

昭和二十一年一月十一日　金曜日

あらゆる現実の体験は、人間の頭脳を、その劇《はげ》しさによってうちくだく。

二月五日　火曜日

短歌会のプリントを刷るのに、伊東さんらは授業を休んでまでしている。私はそうしたくない。さぞ役立たずの文芸委員だと思っていようけれど。

近頃は勉強も忙しいし、その他課外でもすることがたくさんあって生き甲斐を感じる。昨日は中村先生から「ヘレニズムとヘブライズム」つまり霊と肉との理想的一致の世界について文化講座があった。金曜になれば短歌会が行われる。来週には、俳句を提出せねばならない。二十七日は文芸会である……。

しかし女学校のころ私が持っていた、あの昂然たる誇りはどこへ行ったのか。私はすがりつく文才もなく、画才もなく、あとに残ったのは、つまらぬ一個の文学好きの少女にすぎない。私は私の運命に対して、ただ黙々と、勉強に励むにすぎない。小説の嵐は父の死以来再び私を訪れてくれない。

私は二度と再び小説を書き得ないかもしれない。憂鬱な日々だ。空はときどき曇って雨がしめる。今夜はもう十一時。漢文をやらねばならぬ。

永久に――永久に私に、あの輝かしいインスピレーションは訪れないのであろうか？

私は不安になって辺りを見回す。人に優越した一点を抱いていない私は、うす汚れた孔雀《くじゃく》よりもみじめだ。私は寂しい。ユーウツだ。

二月六日　水曜日

相変らず薄曇り。空は低くたれて、もやもやした空気は冷たく頰に当る。それに風がきつい。闇市は繁昌している。至る所、道であろうが敷石であろうが、かまわず商品を蓆《むしろ》の上へひろげる虱《しらみ》みたいな闇商人。サーカスがかかり、淫蕩《いんとう》な目つきの女が丸太で組んだたまり場の上から、通行人に秋波をなげる。ゾロゾロと出入する朝鮮人、埃っぽい蒸し芋を手にした鼻たれ小僧、野卑な音楽、息詰まる濁った空気――鶴橋の光景だ。ここから悪が生れる。闇市こそは悪の温床だ。しかし闇市には何でもある。――それこそ何でも。闇市なくして栄養のことは考えられないだろう。

漢文で浩然《こうぜん》の気（※天地の間に満ちている精気。俗事から解放された屈託のない心持ち。出典は『孟子』）を習った。まだはっきりしない。しかし面白い。論語の方が孟子より面白いと思うが、孟子の王道政治の理想は、民主主義の今日でも共通する倫理を含んでいる。しかし理想はあくまで理想だ。孟子の夢は、違った形をとって、いつの世にも人類の上に輝いている。充実した生活を――それのみを願う。三月上旬に試験があるだろう。私は一心に勉強せねばならないと思う。いつの時にも父のことは胸をはなれず、可愛がって下さった父のことを思う。

わがそばにつねにいませりかた時も
　去ることなくて父はいませり

父はたしかにいる、そして私たちを見つめていられる。私は清く、たくましく伸びよう。お父さん見てて！　きっと偉い人になりましょう。薄命に散ったお父さん、私の不孝だったのをお許し下さい。私は父の無言の許しを感じる。

二月十一日　月曜日

身辺雑事に追われて、紀元節（※現在の「建国記念日」にあたるもの）の式にも学校へ行かなかった。服部では、元枝姉さんのところへ、叔父が復員で帰ってきたが、すぐマラリアにかかって九度を下らない。そこで、元枝姉さんも早く別れたいのであるが、まだ服部の叔母とは別れられないらしい。服部の家ではますますルーズぶりを発揮し、まだ復員しない叔父のために取っておいた靴を、従弟が無断で穿きつぶし、祖母はくやしさのあまり、母に訴えにきた。母もともに義憤を感じている。長女は女優からダンサーに転落し、さらにまた女給におちこみ、へんな男をくわえ込み、酒はあおるし、煙草をふかし、外泊しはじめた。その母親の叔母は、相手の男を向うへ廻して、十万取るのなんのと策動しているようだ。長男は厚かましく方々へ泊ったりして、実にいやな奴で、きざっぽく、ふにゃふにゃとしている。こんないとこたちと私たちきょうだいと比べると、急に祖母や元枝叔母の目が我々を高く評価してきたから不思議だ。

私達には、理想がある。希望がある。光明がある。

人間の至高価値と究極の理想を求めて、ひたすら勉強するのだ。

二月十四日　木曜日　晴

春のような日差しがつづく。武庫川の堤を歩くと、実に和やかである。

今日、担任の勝俣先生がおくやみに来て下さった。吶《とつ》弁《べん》でぽつりぽつりと母と話される。一日中かかって、母は家を整頓し、五円、十円の菓子をあまた買い求めて来て菓子器に入れ、人から借りものの座布団を出したり茶道具を出したりしたのであった。

「おっさんみたいで喫驚《びっくり》した」

とあとで母はくすくす笑っていた。甚《はなは》だ風采のあがらない先生だからである。尼中（※兵庫県立尼崎中学校。現・尼崎高等学校）へ行っている、中学三年の子がある先生は、弟の姿をみると、喜ばしそうに目を細めて眺めて、とみこうみ（※「左見右見《とみこうみ》」。あちらを見たりこちらを見たりすること）していた。

先輩の須藤さんからまた手紙くる。妹の国語教師だ。借してくれと頼んだ俳文の書物はだめだと言う。そして色々な本を返してほしいと私に頼んで来られたが、誰に貸したのか分からぬそうであるからじつに困ってしまう。

今もっぱら力を入れているのは、漢文である。しかし重大と思っているのは、教育と倫理、これが心配。明日は教育があるが、この学科は皆の評判が甚だよくない。教授ぶりの低劣さ、なんとも以て苦々しい。劇「頼朝の死」（※当時よく上演されていた歌舞伎の演目）は、もうよく出来ているが、何か我々は除《の》け者の感じだ。私も劇は好きだが、脚本製作の方へむしろ私は伸びたい。日本書紀を研究して、古代思想と仏教思想との葛藤を描いた戯曲を書いてみたい。

私はこの頃、修養に心がけて、決して怒らぬ少女になろうと思っている。今日はまず一日怒らなかった。孟子の教えも何もかも、心に受け入れて。もう私も十九。青春何ぞ一日も妄《みだ》りに過し得んや。何事もまず人格の裏付けがなくては軽薄になると思って、人格を作りあげるのに努力している。

私の性格の欠点を考えてみると、怒りっぽいことにある。そこで、怒らないように、つとめて優しくし、ついには、その優しさが本来、生来のものとなるまで漕ぎつける。その次は明朗になることに努めるつもりだ。

私は念仏のように、怒るまい、怒るまい、と心にくりかえす。私は至らぬ人間であるが、塵《ちり》も積もれば山となる。いつかはこの努力も、あらわれてくる時があろう。理想の人格の境地を仰いで、孜々《しし》として、峻険をよじのぼる登山者の意気込みで私は毎日を送る。もうこの日記も、いつわりや飾りは書かぬ。ありのままの記録だ。血の滲《にじ》む、魂の記録だ。

二月十九日　火曜日

爐辺《ろへん》クラブと言う関西の智識層青年学徒が組織している会がある。その新劇部の公演「アルト・ハイデルベルク」（※マイアー・フェルスターによるドイツの戯曲。若き皇太子と下宿屋の娘の青春と恋を描いた物語）が国民会館であった。一時間だけ授業して、あと、山本さんや宇賀田さんやその他の有象無象を引連れて、出かけた。いや、その反対、世間慣れぬ私は皆に誘導せられて引っ張ってゆかれた。学生達がほとんどであった。ケティもカール・ハインリッヒ（※それぞれ、下宿屋の娘と皇太子。前者は「ケーティ」と表記されることも多い）も、熱演で感じはよかったが、やはり、手持無沙汰になって舞台が空くときがあった。接吻や抱擁は日本人離れしているので、いささか見難く、あちこちから感嘆とも軽蔑とも弥次ともつかぬため息やかけ声が聞えた。そして、幕間には、爐辺クラブの会員募集をやっていた。中々若人の集まりらしい、若々しい雰囲気があった。

二幕目の終り、トイレットに立つと、受付のそばで、淀之水（※田辺が昭和十九年に卒業した高等女学校）の津田たか子さんに会う。すっかり娘らしくなり、今休学しているが、四月から入るつもりで学校へ連絡に来たのだと言っていて、奇遇を祝しあった。

この人の文才に祝福あれ！

爐辺クラブの会員になりたいと思った。

世間は今や、預金凍結にでんぐりかえっている（※この月に戦後のインフレ対策として実施されたもの。銀行ほか、金融機関で預金の現金支払いを停止、または制限した）。私の家も、どうしていいか、途方に暮れているが、将来のために私は私の好む文学の道へすすみたい。

二月二十日　水曜日

漢文の先生はあんなに熱心に授業して下さるのに、どうして皆は男のヒステリーだの、にくらしい先生だの言うのであろう。私は良い先生が来て下さったと感謝している。次々とプリントを刷って下さるのである。私は自分の努力を他人に嘗《な》められたくないのに、宇賀田さんは私の糟粕《そうはく》を嘗めて足れりとしている。どうしてあの人は、自分の修養になることに目を向けないのであろう。そんなことをしていたら、自分自身の実力なんてつきはしないのに。

私のお天気にも困るけれど、何だかこの頃また憂鬱だ。

二月二十四日　日曜日

文芸会は明後日あるはずなのに、誰も父兄を伴《つ》れて来てはならないとの達示《たつし》なので、皆がっかりしてしまった。何故そんな偏狭なことを言い出すのであろう。学校当局の頑固にも呆れる。殺伐な世間の空気から一瞬でも余裕ある時間を楽しむことは有意義なのに。

昨日、伊東さん達は、宝塚から衣裳を借りて来た。学校全部では六百八十円かかったとのこと。これらを父兄に見せないと言うのは非常につまらない。こっそり来てもいけないのかしらん。母も妹もしきりに憤慨して落胆している。

しかし、この文芸会が過ぎれば、また試験だ。

二月二十八日　木曜日

文芸会は二十六日にすんだ。母も妹もこっそりみせてあげた。国二（※国文科二年生の意）の「頼朝の死」は大評判で、テラでさえも讃辞を惜しまなかった。

帰りに写真を撮った。書きたいことは多いくせに筆が進まず、何にも頭へ浮ばない。往復四時間の通学時間は、精力をうばいつくす。

三月四日　月曜日

朝、例の如く遅かったので、遅刻しはすまいかと懸念しながら小阪駅を出ると、一緒になった小河さんが後から、

「ちょっと！　伊賀先生（※初代校長・伊賀駒吉郎）、死にはったんやて」

と叫んだ。ぎょっとした。

「誰から聞いたの」

「今、言うてやる。一年の人が」

「えっ！　ほんまかしらん」

「あんまり急やなあ」

陽は照っていたが、私は目前が真っ暗になった気がした。そういう間も気がせく。二人とも足を速めた。道々、校葬だの、葬式だの、校長だの、いろんな関係のある単語が、ひょくひょく耳へ飛込んできて私の動悸はますます高まった。小河さんはしきりと最近見た校長先生の姿を考えていたが、私は一ヶ月ほども見なかった。

「たしか、D.D.T（※かつて使用されていた虱退治のための殺虫剤）の撒布の時、見たと思うけれど、この一週間はちっともお目にかからなかったわ」

私達は、いつ見たのが最後であったか、ばかりについて議論していた。それは心の底にある悲哀の涙が迸《ほとばし》り出ぬようにと思ったのである。歩いている生徒の姿をみると、皆がこの悲しい事実を知っていることがわかった。学校の門をのぞむ道に来かかると思いなしか、しんとして厳粛の気がただよっている。

小河さんは足を速めた。私も駆け入るように門内へ入った。聳《そび》え立つ美しい校舎、緑の木々に縁取られた輝く石畳、ガラス窓をみつめると、私は突然、涙が溢れ出た。

「温厚にして篤実、博学多識、……」なぜか知らないけれども、妙に頭の中がぱちぱちと花火を散らして、校長

先生を讃える言葉が閃《ひらめ》いた。

昇降口の掲示板には、訓示があるから、講堂へ集れとのみ書いてあった。その脇に一段小さく、「特に静粛にありたし」と書かれているのを見ると、いよいよ事実だと判り、悲しいくせに、変にどかんと落ち着いた、空虚な胸を、がらがらと風が通りぬけるような静けさを感じた。

高女生も女専生もこの日は静かに入場した。雲は団々と青空にむらがり、時々陽光を遮って講堂を薄暗く沈んでみせ、また時には太陽が出て、ガラス窓から輝くばかりの早春の光を注いで漲らせた。

細川先生は緑の本と、小さな数珠を片手に、極めて敬《けい》虔《けん》に、壇上に上った。あたかもそこになお、先生が生けるが如く。

「今日は皆さんに悲しいお知らせをせねばなりません」

講堂中はしんとして咳の声一つ聞えない。先生は敬虔に、頭《こうべ》を垂れていられたが、一向に、うち湿った声でなかった。この先生は、悲哀を表現し得ぬ悲しき人間であろうか？

「校長先生は昨朝八時半頃、急性肺炎でなくなられました」

この冷酷な現実の報告は、覚悟はしているものの、実に辛かった。私は頭を垂れ、前の席をじっと眺めながら涙を堪《こら》えていた。太陽と仰いでいた、だの、親とも慕う、という言葉をきくと私はもう耐《たま》らなくなった。話を進めて、先生の徳を称揚される事柄に移ると、私は瞳を閉じて、ありありと、伊賀先生のお姿を瞼に画いた。

そうである！　決して先生は、空虚なお世辞によって「親とも慕われ」たり「最もよき若者の理解者」なのではなかった。文字どおり、真実に慈父の如く慕われていられた。先生ほど人徳ある人は、私はこれまで接したことがなく、先生ほど博学多識な人に接したことがなく、先生ほど青年に理解がある人に接したことはなかった。先生ほど天才に恵まれ、しかも刻苦勉励の人に接したことはなかった。

つまり、先生は聖賢を兼ねた孔子の如き人でいられた。

細川先生は言われる、

「府立の学校と異なって、私立は、その校長先生を中心として成育をとげる、いわば校長先生は校風を作られた方であります。だからこの際、校長先生を失ったことは実に本校にとって大痛手でありました」

細川先生は悲しみを表わし得ぬ人であろう。そう言う間も、実に軽々しいところが見える。

次に先生の最後の脈をとられた竹村先生が御臨終の模様を話して下さった。あのきびしい先生が眼鏡を取りはずして涙をふきふき、その最期の模様を話されると、私はもう我慢出来なかった。あの不幸であった父の最期と思いくらべ、父が先生になり、先生が父になり、臨終の息使いが苦しそうであったと語られると、父の苦しい息が耳元で聞こえ、私は歯をくいしばって涙をのみこんだが、あちこちではせせらぎのように、すすりなきの声が起った。竹村先生はしばしば絶句し、その度に眼鏡を外して白い手巾で拭《ぬぐ》われた。

嗚呼《ああ》、生者必滅会者定離、盛者必衰、一切皆空

先生の魂魄はいずこの空にかけり行かれるのか。私達をいつまでもお見守り下さい。

生徒の関心は次代の校長のバトンは誰の手に落ちるかという一点に凝集している。分校東樟蔭の校長中村先生は、故校長先生と姻戚関係にあり、人望徳行全てにおいて、校長先生の雛型で準聖ともいうべき方であるから、生徒は一同、この先生を望んでいる。細川先生は貫禄が備わらず、校長先生としては、貧弱で徳もないというのが一致した輿論である。

宇賀田さんは泣いて目の赤くなったのを気にしていた。天気はよかったが、ひどく明るくなったり、陰ったり、風の強い日であった。私達、宇賀田さんと富田さんと三人で校長先生の想い出に耽《ふけ》りながら帰ってきた。

今日密葬がある。甲陽高専（※伊賀駒吉郎が設立した学校）、樟蔭高女及び女専と、実に関係せられた学校が多いので、盛大な校葬が営まれることであろう。

三月八日　金曜日

学校の小使い（※学校等の用務員の旧称）の家で発疹チフス（※虱の媒介する感染症）患者が出た。これはいま、日本を襲いつつある悪疫だ。大事を取って学校は休業となった。二十日まで休みがある。二十三日よりの試験はよく覚えられるが、しかしノートを貸したなりなので困る。母は近日、田舎へ行かれるであろう。今日ひどく寒い。さすがはお水取りだと道行く人は話している。私は小説のヒントを得た。

極めて物静かな、おとなしい、弱々しい、しかも豊富な感受性と多感な涙を持った少年が、淡い想いを抱く、富める家の明るい少女。このコントラストは由来、しばしば少女小説家の感傷的な筆に弄ばれて来たが、しかしこれは深く考えると色々面白い点を含んでいる。しかも少年の周囲が下卑た、いやしく現実的な家庭である場合、少年の純な魂の目覚めは悲しくやぶれてゆくであろう。

三月二十二日　金曜日　晴

今日はすっかり、春めいてのどかな日であった。朝の中《うち》はすこし寒い感もあったが、昼からはぽかぽかと暖かかった。今日学校へ初めて行く。

大掃除をして、自習時間を過して帰った。いよいよ明日からは試験だ。しかし余裕綽々《しゃくしゃく》としているから、こんなに日記もつけたりしている。母が田舎へ行っていられる間は、私は弟と二人で留守番していたが、全く淋しかった。でも昔と比べて隔世の感があった。前の家では私は全くお嬢さん然として何一つ用事が出来なかったのに、この頃は学校で割烹を習うから、曲りなりにも料理が出来る。材料さえあれば御馳走もこしらえられる。また、鰯を菜で包んでロール白菜をやってみた。赤いイチゴ水のもとと片栗粉とだし湯とで、ケチャップのまがいを作り、上へかけたら、アイスクリィムのような味で美味しかった。大抵の日は菜を炒めていた。ある晩、となりの家から、立派な鰈《かれい》を頂いた。「よう料理しはるの?」とおばさんが言われる。「ええ」と答えるのもおこがましいが、とにかくもらって手荒く料理した。

三月三十一日　日曜日

もう休暇に入っている。四月十一日に校長先生の合同葬が行われる。一日、よく晴れて、美しい早春の日がつづく。

畠に妹と二人で春菊の苗を播《ま》いた。昨日はじゃがいもの種芋を植付けた。畠と言っても物干竿をかける下のところで、ごくごく小さい土地だ。

今日は父の百ヶ日、もうすぐ弘誓寺さんが来られる。

四月三日　水曜日

米が足らなくなった。

四月十日　水曜日

この一週間、私は何をして暮していたろうか。いや、この休み全体、私は為すことなく、無意味な毎日毎夜を送り迎えていた。不思議に筆を取ると、無気力となり、さて机の前に座ってみても何をする気も起らず……。

このまま中有の闇へ滅亡してしまうのではなかろうかと思わせる極端な陰気さ。

今日は初めての投票日で母は隣の小母さんといっしょ

に投票場へ行っている（※この日、戦後初めての衆議院議員選挙が行われ、婦人参政権が初めて行使された）。空は曇りがちで私の胸は何かしら重く、それに暗い室内は電燈のおかげで、いっそう不愉快だ。

妹も無聊《ぶりょう》に苦しんでいる。

近所の神戸女学院の人に有島武郎全集を借った。

「カインの末裔」にも敬服した。「お末の死」も好きだ。「フランセスの顔」の自然描写の美しさ。「迷路」の苦悩を私は主人公になぞらえて意識的に真似ようとする私自身の卑劣さが分かってきて嫌になり、強い自己嫌悪を感じた。とにかく私もある種の苦悩があることは事実だ。たしかに私には、人に優れた才能があるか、どうか。それが私の苦悩の焦点に立って、始終気味わるくぴかぴかと光りを発し、私の平安を掻き乱し、私を追いかける。

私はそれを、たしかに肯定することは出来ない。私はもちろん、私自身の心を偽ってまで、小説を書く才能があると自惚《うぬぼ》れたくないし、……さりとて、全然ないと言い切ってしまうことは私には悲惨である。

疲れたあとのように、肢体にけだるさを覚え、口に苦味を感じて、私はまた頭を抱えて呻いてしまう。本来、幾多の不遇作家が経験したであろう焦燥と悩みを私も味わっているのだ、というような大それたことは思うまい。

ただしかし、私は私なりに強い懊悩を抱き、解決せられざる深い謎のまえに震えながら立っている。上を見ても暗いし下を見ても深い。底しれぬ恐ろしさ……無為に過ごす時間はおそろしい。つまらぬことを考えさせる。

この現在の私を明るく心機一転させる方法は、新鮮な、目先の変った旅行なんだけれど、もちろん、そんなことは望むべくもない。母はしかし十二日には弟をつれて田舎へ出かけるであろう。大阪の知人からメリヤスを仕入れて田舎の親戚を回り、そして売り広めるのである。

父が死亡してから私の一家は底に不気味な破滅を秘めて、のどかな日を送り迎えしている。

ほんのちょっとした食物のブローカーとか、闇市へ立ったりして、母は今まで、私達を育ててくれた。私達は母に縋っているので、今、母にふり落されたなら、どうも仕様がない。

しかし服部の叔母も、福知山の叔母もそれぞれ屈たくがあって、私達一家は金こそなけれ、今がもっとも気楽である。

相変らず叔母たちは同居している。服部の方は、長男が勤めるし、長女は金儲けが素晴しいらしいし、次女も大丸へ勤めているので、中々ゆったりと生活しているようだ。ここは食べる事しか興味を持っていないので、口だけは奢っているようだ。

私達の家は、粗食のかぎりを尽くしているが、それでも半月に三升足りなくて困る。得難い一食を口にすると、私は無為に過ごす年月が、もったいなくて、早く五月になればよい、新しい学期がほしいと、胸が憬れにいっぱいになる。清々しい初夏の空、すきとおる薫風、みずみずしい若葉、すずしい風の吹き抜ける教室、新しい教科目……。

長い休日は欲するようでもあり、また恐ろしくもったいないようでもあり、時間の浪費が惜しまれて、とにかく、悔い無き生活ということは出来ぬ日々である。いわんや終日机の前に座っていて、ただ一つ野を想像させる黄色い菜花を目前に見ているだけの私の心は、しきりと豊な田園にあこがれる。自然の美しさに接したい思いでいっぱいである。

四月十三日　土曜日　晴

ずんずん春めいてくる。淀川には潮干狩の人がつめかけている。日差しは豊かで惜しみなく、あちこちにちらほらみえる桜は、雪のような花をつけている。あでやかな紅い桃の色が点々と町を飾っている。空は淡く湯気のような薄い軽い雲がただよい、光りがある大空は妙に遠い。土にさわると生温かい。これで、じゃが芋も芽を出すだろう。小川の縁の春菊はずんずん大きくなる。

昨日、校長先生の合同葬があった。盛大であったが、こうしたところにつきものの、形式的に流れやすく、特に私は立っていたものであるから、疲れてしまって、しまいには首を動かしたり足の位置を変えたり、もぞもぞばかりしていた。美しく飾った祭壇の中央には、故伊賀先生の肖像がかかげられ、その前の香炉には白煙が縷々《るる》と立ち昇り、金襴の袈裟をつけた僧達が金属的な声で追分節のような諧調で読経する。知識的な、人格円満な先生を弔《ちょう》するに、何だか礼を失したようである。しかし盛大なことはたしかであった。卒業生も多く来ており、各方面の代表も見え、また夥《おびただ》しい花環が並んでいた。祭壇の下は色とりどりの生花でいっぱいであった。生徒達もグリーンの袴に黒紋附、白衣を合せて美しかった。私もはじめてスカアトに絹靴下で行った（スカアトと言えば昨日、妹が留守番している中《うち》にスカアト地が物干竿から盗られた）。

クラスの人々には富田さん、伊東さん、木谷さん、弓場さん、大館さん、辻岡さんらにしか会えなかった。帰りしな、校門の所で宇賀田さんに会う。相変らず丈夫の由。「万葉女性の歌」を小脇に抱えていた。

帰途、辻岡さんと大館さんとで帰る。みんなは九日の日に来てもう成績を聞いたという。私の胸は、早鐘を打つように鳴り出した。辻岡さんは、三番までは動かないと先生が言われたという。それなら私はあい変らず三番らしい。大館さんも山本さんも金城鉄壁だ。なかなか突き破れぬ。しかし新しき学年こそ……。

春だ。

早く精一杯伸びをして、勉強したい。清楚なすずかけの並樹の道、葉もれ陽のこぼれを受けて、本を脇に抱えてあるく学生の姿を想像するさえ愉快である。

母と弟は田舎へ行っているので、妹と二人でいる。運動しないためか、お腹がちっとも空かなくて、御飯の要らないこと夥しい。菜を長いこと買わないが不自由も感ぜず、やっている。ただ妹はスカート地を紛失したことで悄《しょ》げ切ってしまっている。

四月十九日　金曜日

歳月は水のごとく流れ……と切り出してくるのも何だか変な改まりようだ。随分長らくの休みを遊んで過ごしてしまってから、あとになって仕事を思い出した。

三年になって習うはずの「古事記」がまだ手に入らないのを思い出した。国文科を出た、卒業生の細見さんに借りてもよいのであるが、平常つき合わない人のこと故、借りにゆくのも億劫である。

一昨日は、桜どきにありがちな強い風が吹いたが、今日はもう、うららかに晴れて、春らしい。手に仕事を持たぬ身は、のんきに、ノートを作ったり絵を画いたり、御飯の用意に日を送る。

十六日、浜さんより、一家無事で引揚げてきましたとの手紙がくる。どんなに嬉しかったことであろう。永い間お世話になりました、とあり、私も今日さっそくお返事の手紙かく。

妹の学校は今日から始まる。副級長になったそうだ。弟は昨日からである。級長は居座りとなり、「勉強出《で》来《け》へん、もうやめや」とふくれている。

蠅がそろそろ出て来だした。都市を追いまくった疫疹チブスは下火となって、映画などの興行物も許され、観劇を誘い出している。

こうして、勉強から離れているのだから、せめて、小説の一篇でも書きたいと思うけれど、何にせよ、読むことも出来ぬ故、どうも手につかないでいる。

四月二十日　土曜日　曇

静かな春の宵だ。夕方、すこし雨が降った。

交際家の妹はちゃきちゃきと副級長の仕事を喜んでやっている。一束五円のほうれん草を前の畠の百姓から買い、久しぶりでお浸しをして食べた。明るい電燈のもと、親子四人の顔もかがやく。美味しい夕飯にしばしは世の憂さもわすれ、他愛ない話に時をうつす。

母は働かねばならぬと言い出した。家政婦になるといっても家を明けねばならぬ故、空巣狙いにやられる恐れあり、さりとて他に仕事もなしと、家中案じる。

早く私は働きたい。

弟を学校へやり、妹も専門を出したら、私は大学へでも行きたいが、今のところ駄目。私はきっと、立派な先生になって見せる。境遇に順応性のあるのは良いことだ。

有職故実をやっている。

四月二十三日　火曜日　曇

どうしてこんなに曇るのか。曇った日はイヤ。気まで滅入る。

この間、母が、久しぶりなので洋画を見に連れて行って下さった。「ストーム・オーヴァ・ベンガル」（風雲のベンガル）。ひと頃、私の好んだ活劇である。もちろん今でも面白かった。二階のない狭い映画館で日曜日のこと故、たくさんの子供が来ており、不良連中がとぐろを巻いていて、座席は汚く、子供はパタンパタンと走り回り、便所へ出たり入ったり、これで三円だから恐れ入る。でも映画を観ているとみんな忘れられた。

「進め龍騎兵」（※クリミア戦争を題材とした、アメリカの戦争映画。一九三六年製作）とよく似ていた画材で、印度が舞台、兄の許婚者《いいなずけ》に対する飛行学校生徒の青年たる弟ネイルの感情をもうすこし掘り下げて考えてみてもいいと思うが、どうせ活劇が主で、むしろ後半の、ネイルの犠牲的行為や兄ジェフ大尉の活躍に力が入れてある。だから前半は付け式になるのもやむを得まい。しかしネイルの死（彼は山峡に向った友軍に危機を報知する為、航空機で飛んでゆくのであるが、腕時計に報告書を入れ、自爆して友軍の注意を惹き、かくて友軍に知らせて救うのである）に、単にそうした義務遂行的犠牲精神のみを感じ得るであろうか。青年の複雑な感情をそうまで簡単には片づけ得ない。危機の報知は通信筒を落とすなり、閃光方法を試みるなり、頭上で旋回するなり、何とか他の方法があり、あまつさえ報告書まで焼却する危険を冒して自爆するとは、単純な気持ちで出来るものではない。それを兄のジェフも彼の許婚者ジェインも知らないのか、知っていても触れないのか、映画の終りではそらぞらしい顔で、どちらも、ネイルのおかげで平和になったとか、なんとかかんとか言いながら、甘い気持ちに浸っている。トタンに私はいやンなってしまう。

もちろん、西洋のチャンバラを近代兵器なんぞ使って、ハイカラにしてあるだけで、性格描写を目的とする映画ではないから、それも止むを得ないけれど、も少し、ネイルもジェフもジェインも、カンの鋭いところを見せてほしい。やっぱり西洋物だって、チャンバラ式があるんだな、と当り前のことながら私は可笑しかった。戦争中の作と見え（※実際には日米開戦前）、しきりに「軍人の妻の覚悟は……」とふりまわしているから苦笑させられる。

それにネイルの感じがわるい。あまりに弟の方は陰気であるから、兄の快活さがよけい実際以上に観客に好印象を与える。また、そこが鋭いところでもあろうけれど、おなじ陰気にしても、もうすこし可愛らしい青年はいないものか。

ニュースはよかった。アメリカのユナイテッドニュースをみたら、とても日本ニュースの光った、目に痛いやつは見られたものではないと思う。観艦式だとか、凱旋行進だとか、大統領のニューヨーク訪問なんぞみていると、情なくて胸が痛くなった。また硫黄島で使われたロケット爆弾をみていると、その装置を映してあるのだが、磁器で、敵機が圏内へ入ってくると爆発するのだという。神風攻撃隊もこれでやられたのだと、説明のトーキーが鳴り出すと私の胸はいたくなった。

神風特攻隊の人々になんの悪いところがあろう。あの人たちは国のために、大君の為に、死んで行ったのだと思う。皆、上の人々がわるかったのだ。若者の純情を弄んで、自分自身は安逸と懶惰《らんだ》に浸りながら、人民を塗炭《とたん》の苦しみに陥れ、有為の若者をあまた散らせてしまった……。

四月二十四日　水曜日　曇、時々雨ふる

きょう、母と一緒に、用事で大阪へ行った。いよいよ休暇も今日で終りだ。待望の新学期は始まろうとしているが、今になるとさて些《いささ》か休暇に執着がなくもない。

新円生活五百円は中々むつかしい（※いわゆる「新円発行」を指す。「預金凍結」と同時期に、戦後のインフレ対策として実施された。旧紙幣を封鎖し、新紙幣を新たに発行した）。阪急へ副食物を買いに行っても、十円単位、配給も闇値同様値上りしているから、つらいものだ。収入のない私の家では、苦しいことこの上なし（ああ、音たててひどい雨がふり出してきた。曇った硝子戸を隔てて、雨は滝の如く降っている。ただでさえ薄暗い私の家は、電燈をつけてやらねば、うっとうしい）。

早く私も卒業して、弟や妹の学資を稼ぎたいと思う。しかし、いつかは大学へいきたい。昨夜、母は袖を縫いながら、今年の八月の夏休み、働いたらどう？　一ヶ月ぼんやりしてたって……といった。

私も大賛成だ。

夏休みを働いたら、若干の収入が得られるに相違ない。とてもそれは嬉しいことだ。貧しいからって、じめじめ陰気になりコソコソかくれて働かなくったって、堂々と働く。なかなか面白い。

現実は憂鬱なことだらけで、じっとしていたら押し潰されそうに重苦しいが、しかし現代の英雄は、それを笑って迎え、乗超える人だ。もはや一国一城の主《あるじ》となることを夢みた時代は去り、現代における英雄は日常生活にあたって、泣きたくなるほどの辛さや苦しみを、勇気にみちて突破し得る人ではあるまいか。

この間、国語審議会で常用漢字を決めた。それはごくごく僅かな、千三百字程度のもので、たとえば、動植物等、固有名詞は一切かなとなる。さくら、きく、まつ、すぎ、といった調子だ。私は大反対だ。そうなると漢字の持つ象徴的な美しさ、幻想的連想が全然消失してしまい、平板無意味な平仮名の連続には呆れるほどつまらない感じがする。その余の字を使いたいときには、振仮名をうつか、または日本語に訳して(日用語、俗語)使う、としてあるが、中々そんなことで解決できる問題じゃない。

大阪第一区から当選した初の婦人代議士三木喜代子の学歴詐称が問題となっている。この三木代議士は、私生活にとやかくの噂が絶えない不良女性だ。

四月二十五日　木曜日　曇・雨

今日はじめて学校あり。浜さんに会って、お喜びを言うと、あの人、とても喜んでありがたがり、ノートをもっていたら、分けて下さらないかという。家へ帰って、雑なノートを二冊よった。始業式、変るところ何らなし。こんどの国一生は英語の時間は四時間、フランス語二時間となっているが、我々国三は英語二時間のみ。千葉先生の歴史が三時間もある。

大掃除終了後、宇賀田さん、浜さん、小野さんらとで、成績をきいた。勝俣先生からである。漢文の八十七点は心外中の心外であった。宇賀田さんでも九十点台であるのに、何故私は八十七点なのであろう。成績査定会を開いて定めた結果であろうけれど、後々のこともあり、三年生の試験に際して、心得ねばならぬから、ぜひ説明してもらおうと思う。心の中がもやもやして今にも泣き出しそうで、漢文がにくらしくってならない。

「人を馬鹿にしてるわ」と思わず大声で言ったのが教務室の前であって、後でハッとなった。だけど、ほんとになぜこんなクサリ切った点なのか、聞きたく思う。私は、試験は出来た自信がある。また、月々の宿題もちゃんと出してきた。その宿題も、天地に恥じず自分が、一生懸命考えたことはたしかである。私はこう言おうかと思う。

「先生、あのう……前学期の漢文の成績ですが、率直に申しあげますと、意外なほどの点でしたので、どういうところがいけなかったのか、これからの参考のために、聞かせて頂けませんか」

いや、その前に、まず切り出さねばならない。あの先生のいつも居られる図書室は、事務員が二、三人とぐろを巻いてるから、とつぜん、こう切り出してはならない。まず、昼食後、おずおずとドアを開け、しおらしい恰好をして、入ってゆく。そして、ゆっくりと、よく理解出来るように言う。

「先生、お願いがあります……」

きっと、先生は近眼鏡越しに、私をしげしげと見られるだろう。私はきっと真赤になって俯《うつ》むくに違いない。

昼休みの時間だったら、あたりに沢山、生徒がいるだろうから、それではやはり、放課後にしようか。放課後では先生は用事を控えて居られるだろうから、こう言う。

「先生、お忙しくありませんでしょうか。ちょっとお願いがありますが……」

これでよろしい。しかし先生は、きっと大きな声を張り上げ、

「はあっ!?　なんですかあ?」

と言われるだろう。先生は師範（※「師範学校」のこと。教員養成のための旧制の学校）在学時代、右耳を手術して全く聞えないのである。大声でいわれたら私は逆上してしまって喉はカラカラになり、目はひからび、声はかすれ、顔面の筋肉はこわばって泣きたくなる。私はとっても気が小さくて、羞《はにか》み屋だから。胸を張って堂々と冷静に……。

ああああ。いやあんなっちまう。でも八十七点という点に思いを致す時、のほほんと拱手傍観してはいられない。

いくらか明るく空が晴れてきたような。明日は晴れるであろうか。校門の縁《ふち》には青々と若葉が茂り、教室の窓の外も、衣も染まりそうな、みずみずしい、黄味をおびた若葉であった。それがささにごりのした水たまりに映っているのは、清々したものである。ふじの花が咲き匂い、春の大気は柔く、満ち満ちていた。象徴的な美しさをもつ、むしろ春愁を感じるほどの薄紫の色であった。

宇賀田さんと積る話をした。

あの人は、大学へ行けたら法科へ行くと言っていた。

私も行きたいが、なにぶん今の成績では――いや、家の事情のほうが強い。爐辺クラブが第二回公演をやるが、皆は爐辺クラブへは入らないと言っていた。そして樟蔭へも、文芸部にそんなのを作るんだから、と言う。

しかし私は入りたいと思っている。
互いに摩擦しあわなければ練達は望めない。

四月二十六日　金曜日　晴、蒸し暑し

汗ばむほどの美しい、からりと晴れた初夏の日である。スカートを穿くとさすがに下が冷え冷えするのも、気持ちがよかった。

放課後、漢文の先生に思い切って言う。疎開になった寮へ行く途中の廊下で、幸い誰もいず、思う存分話せた。先生は、親切に、さっそく調べましょう、それはそうです、あなたが九十点以下とはおかしい。私も神様じゃないからネ、間違いもあるかもしれん……。

「こんなこと申しあげたら、先生は自惚《うぬぼ》れていると思われるかもしれませんが」

「いやなに、はあ、そんなことはちっとも。もちろんそうです、後々のために、自分の疑問を解くのはよいことです。よろしい。試験の答案がないとわからんから、ではさっそく……」

これで私は下がって来たのである。案ずるより生むが易し。私は晴々して、皆の待ってくれてる小阪駅へ駆けつけた。明日にでも、私は聞くことが出来るであろう。

一時間目の細川先生の時間。もう時間が少なかったので、伊東さん達は例によって例の如く、校友会についての懇談会を開きたいと言い出した。そして、いろんな部、例えば演劇部だのを新設し、また生活科学部も設置しようというのである。

小河さんは、校内すべての生徒を対象とする所の校友会であってほしいといった。私もそれには賛成する。学校の設備は年を追って整う。安田先生に私達は、先生の学生時代について聞いたが、学生時代の学園の雰囲気に親しめと言われた。

級長の選挙あり。大館さんと伊東さん。しかし伊東さんは学芸部の方で活躍したがっている。山本さんは何にもならなかった。

四月二十八日　日曜日

色が白く、頬がさくら色に匂うていて、唇がほのぼのと赤く、星のような瞳をして、よく笑う。唇を閉じると神性的な厳粛味がにじむように、その形のよい口辺にただよい、真白な光る歯をみせると、とたんに緋牡丹がぱっと開いたように、春の光があたりにみなぎる。細いことはないが、色白な首すじが、くっきりとし、ゆたかな渦巻きのこぼれた黒髪がやさしく肩にかかる。

書くと、瞬間に、感じが変ってくるけれど、これは伊東絢子さんのデッサンである。この人は、春のうららかな真昼、一群の少女たちの遊戯している中で、特別目立つ存在であるような、そんな場所に置いたら、引立つ人である。詩集を抱えて藤の陰の散歩なんて柄ではない人である。あくまで明るく朗らかな、近代的魅力の若い人。だからとっても校内校外ともに人気者である。

大館さんは哲学的傾向を有する、頭の緻密な、おとなしい良家のお嬢さん。個性のやや目立つ人の中へ入れられよう。伊東さんなんか、はっきりしてるけれど。

私の性格の分裂も、こうしてあまり他の人の性格について考えすぎるからではないかしら。どの菓子を取ろうと迷い、ついに何にも取らなかった子供みたいに、私は、私の自我を見出し、より高く、より美しく育て上げることはようせずにいる。

自我の覚醒！　なんと奥深い、難事業であろう。私はしかも、これに達するまでに年齢も経験も積んでいない。急いで性格を完成し、個性の解放について考えるなんておかしみの至りである。性格は完成でなくて固定だ。

また、私はもっと幼いころ、貧乏を神聖視していた。

キュリー夫人伝に感激し、顔回（※孔子の弟子のひとり。貧窮の生活にあったが、天命を楽しみ、徳行をなした）の清貧に私淑し、貧乏はむしろ、誇るべきものだ、くらいに思っていた。だから小説「北京の秋の物語」でも朱瓔春を、秀敏を、李秀香を貧しくし、「春愁《しゅんじゅう》蒙古史」（※昭和十七年、田辺が女学校時代に書きはじめた、学生ノート十二冊に及ぶ大長編。十二、三世紀の蒙古が舞台の英雄譚）にも、キルゲを、コルダイを、また幾多の風雲の志を抱いた少年たちにも、それぞれ貧しさと自尊心とを高く与えた。それは私が物質的に、富裕な生活をしていたからである。

しかし状勢は一変した。家はすでに焼け、父は死に、物質上の苦労が、一時《いちどき》におおい被さると、貧乏も、さして愉快ではなかった。

空腹も、キュリー夫人伝で読むなら何ともないが、自分が経験するとなれば、あまり豊かなものでもなく、思う書物も買えず、見たい映画も観ずにいるのも思ったより貧弱で、その上、屋根裏部屋や陋巷《ろうこう》にくすぶっているのも、小説や伝記の上ならともかくだが、そういうところは周囲のガラがわるいし、汚いし、湿気が多くて虫がゾロゾロし、冬寒く、夏暑くしようのない所である。粗衣に甘んずるのも程度もので――身に合わぬ流行遅れの服も、底の割れた靴も、あまりに清貧すぎる。

幸い私は今、物質的に苦労しているといっても、学校へ行って肩身の狭い思いはせぬが、あまり度をすごした清貧も、肩身狭く思うであろう。

要するに、私はまだ経験が足りなかったからなのだと思う。

机上から実際へ、私は身をもって学んだのだ。

この体験は尊い。私はこの感激を忘れることは出来ない。

考えることもあるが、またあと。

四月二十九日　月曜日　晴

なにか重苦しい圧迫的な気配が私の胸を掩《おお》う。苦しいとおもうが、その原因は私には解することが出来ない。生きて何をしようか。私は「生の喜び」の存在を信じている。そして実際、それに逢って、たのしいと思う。が、それはごく稀で、あまりに卑下的な自己謙遜の穽《おとしあな》に落ち、そして上ることを忘れてしまった。


終戦後初の天長節（※天皇誕生日の旧称）だ。

天皇制についての活発な論議は巷に満ちているが、私は考えがまとまらないから黙っている。私は、それよりも飛鳥朝時代の暗黒と光明とを秘めた、黎明の希望を、書いてみたいと思う。いつも計画倒れになるばかりだけれど、日本書紀を研究して、ひとつ卒業までにやってみたい、と思う。

五月二日　木曜日　雨

昨日のメーデーも今日の入学式も、雨だ。ずうっと小雨が絶え間なく、夜に入ってやっと止んだらしい。

終日、金のことを考えていた。

金！　金！

ああ金の苦労を知らぬ生活のよさを初めてつくづくと知った。私の人生勉強には、あまりに尊い犠牲が払われている。家の焼失と父の死だ。

私はしかし、その代価によって購《あがな》われたこの勉強は、偉大なるものであったとも考えるが、正直のところ、もうこりごりである。

貧乏——清貧——。

ふん、それもよかろう。しかし「真の文明は物質と精神の両方面に俟《ま》つ」と喝破した福沢諭吉を介するまでもなく、物質生活の高度性も現代においては欠くことは出来ない。遠慮なく書物が購え、案ぜずに滋養が取られ、生活に心配がないというのは、なんとのびのびと楽しく、羨やましいことであろう。しかし私は現実への闘争に目覚める。明るく、すこやかな現実を築いてゆくために、私は私の全生命をうちこんでやらねばならぬ。新しい明日はまだ真白な一頁《ページ》だ。私はしかし、まだ明日がある。明日はどうにかなるであろう。現実と戦って勝つか仆《たお》れるか二つに一つだ。そして明日はまだこれから開かれようとする。
私の若い日、それは泣きたくなるほど尊いと思う。私が年寄ってお婆さんになったとき、若き日の過ちをいかに悲しみ、いかに悔むであろうか。ああして過ごせばよかったものを、と必ずや烈しく「今になさばや」の嘆きをかこつであろう。私はそれを恐れる。

盛年重ねて来《きた》らず、一日再び晨《あした》なり難し

（※陶淵明の詩より。「若く元気な年は二度と来ず、一日に朝は二度ない」の意）

嗚呼尊き若き日を、私の送り方はどうであろうか。無意義にあらしめたくない。

五月四日　土曜日

学級写真を撮った。
育児科の村上さんが爐辺クラブへ入らないかと言ったので、私もその希望を持っていることを打明け、今度の公演の時に申込みをしようと言い合った。
終日、曇っていた。
弟は来年の受験を控えて、上中（※旧制上宮《うえのみや》中学）の先輩で一高へ進んだ生徒に、親切に指導されるので、母は喜んで今日、受験の打合せなどのために学校へ行き、そして、その先輩にも話をしてきたそうだ。

五月十五日　水曜日

校友会の文学班の班長に、いやいや皆から推された私は、渋々きょうの総会で、皆に懇談会を開いた。顧問の本城先生は、中々の篤学者で、本をたくさん持ってらっしゃるので、読書案内をお願いする。窓の外は初夏であったが、私は、ヒソヒソ話ばかりしている班員を前にしてクサリ切った。ちっとも活発な意見を述べてくれないのだった。
本城先生は、嘉村礒多《かむらいそた》の小説集を貸して下さった。

五月十九日　日曜日

同級生の土屋さんが言って下さった、全国書房のことだが、詳しく話したいと言われるから、きょう十時、家を出る（※後に書かれた自伝的小説によれば、自分の書いた習作が売れないかと淡い期待を抱いていた田辺はこの日、新人作家や作品を探している出版社の編集者がいると同級生に紹介され、京都に向かった）。

「まるでお見合いみたいなもんやな。初対面の人に会うのやから」

と母は冷やかしながら、私の顔を剃り、髪を編み、シャツを出して下さった。折から祖母が来た。母は一通り誇らしそうに説明し、そして私の靴まで磨いて——お弁当は人前で食べても恥かしくないようにと、巻鮨にかまぼこを入れ、私の家としては、破天荒な御馳走だった。私は非常に、感傷的になっていたが、妹に借った靴に絹靴下が嬉しいので、割に何にも言わないで、颯爽として出る。

四条大宮では二人がもう待っていて下さった。中沢さんという女性と、全国書房の梅田さんという方だった。私は遅参の詫びを言い、そして三人はボツボツ歩いて行った。

日曜なので人は混んでいた。

うららかな日和だし、それに京都は焼けていないので、町並は賑やかで、ほとんど戦前と変わらない。とある静かなところで、パンと汁粉をとって頂き、昼食をしたため、そのあいだ話する。

ほとんど、梅田さんがしゃべっていて、私はただ聞いていたが、しかしそういう文化的な集まりといったものの、大体がのみこめて来た（※梅田からは、全国書房を中心にして、若い新人作家たちに文芸的な集いを作ることを提案されていた様子）。会ではなく、集いなのだった。そして、文学作品も、批評して頂けるし、埋もれた宝を捜すという意味なので……とおっしゃっていた。

それから繁華な京極を過ぎて、一流の映画館で最新洋画「王国の鍵」を観る。これはキリスト教宣伝映画だが、心打たれる、いいものだった。そしてまた帰りに喫茶店で、コールドコーヒーを奢ってもらい、そこで梅田さんとは別れた。

帰ると、祖母はまだいた。母は私の話を聞き、祖母と二人で、これで身の立つ緒ができたと喜んでいた。さて、果してそうであろうか。

たしかによい集いではあるけれど。読みたい本も読めるそうである。

五月二十日　月曜日

「王国の鍵」はまったく素敵だった。フランシスという宣教師の支那における、生活、闘争、そういうものを描いてあった。彼の青年時代からの硬骨な、反撥力のある、しっかりした性格が羨やましくさえ思えるのだ。私は反撥力がない。それを恐れる。いま書いている「十七のころ」（※旧弊な考えの両親との裕福な生活に悩む十七歳の「泉」を描いた習作短編。本書収録の中編「無題」とはまた別の作品）

も、無気力な少女の生活を描いてみようと試みたが、主人公・泉の性格は、私が型にはめると、どんどん嫌がって駆け出し、手に負えぬじゃじゃ馬みたいに、忽焉《こつえん》として前にありかと思うと後へ逃げ、銀鈴のごとく笑い、暴風のように怒る。しかし私が、泉をとらえて未完成の場面を作りたてると、泉は天才的な瞑想に沈んだ少女に一変する。彼女は、画の天才であろうと思わせる。しかし周囲も本人も気付かず埋もれてゆく。それに気づくのは、彼女の友達である少年だけだ。しかし少年の家も貧しく、そして少年は力を持たない。

五月二十一日　火曜日

明日は、本城先生はいらっしゃらぬ。何かよいことをして過ごして下さいと仰有《おっしゃ》っていたが、原稿はまだ集まらず、その上、講義して下さる先生はなしときているので、いっそ休みにして他の科へゆきたいと思う。社会科学部では千葉先生の「文化国家論」があると言う。文学班はまず原稿が集まってからでいい。

いそがしくて何だか生き甲斐を感じる。初夏だし、幸福だ。が、「泉」はどうなるだろう。私は今後、いかに泉の運命を定めるべきか知らぬ。泉は勝手にするだろう。

五月二十三日　木曜日

国文科の前年度の卒業生で、放送局に勤めている人がいて、いろいろ放送材料を求めてるらしい。千葉先生が、演劇でも文学でも、何かよい作品ができたら放送しますよ、と仰有《おっしゃ》ってた。今こそ新人登場時代だ。それだのに私は今になって、何にも出来なくなってしまった。この数日間、私は、頭がからっぽになっている。何にも考えられない。泉のことはどうなるか——母は、私が何にも仕事できないでいるのをもどかしがって、ちょっと旅行でもしたらどう、学校休んでも、と言ってくれるが、金のないことを考えると、私はそんな気にもなれなかった。といっても、私はいま何か気分転換を図らないと、たしかにダレていて頭の中は埃っぽくかさかさと音がして、妙に熱っぽくザラザラした砂が厚く脳の上に積み重なったようだ。私にかつての日のインスピレーションは、再び訪れないのであろうか。

五月二十四日　金曜日

きょう短歌会があって、「子われらが」の歌を区切りが変で、先生は語句に難点はあるが直すと悪い歌じゃなくて、全体としては直線的であって、人の胸を打つと仰《おっ》有《しゃ》った。「子らいまだ」とすべきであったと思った。

本城先生にお借りした所の「紋章」（※横光利一の小説。「山下久内」「雁金」はその主要登場人物）をよんだ。山下久内というインテリ青年には充分感動するところがあって妙に引きつけられたが、しかし、雁金の怜悧さと無邪気さには考えさせられる美しさがありすぎる。私には難しかった。横光利一についての講義を本城先生が月曜の放課後して下さることになった。

きょう帰り、角の外科病院の窓から覗いていた人が、山本さんの友達だったので、山本さんはどう勘違いしたものか、下の道路から、大きな声ではっきりと「赤ちゃん生むの？」と質問した。もちろん、その場に居合わせた一同、腹を抱えて、駅の方へ駆けてゆき、窓の上の若い人も真赤になって笑っていた。

この頃の生活はたのしい。校友会の文学班は困るが、勉強もおもしろい。これで小説が思うようにできればいいけれど。

六月二日　日曜日

文学班の回覧雑誌はとうとう刷れなかった。私の書き方が悪かったのか、細川先生の下さった原紙がわるいのか、ちっとも現われてこないが、しかし、私はさして苦痛でない。ひとつ、「十七のころ」という小説ができたのだ。これはすこし長いが、この雑誌へ入れようと、金曜日一日つぶしてガリガリ原紙を引っかき、九枚も書いた。それが全部だめなのである。

今日は頭痛がし、小指や手指に傷つき、空は曇がちで、母の就職口はつぶれ、気の悪いことおびただし。

六月五日　水曜日

まるで謄写版屋の丁稚《でっち》かなんぞの如く、文芸部だの、短歌会だのと追いまわされているくせに、それがうまく刷り上らず、写らなかったり、そばかすが出来たりして、一枚十何銭という貴重な紙を消耗ばかししている。それで気を腐らせて勉強にも身が入らないのは、全くつまんないと思うが、文学班長の責任上どうも、忌避できなくて。

母は田舎へまた、お米を取りに、一方、メリヤスを取り返しに行った。それで家は私たちきょうだい三人のみである。帰ってみたら弟や妹がごはんをしてくれていて、四杯のところを五杯いれたと、失敗した物語を話してくれた。

六月十二日　水曜日　曇

きょう、初めて着物に袴の出で立ちで学校へ行った。私の袴は、いい色をしていてまったくの緑、みんなのように暗緑色ではない。すっきりして澄んだ翠《みどり》の色だ。短くはいた。でも、襞《ひだ》が深いので、階段や腰掛には困った。何か昔風な感じで袴もいいなと思う。

ああ今日も一日過ぎた、という虚無的な感じが濃い。欠配だの、遅配だの、という暗い世間の風が学園にも吹きまくって、底流には無気味なものを秘めた、冷たい学校になった。世間が鼓腹撃壌（※太平を謳歌するさま）の世の中でないと学問するのもいや、とは我儘《わがまま》だろうかな。

六月二十一日　金曜日

この十日間、私は悪魔に憑《つ》かれたように、頽廃《たいはい》的な日を送っていた。まるで夢のようである。古い、生ぬるい、くたくたに汚れくさった生活の波が、ゆるやかなリズムで、ざぶりざぶりと私の全身におそいかかり、波が、あまた来た、波が、と思うばかりで、私はその波をよける意志も持たず、まして雄々しく泳ぎ切って彼岸に達しもせず、いわば水母《くらげ》のように浮遊して、その日その日を送っていた。満員の電車の痴呆のような、けだるい虚脱状態、汗の臭いにむれた石室のような車内、とぼしい食事に、梅雨特有のだるさ……。私は覇気を失って、茫然と歩いてゆく。どこまでもどこまでもつづいた白い一本道――フッ、少女の感傷にすぎない！　機械人間は無表情に、汗も出さず、そのくせ烈しい陽に照らされて――カンカンと熱く張りつめて、とことこと歩いてゆくのだ。永久に。

私はまた、やっと文学班の雑誌が刷れたと思っていたところが、あとからあとから、くれと言ってこられたのには弱った。足らないのだ。

私の「十七のころ」は本城先生が、いかにも適切な批評をして下さった。もう一度書き直す。

六月二十四日　月曜日

身体の具合の悪いのに気付いた。家政科の女の先生が、顔色が悪いと言い出し、やがて母も、ほんに、と頷く頃には、私はまるで期待していたかのように、元気がなくなった。何をしてもだるく疲れ、昔日の覇気は失って、頬の色は濁りはじめた。瞳も光りが消えた。

「ひいき目にみてさえ……」

何とか言いたくなって鏡に向っても、元気のない様子を見ているのは我ながら苦痛だった。しかしどこが悪いのだろう――。

「頭痛がするの？　熱はあるの？　計ってみなさい」

薄い粥《かゆ》をかきまぜていた母が、見上げても私は、破れた襖《ふすま》に寄りかかったなり、ものを言うのも辛く、疲れ切っていた。

「いや、熱はないの。きっとないけど。なんでもないだろうと思うわ」

不思議なものだ。肉親から愛情と不安をたたえた目で見られると、急に元気好く、若者らしく活発にふるまいたくなった。母に心配をかけたくないという殊勝な気持ちでもない。いや、それもあるが、それよりも、苦痛を耐えて、こらえている健気《けなげ》な様子を繕うことに私は、一種の興味を感じていた。また一つには、そうやって、我と我が身を苦しめて、この何日か体内に鬱積しているなにものかに挑戦したいような、わけのわからぬ憤怒に駆られていた。

で、それからというもの、朝起きて、辛くとも、うんと元気を出して、むりやりに学校へおして出かける。すると、疲れた気持ちもどこかへ俄《にわか》に消えて、こうした荒療治は効果を及ぼしたらしく、私はべつに疲労感も感じなくなった。滑稽なことに、御飯もおいしく、食欲の衰えなどない。もっとも、この私に食欲衰退なんてことが来たら、それこそ一大事だ。何か曰《いわ》くのある体になったと思わなけりゃならない赤信号なのだ。

疲れたといえば、大阪地方の方言の「しんどい」という言葉は、これは、この気持ち独得のもので、ちょっと他地方の人にはわかるまい。「ああしんどかった」と、暑い道をてくてく歩いて涼しい木陰とか、我が家の上がり框《かまち》とか、峠の茶店とかで休んだときに発する、この語の持つ味、そりゃもう独特のもので、「しんどい」とは「しんどい」という言葉です、と言いたくなる。全くもって訳しようがない。疲れたでは重すぎる。草臥《くたび》れたでは軽すぎる。その中間あたりだろう。

我が家の米櫃《こめびつ》は逆さに振っても出るのはゴミだけだ。母は田舎へ明日出発する。田舎に多少寝かせてある米を、取りにゆくのである。まだ兵庫県は欠配も遅配もないが、七月上旬は危機だと新聞はいう。富田さんの石橋あたりは六日も遅配だそうで、あの人は馬鈴薯《ばれいしょ》の代用食ばかり持ってきていた。

学校は七月十日まであるだろう。そして昼弁当も欠かせられない。細川先生は、生徒の家は裕福だから弁当くらい何でもなかろうと思っているらしい。

六月二十六日　水曜日

一日中ほとんど、食事の用意ばかりしている。これでは日本の女性が永久に向上の機会を与えられないのも、無理ないと思う。木を割ってくすぶる奴を焚きつけて物を煮たりするのだから、太古から一歩も進んでいない調理法だ。ガスや電気でやるならともかくだが。

実に暢気《のんき》。

七月一日　月曜日

早く全国書房の梅田さんに、小説を見て頂こうと思うので、さっそく本城先生に言われた通り、「十七のころ」を直してみようと思ったが、なかなか難しい。泉の苦悶の焦点は虚無への反発にあるのに、ややもすれば月並な感傷におちいり、それに対照すべき良子の存在が観念的になりすぎる。でも、とにかくやってみる。

七月五日　金曜日

スマトラへ行っていた叔父が先月の二十五日、シャムからの舟で復員してきた（※田辺の父・貫一の末弟・三郎。昭和十五年春の入営後、病による一時帰国を経て、満州、スマトラ、シンガポール、バンコク、チェンマイと転進したのち帰国した）。ちっとも変っていない。母や祖母が、愛していた素直さまで失っていなかった。筋肉がしまり、よく日に焼けていた。相変らず淡白で、うん、とか、ああ、とか簡単な返事で用をすませた。煙草はよく吸った。見る間に一箱を空にした。

「なんとよう吸うこと。さぶちゃん、ちょっと控えや。高い物につくで」

と母が呆れると、

「うん、もうやめようかな。煙草やめたら模範青年や

叔父・三郎。南方への出発直前。昭和18年

が」

と、ははんと笑った。

「すっかり止めたら、辛いやろ」

「うん、けどもう、やめないかんから」

とおとなしい。

叔父は父の末弟で、父が生きていれば、私の家にいるべき人だ。服部の叔母の家も二家族住みでややこしく、仕方ないから私の家に来ることになった。母は一人でも増えると食糧事情が事情だから困るのだが、どうも仕方がないと言っている。祖母も私の家に来たいと見えるのであるが、母は叔母や叔父を前にしてはっきり、「二人とは、よう引き取れませんから」と言ってやったと言った。

祖母も、父の病気のときから、家に来ていて、介抱をし、死に目にも会っていたのなら、それは、そのまま私の家にも居れたであろうが、その時は、元枝叔母の家に手伝いに行っていたのだから、今となっては来にくく、その上、三郎叔父の世話がしてやりたいと言って私の家に来たがるのも、あんまり虫がよすぎることだ。

七月十一日から夏休みがはじまる。

夏休み中、私はどこかへ働きに行こうと思う。すでに学生達はしきりに働いて、学資を得ている。働きつつ学ぶということは、新しい学徒の道なのだ。夏季講習にも行きたいと思う。

七月十七日　水曜日

休暇に入ってほとんど一週間を過ごしたが、いまだに、これといって収穫もなく、毎度毎度の食事の支度にのみ追われて、まったく平凡な日常を過ごしている。

私に夢は失《う》せたのかしら、ちっとも、小説がつくれず、何だか、頭の回転が休止したようでさびしい。ただ、ちょっと、ロマネスクなコント集を作ろうと計画しているが、地道な小説はまだ手も出ないし、気力が第一、欠けている。

隣保（※「隣組」のこと。「隣保班」とも。「常会」を開き、配給切符の割当や防空活動を行うなど、戦時下での生活の基盤のひとつとなっていた）では、いつも事件を惹起《ひきおこ》す田村一家のことで、また大いに揉め、こないだの晩は、とても大変な常会であった。隣は鳥居良造という官吏で、財産と若い、十三も年の違う美しい妻君をもっている。鳥居さんの奥さんは、これも実家は資産家で、教育も受け、美人で、しかも愛想がよく、賢くてしっかりしている。近所の評判は好い。主人は魚の配給所へ勤めているので、イキのいい魚をよくもって帰る。それに、何でも不自由ない食生活らしく、食い倒れの典型的なものらしい。子供はない。食べることに、一日かかっているようだ。あれだけの金持ちでありながら、ラジオ一つ、蓄音器さえなく、書物も読まず、映画も嫌いで、趣味なしという殺風景な主人に似て、おくさんも同様、日本の女性のほとんどがそうであるように、読書も何にもしない。でも鳥居さんあたりが、この隣保では智識階級らしい。この隣保のことを書けば、優に一篇の小説ができ上るだろう。

　勉強はいま、漢文に手をつけているが、膨大で難解な荘子、全部を克服するには、骨が折れる。

七月十八日　木曜日

　家には逆さに振っても一銭も金がなく、母はきょう銀行へ取りにゆくと言っていられるが、疲れて、畳へながながとノビてしまった。昨日は麦の配給があり、ソースの配給があった。金は一文もないので、家でぐうたらぐうたらと寝そべっている三郎の兄さんの財布から拝借し、午後四時頃、私は縁側の本箱を引っくり返して目ぼしい書物をさらえ、それを風呂敷に包んで、甲子園の方へ売りに行った。暑かったが、風が強く、しのぎ易い日であった。

　疎開してでもあったらよかったのだが、弟が埋めておいたままで、私は郡是の寮へ行った留守だから、ほんとに金目のものや、貴重な本や愛読書なんかは助からなかった。あの私の本だけでも、本、払底《ふってい》の今日《こんにち》、ひと財産だと思うのに。こんな気持ち、罹災してない人、わかりっこなし。むしゃくしゃする。三冊、持ってゆくと、それでも二十二円に買ってくれた。母はその金でやっと胡《きゅ》瓜《うり》を買った。

　そして、乏しい夕飯を食べていると、ゴメンといって、白い短ズボンが暗い門口からのそりと入って来た。上はカーテンで、台所から見えない。家賃二ヶ月分取りに来た男だった。

「なんとかしとくなはれ」

「明日お家の方へ回りますから、そのついでに行きますわ」

「まあ、そう言わんと折角来たんやから」

　母は困り切って、私達をふりかえった。その顔つきは泣き出しそうだった。

「さぶちゃん、ちょっと借してくれる？」

「なんにもない」

　三郎の兄さんは苦笑したが、そう言って澄ましてもいられないので、私は奥の間へ飛んで行ってあるかぎりの金をかき集めた。私の財布、母の財布、雑嚢《ざつのう》から、弟の月謝からあるかぎりさらえても、十円、二十円のはした金。三郎の兄さんが四十円さらえて来て、やっと六十何円揃えた。こんなの、もういやになる。

米がないので、麦があたっても、すぐ粉にして代用食をせねばならない。代用食は燃料も要るし、手も要るので、ほとんど一日中、台所に立ち通しである。勉強もできないし、まして小説の修行など、笑わせる。

母は田舎へ行くので、また四、五日忙しかろう。

八月一日　木曜日

いつの間にか、七月いっぱい過ごしてしまった。そして八月——私は感慨無量な気がする。三郎兄さんは就職口がしっかり決まらず、腰かけに、と行っている工場を休んでばかしいる。

暑さは過ぎた。食事情は一向良くならぬ。むしろ悪くなって、流石《さすが》の兵庫県も、欠配が行われるそうだ。よく食べるし、それに内地の食事情に通じない復員者の兄さんを抱えている私達一家は、毎日の献立に四苦八苦している。私達親子四人だけなら僅《わずか》な物でも済ませるが、兄さんがいると、そうはゆかず、困ったことである。学園新聞が小説を募集している。

文学への夢

八月三日　土曜日

今日、山本さんと一緒に、毎日新聞の筆記生募集のところを読んで早速行ってみたら、もう済んでいた。山本さんも働きたいらしくみえる。東大島に親戚があってそこに居るのだ、と言っていた。

帰り、阪急へ寄る。闇市が進駐軍の命令で取り壊され、通行禁止の縄張りして巡査が頑張っていたが、氷屋なぞは、まだ出ていた。さしもに繁昌していた梅田の闇市も、今日はひっそり閑《かん》として、徒《いたず》らに看板ばかり賑やかで、どの店も戸板を閉め、沈黙している。これで配給はよくなるのだろうか。

私は政府を信用できないし、またされればとて、闇市も肯定は全面的にしかねるが、でもその必要性は認めていた。今こういう事態になると、まったく、どうしていいか途方にくれる。

私はこうして生活にばかり頭を突っ込んでいた。しかし、夜、かび臭い蚊帳を吊って、青い、淀んだ深海のような、その中で寝ていると、あるかぎりの幻像がうかび上ってくる。

細い頸《くび》をうなだれた女鳥《めとり》の君、情熱的な女鳥の君、それに、真摯な苦悩的な青年、速総別王《はやぶさわけのみこ》、彼らの悲劇（※『古事記』『日本書紀』に出てくる逸話で、女鳥の君と速総別王の夫婦は、天皇の不興を買って逃亡するが、殺されてしまう）は私の感興をそそるが、そこからは、なんら人生の悟りは現れない。私自身が深い苦悩と、烈しい混迷の嵐のなかに立ち、仰いでは天に祈り、伏しては地に歎き、枕するところなき人の子のかなしさを思うからでもあろうが……。私は「小楯《おだて》と佐那彦」という一篇を作りたいと思うが、古事記に材をとったものは、感情を盛るに不便なせいもあって、ややむつかしく、その点、現代ものは好い。

八月五日　月曜日

私は、こんなに私自身を甘やかしてはならないのだ。けれど、どうかすると、ひどく私は甘えたがる。そしてわけもなく悲しくなり、時とするとひどく不幸に思え、この上なしの不遇な境遇にいるような気にさえなった。そうした私——時々、ほろほろと生活にくたびれて涙さえこぼれがちな私——これが、かつては理想に胸を燃やし、昂然と頭を上げて朝の街を歩いて行った私の姿であろうか。

八月七日　水曜日

小説ができない。一行も書けぬ。私は天分を少しも持ち合わさず、境遇も適《かな》っていないのに、大胆不敵にも文壇を目指した無鉄砲者だ。まったく、馬鹿な、あわれな、つまらぬ一匹の虫でしかない。ああ私に、人を感動させるような小説の書けるのは、一体いつだろう。

八月八日　木曜日

きょう、立秋、でも暑さはやまない。無意味な夏休みだった。もっと、活躍したい。体がだるく、疲れて仕方がない。

四、五日して、私もお母さんといっしょに、田舎へゆけるかもしれない。

サッペル女史の「愛の一家」（※一九〇六年にドイツで出版された児童文学。著者は現在、アグネス・ザッパーと表記されることが多い）続篇の中でこうある。

「人間は何をしたら最もよく自分を発達させ、また精神的に向上させられるかという点から職業を観るべきものである」

八月十六日　金曜日

日記の価値を疑い出してから私は一行も書く気がせず、困り切ってしまった。日記に本当のことが書けぬようなら、なんの書くことがあるだろう。私はもう偽りの多い人生がイヤになり、つくづくと真実のものがほしいと望むが、それは実生活に遠いものであった。

食欲がさっぱり起きず、ただ、目の前にないもの——例えば、軽いビスケットに桃色の固いクリームを包んだビスコだの、チョコレエトを冠《かぶ》せたカステラの生菓子だの、砂糖をまぶしたドーナツだの、シュークリームだのばかりが食べたい気がする。勉強していて厭《あ》きて疲れてくると、決まってそういった、昔、幸福だった時代の美味しい菓子ばかり目の前に浮んできて困った。

熱い粥《かゆ》や、近ごろ配給されたソバだのは、考えている時はとても食欲をそそるのだけれど、いざ目の前にして食べるとなると、箸をとるのも、もの憂かった。私はぐんぐん夏痩せしてゆく。けれども体を大事にしなければならない。来年三月の卒業を控えているのだから、皆に心配させてはならない。しかし食べたくもないものをかきこむのももったいないし、ええままよ、いっそ節米になる、と無茶なことを考える。

文学史に文法はぜひ復習しよう。それと、老子と論語、これもやるべきだ。荘子の予習。古事記の精読。「天の網島」（※近松門左衛門の戯曲『心中天網島《しんじゅうてんのあみじま》』のこと）の復読。これくらいは、せねばならぬ。今度の学期こそ、私はうんと頑張って、大館さんを追い越すべきだ。たしかに漢文の点はつけ間違いであろう。無念とも何とも言いようがない。

九月五日　木曜日

何という長い間、私は私の魂との対話を怠っていたことだろう。私の魂は厚い怠惰の雲におおわれ、私は目の前に何の光明もみない。すべては、あいまいな靄《もや》の彼方に隠れ、沈んでしまう。……胸を焼く火がほしい。この身体すべて熔鉱炉の中へでも入ってしまいたい。

九月十一日　水曜日

朝早く、母は田舎へ出かけた。私は今日、学校を休んでいる。

少し前、鮭のカン詰を開けて、これを晩のお菜に、と心づもりしていたのに、ちょっと机に向って本を読んでいると、台所でカタンと音がするので飛んで出てみると、なんと！　すっかり猫奴にしてやられた。脱兎のごとく突切って逃げてゆく黒猫の後姿をチラリと見たのみである。

絶望と憤怒で私は、棒を呑んだように突立ったまんま、カラカラに汁まで舐めつくされた皿を茫然と見ていた。それから、情なくなり、子供のようにうおおん、うおおんとすすりなきが咽喉《のど》からもれて出た。晩にはどうしたらいいだろう。せっかく弟や妹においしいのが作ってやれると、喜び勇んでいたらこの始末だ。私は心底から悲しくなって、涙がポタポタおちて来、自分の不注意を責めてはまた泣いた。縁側へ座ってながいこと泣いていた。やっと涙が止まってからも胸がいつまでも痛く、黒猫が憎かった。

でも、たとえ猫をつかまえて思いっきり、ナグリ飛ばしたところで、それが何になるものだろう。猫が謝ってくれたって何にもなりはしない。つまりは、私がガラス箱へ入れるのをしなかったり、玄関の戸を明けたままだったりしたのがいけなかったのだ。

九月十二日　木曜日

またまた私はやらかした。十二月までと十一月までの定期をすっかり、失《な》くしたのだ。朝、城東線がひどく混雑していたから、それでやられたとみえる。私は青くなって捜したが、もちろんあろうはずはなく、すでにその電車は発車してしまっていた。

もちろん電車の殺人的混雑のせいもあるが、私がちゃんと鞄へでも、しまってなかったせいだ。私は次の電車ですぐ天王寺へかけつけ、うろうろして鉄道案内所へ届け出ていた。車掌さんが、「定期はぜったいに出てきませんで」という。

私は棍棒で殴られたように、打撃を受けているので、何をするにもぼんやりし、案内所の女の子にも口ごもって告げ、まったく我ながら間抜けに近い。それから地下鉄で大阪へ出、忘れ物のところへ届けでた。おそらくは再び我が手に戻るまい。百何円という大金が、どうしてやすやすと生み出せるものであろう。

また、母に心配をかけると思うと、私は阪急の屋上から飛び下りて死にたくなった。我から進んで死にはしないが、受容的な死に方ならば、わたしは肯《がえ》んじない。

空は秋晴れに美しく澄みわたり、風は清々しいが、私は心暗く、憂いと悔いに駆られてとぼとぼと老人のように歩いた。もう学校へゆく気はない。

私は、唯一の望みとして、もしあの定期が樟蔭の、私を知ってる生徒に拾われたら、学校で渡してくれるだろう、と言うことだったが、あの混雑ぶりでは、架空の夢物語にすぎない。母にどう言って詫びよう。あまつさえ十月から運賃値上げときてる。どうかして、金を作らなくちゃ。それには、靴を買うと言ってたお金で、定期を買うのよりほか、仕方があるまい。けれど一通り、定期をそろえるまでの手数の煩雑さ！　神さま、どうぞあの定期が再び私の手に返りますよう……叶わぬ願いだけどそう願わずにいられない。苦しい時の神頼み、ってこのことだ。

あの定期の中には、それに、身分証明書が入っている。誰か善人に拾われて、学校へ届けられたらいいんだけれど。

九月十六日　月曜日

幸い、阪急の屋上からも飛おりずに済んだ。といっても、定期は私の手に返ったのではない。母さんに言ったら、ひどく叱られたけれども、それでも、

「まあ、足の悪いあんたが城東線へ乗るのに怪我でもあったらいかんなあと思うて心配してたけども、怪我した、と思うたら仕様ないわ」

と言われたときは、すまなくて涙が出そうだった。でも、交通公社へ行って、すぐもう来年四月までの定期を封鎖払い（※封鎖されている預貯金をもって支払いに充てること）で入手し、ととのえてしまうと、咽喉元過ぎれば何

とやら、もう大枚百三十円ほどの痛手も忘れて現金なものだった。

ゆうべ、三、四軒隣りの、神戸女学院へ行ってる二階堂さんが、クラスの英字新聞に出す、そして英訳するんだから、一つこの文を見てね、といって、便箋三枚に太いペン字の達筆なやつをもってきた。それを読んでみたら、何を言ってるのか分らないような文で、批評に困った。どう言ったらいいだろう、とそればかり気がかりだった。母さんは首をふって「哲学的やね」と敬遠する。

でも、二階堂さんはまじめな人なので、こちらも真面目に言わねばならなかった。女主人公の、心理を解剖してあるつもりらしいが、感情が普遍的でなくて独断的なところがあり、思想が飛躍しすぎるので読者はついてゆけなくてマゴマゴする。も少し具体的に普遍的に砕けた文体であること、というようなことをいった。

すると、ひどく喜んで、ありがとう、と繰り返した。純な率直な人である。外へ出ると、星が美しかった。何か楽しく希望のあふれてくるような気がして愉快だった。

「あんたは素直で率直ね、あんたのいい所よ。なくさないようになさいね」

二階堂さんに、そう言うと、そう？　と目を大きくして嬉しそうにした。

「ほんと？　私、うれしいわ。励まされるわ、そんな言葉」

二階堂さんは真実の人だ。私はおやすみなさいといって帰ってきた。

九月二十日　金曜日

文学概論や国語学史の教授、安田先生は、いつも何か有益なことを仰有《おつしや》ってって下さる。安田章生《あやお》といって歌人で、安田青風（同じく歌人）の御子息でいらっしゃるそうだが、姫高（※旧制姫路高等学校）から東大の国文科を出られたそうである。

日本の封建的な社会組織においては、いわゆる、特権階級というものが相当威張りかえっている。大学を出たら、大学を出たというレッテルだけで、あたかも天賦の特権を有するごとく威張る。実際は、大学生だって、すこしも勉強していないし、人格だって成ってないのがいる。ほんとうに謙虚に学問の道に真実を求めて突き進んでゆく学生は、今、日本に何人いるだろう。それは実に寥々《りようりよう》たるものだ。だから日本には学問がない、というようなことを言われた。専門学校を出た、大学を出た、という観念が頭にこびりついている人たちほど、イヤなものはない。アメリカなんか、そんなことはちっとも自慢にしはしないだろうと思う。日本も早くそうならなくては嘘だ。そして、どんな人とでも虚心に相手の人格をみとめて対等につきあうような、つつましい女の人になりたい。こう考えてみると、日常卑近な教訓がなんといきいきと生彩を放ち出すことだろう。

「学問があっても鼻にかけるな」

「女は万事控え目に」

いまどき、フラッパー（※おてんば娘）な娘さんに言い聞かせたら、一笑に付されそうな言葉は、今こそ目覚めた私の魂を揺り動かし、つつましい願いに溢れさす。

「ほんとうに教養のある」ということが大事だ。ほんとに偉い人なら、大いに弁じなければならぬ場所では大いにやるだろうし、また、決して威張ったりはしないと思う。

九月二十二日　日曜日　曇

母さんは、服部の叔母さんの伝手《つて》で、梅田で果物店を出している台湾人の店に御飯炊きにゆかれている。月給は二百円だが、三度三度白米を食べるそうだ。その代り、朝は六時に家を出、夜は九時ごろになる。朝と昼の弁当は母さんが作っておいて出られるけれど、晩は、私と妹が作るのでいそがしい。勉強も出来ない。試験は、十一月の上旬と決まった。

何か、この頃ひと仕事したくって仕様がない。

十月五日　土曜日

安田先生は仰有《おつしや》った。

人間はいかに生くべきか。その生き方を師に求めるべきである。

しかし、師には、完《まつた》きを希《のぞ》むことは不可能である。教師も人間であるから。だから古今にわたって、どんな人でもいい、その、自分がかく生きようと思う人間を見出してくるがいい。もし歴史にも発見出来なかったら、どうにでもいい、自分の胸の中に組立てるのだ。おぼろげながらでも……。人生観なんてものは、もう君たちの歳ごろで、その原型ができてなくちゃ、嘘だ。

私は、深い感銘に打たれた。作家修行をするつもりの私には、これらの言葉は、砂にしみこむ水のようにぐいぐい吸収してゆく。

昨夜、雨が降って、きょうは急にひんやりとして、寒い。冬の毛物を引っ張り出さなくちゃ。

今日、学校へはゆかずに、相愛である、天平文化講座を聞きに行った。先輩で、妹らの教師である、須藤さんや坂田さんに会った。私たちがみっちり勉強できるのを、とても羨んでいた。

弟が、また例の如く風邪を引いて寝込んでいる。

武庫川の上はとても美しかった。さえざえと晴れて、目も覚めそうだった。

十月十八日　金曜日

この二十七日、公開の文芸会があるのだが、私のクラスはまた前の「頼朝の死」をやるつもりのところ、大江広元の弓場さん、辻岡さんに音羽の西川さんたち、承知してくれなくて弱っている。非常手段としては国二と合併するよりしかたがない。しかし伊東さんはやるつもりらしい。また、残念なことに二時間しかやらないそうで、母さんも三つくらいの劇だったらわざわざ見に行かぬと仰有った。細川先生もわりかた頑固だ。しかしクラスの為を思って、目を瞑《つぶ》ってやってくれ、と口説いても弓場さん、応じない。これまでは人の言うことに従っていたが、今度こそ自分の意志に忠実であろうと思います、と切り出されては返す言葉もない。しかし「頼朝の死」は捨てるに惜しいし、取上げても出演者が無しとくると、まるで鶏肋《けいろく》（※鶏ガラ。捨てるには惜しいもののたとえ）だが、しかし一応、国二に切り出してみよう。このところ、文学班の原稿締切をも控えて私は忙がしく、それに、十一月に入ればすぐ試験があるだろうと思う。

十一月十五日　金曜日

わたしは一ヶ月というもの、がむしゃらに振向かず、ただ突進してきた。で、今——振かえってみると、——文芸会は済み、そして前期の試験も済んだ。

お母さんはいま家政婦会で働かれ、そして私達三人の姉弟で家にいる。おばあさんも時々来て下さる。現にいま、来ておられるけれど。

試験が済んだあと、疲れて疲れて。一時《いちどき》にほっとして、そして、ぼんやりしてしまった。

十一月十八日　月曜日

二階堂さんに、試験が済んだら読んでみて、と言われ、「女の学校・ロベエル」（※フランスのノーベル文学賞作家、アンドレ・ジッドの作品）を借りた。ロベエルを通して最も完全な自己に到達せんと願っていた少女時代のエヴリイヌは、二十年後、二人の子の母となって夫の行為における、あらゆる虚栄偽善を看破するのだ。ロベエルが偽善者となったのでなく、彼女が彼を見る目において変化したのだ。

エヴリイヌは、ロベエルの全ての不純を取り上げて一々仮借ない批判を加えている。モラルの純粋性をあくまで追求する彼女は、社会的、家庭的に申し分のない紳士といえるロベエルを許さないのだ。普通の女性なら、ロベエルに無批判についてゆけたであろう。しかし、エヴリイヌの目は、はるかに高い所に注がれていた。

ロベエルが傷ついて危うくなる所がある。彼は、ひどくもったいぶって「臨終」を弄ぶのだ。すこし、お父さんに似ていた。

十一月二十四日　日曜日

二十二日の日、私達国文科三年生は、安田先生に連れられて万葉旅行に出かけた。橿原神宮《かしはらじんぐう》駅から、吉野線の橘寺駅へ回るコースで、さあ何里ほどだったであろうか。かなり疲れたが、しかし静かな田舎道を、万葉時代を偲びつつ、遊山気分でぶらぶら歩くのは面白かった。最初にいちばん古い道だという「軽《かる》ノ道」を見た。すこし坂になっていて、晴れわたった秋空の下でずうっと続いていた。両側は田圃や畠、黄牛《あめうし》がゆたゆたとからだを動かし、尾を振っていた。赤土道で雨天のときは泥濘《ぬかるみ》となろう。幅三、四米《メートル》ほどの何の変哲もない道だ。

「万葉にもたびたび出る軽ノ道です。少し坂になってますね、軽の坂と言ったそうです。軽ノ市というのは、この両側に市が立ったらしい。最も古くから開けていた道ですよ」

それから剣《つるぎ》の池を見た。池はよく澄んで秋空の白雲や、すすきを映していた。砂がよく見え、とてもきれい。対岸の森は孝元天皇の御陵だという。それから、雷ヶ丘《いかづち》を見た。飛鳥川は川幅は狭いが、すぐ飲めそうに美しいせせらぎであり、いかにも瀬を思わす所や小滝なんかもあった。蘇我氏の邸宅があったという甘樫《あまかし》丘、石川精舎《しょうじゃ》の跡があるという石川部落を遠望し、豊浦（昔は「とよら」、または「とゆら」といった）の寺を見、飛鳥坐《あすかにいます》神社の前の催馬楽《さいばら》の碑をみた。有名な飛鳥井は石蓋をしてあった。その前の碑は何でもこんなんだったと思うけれど。

「飛鳥井にやどるべしおけ木かげもよしみもいもよしまぐさもよし」

という風な。

で、それから飛鳥寺で鳥仏師の作、金銅の釈迦如来像を拝む。兵火に一度かかられて所々はげているが、推古仏の特徴として顔が大きく、いかにも重厚な感じで謹厳、荘重な仏さまである。その横に木像、約一米《メートル》ほどの聖徳太子十七歳の御姿というのがあった。まことに端麗な秀でた眉のあたり、高い鼻すじにふくよかな朱唇、聡明そうに横にひいた瞳、みずらに結われ、手に香炉を持って今にも歩み出されんばかり。今、亀井勝一郎の「聖徳太子」を読んでいるので、とりわけ懐かしく思われた。

そこで昼食。今度は弘福寺《ぐふくじ》（※にある川原寺）跡の塔跡に腰をおろし、長いこと休憩していた。で、今の川原寺跡の大理石の礎石を見て、橘寺へ参って、それから天武持統両帝の宏大な御陵を見、駅へ着く。疲れた疲れた。電車の中では端正な富田さんまで、外聞かまわずコックリコックリやってる。

このごろ、お母さんはいないので、私と妹がごはんの支度をするので忙しく、それに、弟は病気ときてるし、私は何にも手につかないで暮らしている。

十一月二十六日　火曜日

おばあさんが来ていらっしゃるので、久しぶりにゆっくり朝寝した。おばあさんも、もう昔のようにぴんしゃんした所は見えず、ふつうの老人並に脆《もろ》い、しょぼしょぼした人になってる。私らのことが心配で心配で、おいしい物を食べても、ちっとも食べた気がしないと言われた。おばあさんの作る小芋の煮〆や大根のお煮〆、また、膾《なます》、それから刻み漬、こうしたものは大変おいしくて好きだ。西洋料理は、例えば炊めしだの、コロッケだの、ナンチェンワンツなどは私でも上手にできるけれど。日本料理は、西洋料理のように、一プラス一イコール二、という具合にいかず、同じ材料、同じ調味料でしても、おばあさんのは味が違う。やはりここにも曰《いわ》く言いがたしのコツがあると見え、日本のものはどうしてこうもコツだらけなんだろうと感心する。こうしたじっくりした料理の世界が面白くなってきた。

服部の家からおばあさんは、いい石鹼《せっけん》だの、飴だの、晩ごはんのお菜の天ぷらだの、お芋だの、いろんなものを少しずつ、まるで鼠がひくように引いてこられる。面白くなる。

おばあさんは「心労の分裂した人生」とも言えよう。一つのことが具合よく行けば、もうすぐ次の事柄が心配だ。

十一月三十日　土曜日

今日、宇賀田さんに券を貰って戎橋《えびすばし》松竹へ一緒に「緑のそよ風」（※一九四五年製作のアメリカ映画）を観に行った。プロットの巧みな構成と、手堅い性格描写と、自然の風景を取り入れてあることが良い点で、まず見よい作品であるようだ。西洋映画は、どれか一つの言葉に心ひかれるものがあり、そこが邦画にない所だ。例えばこれでは、セルマの父が、

「人間は何でも、一生、望んでも得られないというもの

が一つないといけない」。

とても嬉しいことがあるのだけれど。何だと思う？　でも、えらい人から——というのは悟った人から見れば何ともないことだけれど、私は——ああ愉快だ。国三のクラスで首席になったこと。ちょっと子供っぽいね。でも勝俣先生がひとりずつ教室へ呼んで、席次や点を言われた時ね、「一番です」って言われた時は、ホッとするような気で、ちっとも嬉しいって感じはなかった。

ただ家へ帰って皆に話すことが面白く、どんな顔をするだろうと思うと、好奇心めいた物がちょっと心を動かしただけ。その代わり後で、幾度も幾度も考え直してみて、やはり、ああ一番だ、クラス中で私よりできる人はないんだと思うと嬉しくて嬉しくて。こんなことは後になるほど嬉しいらしい。丁度、牛が食物を反芻《はんすう》するように、いつまでもその時の先生の顔や、その事実を繰り返している。

そしてそんな私を冷静に見ては、私自身が、いやな子だな、と思って愛想が尽きる。でもその後から、蒸気がぽつぽつと蓋を押しあげるように、やはりああ嬉しい、一番だという感じが胸に迫る——いや、待てよ、嬉しいという感じじゃありません。そうだ、そうだ、よく考えてみると嬉しいのではない。もっと静的な満足、充足の平穏な心持ちだな。……なあんて、つまらない。一番なんぞ。そんなこと面白くないと思う。

十二月十二日　木曜日

メッグ・メリリーズ　　　ジョン・キーツ

嫗《おうな》メッグはさすらへるジプシイの民
おどろなる荒野に住みき
されば臥床は栗いろの枯芝にして
その家は戸の外なりき。
嫗のりんごはくろずめる木苺にして
そのほしぶだうは金雀児《えにしだ》のさや
嫗の酒はましろなる野茨の露
その書《ふみ》はみ墓の標《しるし》
嫗の兄は岩こごし丘やまにして
その姉はからまつ林——
嫗はひとり大いなるうからと共に
暮しにき、おもひのままに。

いく朝々を朝餉さへ食《と》うべずすぐし
いく昼を昼餉もなさず
夕餉にかへて、うきつらき思ひをたへて
かの月をみつめたりけん。

さはれ朝ごと、新しき忍冬《すいかずら》もて
この嫗、花環つくりき
また夜ごと、いと暗き谿の水松樹《いちい》を
あみなして、かつは歌ひき
よる年ゆゑに日やけせしなえし指して
藺《いぐさ》のむしろ、嫗は織りき
草むらの間に行きあへる働きびとの
おのおのにそをばあたへき
嫗メッグは勇ましく　女王なるマーガレットのその
　如く
丈高く　アマゾンびとの如かりき
ふるびたる　赤き毛布の衣まとひ
またつねに経木眞田《きょうぎさなだ》のづきんかぶりき
いづこにかその老骨を神はいこはせたまひけむ——
嫗はも、とくの昔に死せるなり。

十二月十三日　金曜日

今日、やっとのことで「青い壺」（※田辺ら文芸部で作った同人誌）を仕上げた。刷ってみると、プリント屋が下手くそで原紙の書きようが拙いため、ひどく見劣りしてつまらなかった。それに一五〇冊の予定が一四〇冊になってしまった。で、あげる雑誌はごく少しにした。

昨日、（※校外授業で、京都御所の）清涼殿の殿上拝観に行った。格子もあげていないのでその暗いこと。板敷は冷えるし、何だか間が多く、今に何かが出て来そうな気がして、早々に引返す。古い建物は無気味だ。長年多くの人々の魂がこもっており、その息吹きを秘めている為に、それに触れると妙にどきっとする。

そして、そんなとき、息を詰めてじっと見つめていると、まるで昔に返ったような気になる。御帳台は埃《ほこり》だらけ、殿上ノ間は吹きさらしで寒そうだった。どこも埃が積もっており、皆の歩いたあとは乱れて足型が残っていた。格子の戸の大きくて重いのには驚いた。とても男が二人かかったって上げられやしないんだもの。だから下《おろ》してあったら、とても暗い。

昼でも真っ暗だ。皆はそれから映画へ行ったが、私は家が心配なので早く帰った。そして妹や弟と三人ですき焼きして食べた。

十二月二十三日　月曜日

どうして私が十日の間も日記をつけなかったかというと、それは、冬季講習に殊勝にも私は一日も欠席せず、出ていたからである。お昼まで四時間で終るのだが、やはり帰りは三時頃となり、いろんなことがあって、遅くなったりすると、相変らずお母さんは働きに出て居られないから、弟や妹が支度しておいてくれる。で、その晩御飯を食べて、後片付けを済まし、寝てしまうと、もう夜が明ける、という具合で、ひどく忙がしいことは、学校のある時と変わらないのであった。

講習は十六日から二十一日まで六日間あって、十円先に払っていた。私は関矢先生の「支那文学史、詩について」と、安田先生の「短歌の周囲」を選んだが、関矢先生の講義とカチ合う本城先生の「夢、現実、象徴、フランス文学史」の講義が聞きたくてならず、たいへん困った。関矢先生の日が一日なかったとき、やっと、本城先生のが聴けたが、難しかったけれど良かった。その時(後の方でよく聞えなかったんだけど)マルラメとかマラルメとかいう詩人(※ステファーヌ・マラルメ。フランスの詩人)の「ためいき」というのを教わり、更に類推と交感ということについて、講義があった。

交感とは自我と客観との融合である。詩作とは無限の可能性の中から一つを持って来て、ある言葉と出合うと、そこにある一つの世界が出来上がる。本来人間の思考は言葉と言葉との結びつきにすぎない。で、西洋の新しい詩の傾向は、まず言葉の羅列――インスピレーションによって一気呵成に書きあげた詩句でなしに、ただ単に、詩人がその瞑想と詩心から湧き出づる言葉を連ね、そこから一種の詩境を現出させる――そういう境地に、至っているということだ。

漢文では、詩の形式や、発展の歴史や、それから、有名な詩を習った。蔡琰《さいえん》(※後漢の女性詩人)の「悲憤詩」や「焦仲卿妻」などの物語詩など。なかんずく、悲憤詩は、とてもよく、子供と別れるところのくだりは涙を催《もよお》さしめるものがあった(※詩中、心ならずも西域に暮らさなければならなくなった女性が、その後、漢土に帰ることになるが、子供を引き連れて帰れなかったことを指す)。

安田先生の講義では、従来、和歌は文壇の主流をなしてきたが、なぜ日本に小説が発達せず、和歌が栄えてきたか、その理由や、人生観や、ちょっとした格言めいたお話、それから日本の文学に思想性がないということ、そんなことが話題となった。

短歌は抒情性を持つもの、しかして小説は思想性を持つものである。するとそのどちらにもつき得ない俳句なるものの存在は大変むつかしく、従って堕落し易いことになる。

こんにちの小説は、織田作之助とか太宰治、坂口安吾など、デカダンの方向に向っているのは悲しむべきことだ。彼らは、これが現実なんだ、おれはこの現実をひっさげて君がたの前に立つ。デカダンと誹《そし》る人は、これに打克つだけの理想を明示してくれ。おれは喜んでそれについて行こう。しかし、理想――それほどの偉大な理想はいま、どこにもないじゃないか。

そう彼らデカダン作者らは言うだろう。事実、今の人類を救う理想は、どこにもない。人間不信におちいった現実の日本には、美しい理想は影もささぬ。人々は互に手さぐりしつつ、何かあけぼのの光を待ち憬《こが》れているという恰好だ。

日本人は古来、風土の関係もあって、思想を持たない。風土の関係とひと口に言えることではなく、それは封建性のしからしむるところで、たいていの日本人は、自抑の生活を強いられて来たから、多くは自己表現力を有しない、機械的人間となってしまい、「自分で考える」ということがなくなった。

まだいろんなことがあったが、思い出したときに書く。

今日は父の一周忌で母も仕事を休み、肉だの、いろんな野菜を買って来て、法事の真似事をして、すき焼をした。十一時頃お坊さんが来られ、お経をあげてもらっていると、おばあさんや、元枝姉さんが二人の子を連れて来た。三郎の兄さんもやって来た。

十二月三十一日　火曜日　十二時

やがて、十九の年も過ぎ去ってゆく。

お母さんも昨夜から、勤め口より帰って来られた。

きょうは一日中、大晦の買い出しに、大掃除、煮〆の仕度に過ごす。明朝の元旦は、ささやかながら、雑煮が祝えるであろう。街は、いかにも暮れの感じ。デパートなんかの混雑すごく、盛り場は人の波のよし。

父が亡くなって一年。この一年は実に多彩な年といいつべきであった。けれど静かに考えてみると、もちろん、経済的にも種々の苦労はあったけれど、学生生活としては、一番この年が楽しく有意義であったといえよう。文学班としても活躍し、成績でも首席が取れ、そして学校生活は文芸会あり音楽会あり、短歌会、文学班雑誌発行、とつづいて楽しいことが続々とあった。こんなに充実したことは、かつてなかったといえるけれど――しかし私はこの一年、どんな所が偉くなったか、と考えると、さして偉くもないと思う。心中甚だ快くない。

気立てのやさしい女の子になろうと思ったのに、それもなれず、弟や妹に当り散らしているし、哲学を勉強したいと思ったのに、それもせず遊んでばかり。一体これで、この無教養さで、小説家なんてむつかしいものになれるかしらと心配でならない。来年からは、きっと、しっかりした勉強をしたいと思う。

今、小説をすこし書きかけてるけれど、どうも思う様に筆がすすまない。題未定。傲慢、無関心、冷淡な一少女が、罹災や戦争の影響のおかげで人間的な精神に目覚めてゆく経路と、それに対照して偏見を抜けきれない女親の心境というものなど、描いてみたいなと思っているけれど、筆はなかなか思う様に動いてくれない。

来年も、勉強して小説を書こう。私はもう、この道しか、進むべき道はない。そう、信じている。来年もまた、幸福な精神生活が送れますように。私は二十歳《はたち》になる。とうとう、少女の域をこえて出ようとする。さらば、十九の幸多かりし年よ。

あらゆる真実と誠意と純情をこめて、私は果てしれぬあこがれへ、心を飛揚させる。何かしら漠々とした、とりとめのない楽しさが待っていそうな翌、二十歳の年……。

二月には試験があるだろう。三月二十日前後には卒業があるだろう。そして私はどこかへ勤める。そして――そして私の運命はどうなるのかしら。私を引き回すほどの人が果して――全ての少女の場合におけるように――出現してくるのだろうか。ある意味で私は「ゆみ子」（※前出の同人誌「青い壺」に田辺が寄せた同名タイトルの小説に登場する）に近い。

私は永遠に「優しい気立ての女性」になろうとする努力を捨てないだろうと思う。ある人はどう思うだろう。しかし私は「やさしいこと」は究極の勝利だと思う。

さあ、もう寝よう。

神さま、明年もしあわせを下さいませ。

おやすみなさい。

昭和二十二年一月四日　土曜日

二日、みんなと一緒に「噫無情《ああむじょう》」（※一九三五年製作のアメリカ映画のことと思われる。「噫無情」は「レ・ミゼラブル」のかつての日本語タイトル）を見に行った。

また一つ、私はよい言葉を得た。

「取ることより与える方が貴いのです」

その一生を、人のまことに捧げた人。人の為につくしてついに報いられることなかった人。ほんとに偉大な人だと思った。

一月十一日　土曜日

この間、田村先生からお手紙が来た。

「十七のころ」は劇的シーンに乏しく、盛り上る力がない。ケースの中の人形でなく、人間を書け。人を打つのは、その盛り上る力によってだが、これはそうした血の通うものがない。

大体こういうことだった。私はほんとに、はっとするものがあった。こういう点について、私は漠然とした不満を感じていたが、しかしそれをつきとめることは出来なかった。それがハッキリ指摘された。本城先生にいわれた言葉もこれに似ていた。

だんだん私は沈む。私に才能はないのかしら。しかし、行きつくし、倒れるまでやろう。友はない。孤独である。

学校にいる間、私はもっと力を養っとくべきだと思う。

一月十二日　日曜日

きょうは残り戎《えびす》なので、夜、お母さんが帰って来られてから西ノ宮へゆく。もう八時半すぎていた。遅いから店は全てしまい、人通りもまばら、ひどく暗い。ずんずん進むと、暗くて見えないが、四、五人で固まって、立木や燈籠《とうろう》や石の狛犬《こまいぬ》の間を進んで行った。大きな木が暗い夜空に突っ立ち、わずかに星あかりで道が知れる。神社らしい建物はあるが、どれが御本殿やら、さっぱり分らない。

「電気ぐらい、つけといたらよろしいのにね」

「ほんとだっせ、私らみたいに、晩《おそ》う残り戎もらいにくる人がありまんのに」

などと話しながら行く。鼻をつままれても分らぬ闇である。奥へいくら行っても、ぼんやりとするだけで、おぼろげに黒く建物の輪郭が判別できる。いくら行ってもきりがない。辺りはシーンとしていて、強盗でも出没しそう。

「もう、ここら辺にしときまひょ」

「ほんに注連縄《しめなわ》が張ってある」

「えらい小さい御神殿でんな」

「えびすさんにお参りにきて御神殿がわからんいうような阿呆なこと、あるやろか」

人々は無駄口を叩きながら、小さな御神殿に向って、パチパチと手を叩き、ムニャムニャと何か言った。私は別になんの感じも起こらないので、慣例通り拍手《かしわで》して、さて、「今年も首席になれますよう」と虫のよいことを心の中で思った。

一行というのは二組の夫婦であった。一組の夫婦は、主人の方は頸すじが華奢《きやしや》な、肩の細《ほつ》そりとおちた、見るからにひ弱そうな若い男であったが、細君は白いショールにくるまって、闇の中でもわかるほど、ぴちぴちした元気な若い女だった。

あら、いややわ、戎さんの御本殿わからんのやなんて、こんな阿呆らしいこと、そやけど真っ暗やわと、主人の方は黙っているのに、ひとり張りのある声で、嬉しそうに笑い、ほんとに真っ暗、おかしいわ、御本殿どっちかしら、いややわ、とひとりで笑っていた。

二人は、しばらく私たちの後になり、先になりして歩いていたが、いつまで行っても真っ暗で分らないので、一決したらしく、拝みもしないで、さっさと背を向けて去っていった。

もう一組の方は、主人はトンビにくるまって、細君も深々とショールに首をうずめているだけで、分らなかった。このふたりは、お母さんと昔の戎《えべっ》さんの話に耽りながら帰って来た。

鳥居の近所に、吉兆を売っているところがあった。ぴらしゃらした紙きれを、やはり紙細工の竹にくっつけた物が十円だ。売れ残りと見え、手に二、三本持って、お安うしときまっせ、奥さん、縁起物です、買《こ》うて下さい、とみすぼらしい女が言った。どうする、とお母さんが振向いたので、安かったらといって、歩みを止め、

「いくら？」

「十円」

そりゃ高い、とお母さんが言い、私達もふんといって、行きかけると、「お安くします、五円でどうぞ」と声が追ってきた。心が動いた。

「それじゃ買う？」

そうね、と五円札を引っ張り出して、一本買いもとめ、私が持って鳥居を出た。

国道線（※阪神電気鉄道国道線。大阪〜西宮〜神戸間を一九七五年まで走っていた）の明るいところまで出る。停留所の灯《あかり》で見ると、小さい金色の小判がついていたり、百万両と書いた赤い紙や戎さんの黄と黒の三角帽子や、ほうきの中に描いた戎さんの顔や、ぴらしゃらと、ついている。戎さんの顔は昔みたような福々しいものではなくて、いやに分別臭そうで、妙なまずひげを生やしていた。

「これも縁起物やで」とお母さん。

「もっと値切ったら安くなるよ。残ったって仕様ないもの」

と弟が実直なことを言う。

「あまり値切ると、御利益がなくなるわ」

国道電車の中でさっきの二組の夫婦に会った。

どちらも向い側に腰かけたので仔細に観察した。

トンビの方の夫婦は、主人の方は、若い、案外小ぎれいな男だったが、細君は地味な着物で、ひどく老けて見

え、田舎者のようにどこか垢ぬけない女だった。主人の下駄の横緒が切れたので、膝の上へ上げて、しきりと直しているところは、優しい世話女房のように見えた。主人は子供のようにトンビにくるまったまま細君の手許を眺めたり、すいた電車中を見やった。

もう一組の方は案の定、主人は弱々しい人で、嫁さんの方は元気そうだ。武庫川で降りてから、その二夫婦の話をしていた。お父さんは見栄坊だったから、お母さんと仲が好いとか、お母さんをいたわるのを、見られるのがとても嫌だったのだ、というふうなことをお母さんは言った。ああいう封建的家族の下に抑圧せられながら育って来たお父さんの言うこと、することの心理が私には分かる。

「嫁さんを大切にせんのは、男の甲斐性がないからや」

とお母さんが言ったが、大家族への義理やら、気兼ねやらで、四六時中、身を屈して忍苦と心痛の十幾年を過ごして来たお母さんを、庇《かば》うことさえしなかったお父さんの意気地なし。

けれど今になってみると、お父さんの心も、なんだか分かりかけたようだ。

しょせんは生活意欲の厚薄によるものだ。石にひしがれた雑草というべきか、日の目をみないもやし、というべきか、大家族の中でまだ部屋住みの長男の妻は心労が多かったのだと思う。嵐の一生を生き抜いてきたお母さんの一生を、ある女の一生として考え、書いてみたい意図を持っている。

一月十四日　火曜日

いよいよ明日から学校だ。ほんとにこの冬休みは何にもしなかったので、こんなにとぼけた休みは初めてだと思った。

昨夜お母さんと二人で近所へ引っ越してきた、山根の叔父さんの家へ行った。いろんな商売の話と、それから私の靴の話。

私の靴はいよいよぼろ靴となったので、お母さんはひとつ買《こ》うてあげると仰有《おっしゃ》った。こんな苦しい家計の中からは大変だけれど、勤めるようになったら是非要るものだもの。

山根の叔父さんが勤め先の大丸から持って帰っているのは、三百五十円の、素直な形の靴だ。ふつう街に出ているチョコレート色の模様のあるのがほしいのだけれど、それなら値にしても高価だし、卸《おろし》の値で買うつてもないし、と思って、三郎叔父さんに頼んだりしている中《うち》に、もう、皮革製品の統制令が出て、皆、警察に制《おさ》えられ、駄目になってしまった。

で、山根の叔父さんの家にある一足の靴だけが私の買うあてとなった。

帰途、元枝姉さんが途中まで送ってくれた。この間、上等の着物を数十点なくし、泥棒の仕業かと思っていたが、服部で失くしたのだから、きっとこれは、十三の仕業に違いないと元枝姉さんは睨《にら》んでいた。お母さんも、元からそう考えている。

作家になるには、まず一人前の人間にならなければならないと思って、その修行にかかっている。

一月十九日　日曜日

宇賀田さんに招待券を貰ったので、妹と二人で行って来た。大して良いものじゃなかったが、その中で、「アリゾナ」（※一九四〇年製作のアメリカ映画）の割引券をくれる人があったので、そのまま足をのばしてセントラルへ行く。前でもう切符を買ってからためらうことしばし、仕方なく意を決して入る。

ジーン・アーサーの男装でぴちぴちしたところ、小気味よかった。愛人の決闘の銃声を聞きながら、美しい結婚衣裳に包まれた彼女は、ふるえを抑えて、何気なくほかの話をつづける――。こういう性格も面白い。

運命と性格との花園の中で目もあやな自己完成への道を私はすすむ。けれど、自分の希望する性格の本質の姿がまだ摑めず、いまのところ理想はない。

一月二十日　月曜日

同窓会の行事として、きょう朝日会館へ「どん底」を見に行った。十二時より始まって、四時ごろ終わる。四幕だった。照明がうまく、それに美しかったが、とても眼が疲れた。

ナターシャにせよ、男爵にせよ役者にせよ、ワーシカにせよ、全て人々はどん底生活から抜け出したいと焦っている。役者はそれを夢見るが、その実現の遠さを自覚すると、絶望のあまり自殺してしまう。人生のどん底！そこには希望も理想も野心も前進もないかに見える。惰性と無気力と虚無と陰鬱の中にあって人間はうごめき、ひしめく。けれど、巡礼の老人ルカのもたらす、ささやかな人間愛への目覚めは、どん底の人々をも少しゆるがせる。人間の貴さと偉大さ。真実は人間の胸に宿り、誠意は人間の心を動かす。ルカのうまかったことは、世評通りであった。それとワシリーサがうまいと思った。

帰るともう六時。妹と弟だけがいて「お母さんはまだ」と言う。するとしばらくして古着屋を引曳《ひきず》って帰られた。山根から、銘仙を売るのを頼まれていたので、それを見せたらしいが、買わず帰った。しかし石原で、四反ほど買ったので、ぜんぶで三百五十円ほど儲けたそうだ。ブローカーも楽でない。

「今年は、福がありそうな」

新年から良いこと続きの母は、そう言って嬉しそうに笑った。まず精神の満足は物質から出発するのだろう。

一月二十七日　月曜日

昨日の日曜の朝、起きてみると、急に熱が出て、身体がだるく胸がもやもやとし、瞳は鏡を見なくてもわかるくらいにどんよりとしていた。こんな苦しい気持ちははじめてだ。案の定、計ってみたら八度一分。弟も申し合わせたように、八度の熱を出し、どうした加減か、せっかくの日曜日を、枕を並べて討死した。

私の熱は、昼は七度四分に下ったが、晩にはまた、八度六分に上った。しかしもう朝方のように、悪い気分ではなかったが、何をする気も起きず、ぼんやりと黒い紙を張った天井を眺めて暮らした。

弓場さんと辻岡さんに約束した小説だの、あと一ヶ月とない試験だのを考えると、じっとしてはいられなかったが、でも私は朝から梳《す》いていない髪の毛を気にしながら、阿呆のように眠ったり、目を開けたりした。もちろん何を食べてもおいしくなく、朝は粥一膳、昼は抜き、晩方にかき餅二枚とメリケン粉の焼パンとを食べ、夕食に、味噌汁で二杯食べた。

そして水枕をしてもらい、しょっちゅう、鼻をかみながら眠った。ほんとに眠りに入ったのは十二時だった。一度、お母さんの手が、私の額に触れたのをおぼろげに知った。いろんな夢を見、起きてみると、すっかり頭は爽快になっていた。

大事をとって、今日も休んだ。日本晴だ。私は炬燵《こたつ》に入って英語を勉強し、中條《ちゅうじょう》百合子の「伸子」を読んで感心した。

一月二十八日　火曜日

二時間目、教生（※教育実習生）の練習に、高女の教室へ行った。伊藤先生の授業を参観するのだ。三年生だった。入口で、細川先生から、二人に一冊ずつ書物を借りた。「あづまじ」という題で更級日記を習っていた。女学校の同じく国語の先生も二人、入って来られた。お河童頭の生徒は物珍しげに振向いて、教室中わさわさ揺れていた。やがて、正面の壇上に伊藤先生が入って来られた。まるで石ころ道を転がしたこんにゃくのように、妙にでこぼこのある感じを受ける顔だったが、温厚そうな人だった。小さい声で話した。すこし鼻にかかっていた。

「この前はどこを習いましたか」

生徒は手を挙げた。一人は簡単な答えをした。もっと詳しく、と先生は要求し、不可解な微笑を絶えず浮べて見廻した。

他の一人が答えた。

いずれも生徒の声は、少女らしく明るく高く、まるで春の空のようであった。私は心まで和んでくる。皆が可愛く思え、いくぶん教師という仕事にも愛着が持てた。

教授は進行した。先生が一々訳して行くのでなく、すべて生徒に聞き、啓発的質問をしていった。生徒はかなりよく調べていた。先生は細かい文法や、いろんなことを言った。しかしこれは、あくまで、科学的解剖で、芸術的センスの感じられないのが少し残念だったが、材料がすでに更級日記だし、どうも仕方ないだろうと思う。ところで、私一人しか教生希望者はなかった。とうとう私はあの教壇へ（欠）ほり上げられて、皆の物笑いにならなきゃいけない。やれるだけベストをつくしてやってみるよ。

午後、小河さんと高木さんと安田先生と四人で、住吉の藤沢桓夫（※小説家）の家へいった。これは、学校の座談会へ来てほしいというのである。行ってみると、大きな家だった。あとで聞くと叔父さんの家だそうだが、火曜日は来客日らしく沢山の人がいるらしい。客間の横へ通され、どうぞお楽にと、年寄った、叔母さんが、炬燵をすすめられた。

二時半についたが、隣の話はまだやまなかった。

桓夫先生と（いわれるほどの馬鹿でなし）織田作之助の兄さんと、細君が来ていられて、しきりに話が弾んでる。四時過ぎ、「やあ、お待たせして」と言って、和服の男が間の襖をガラリと開け、「こちらへどうぞどうぞ」と招じ入れた。

これが藤沢桓夫だった。私は彼を見た瞬間、ひどく作品を読んだ時の感じと違った。

彼は正面から見ると平凡だが、横側はひどく優しく見え、そして愛想がよかった。大きな声で隔てなく話しかけ、うん、うん、と頷いているところや、目を細めて仰ぎ、煙草をくゆらしながら人の言葉を聞く様子や、すべて、世慣れて愛嬌があり、人を逸《そ》らさぬものがある。私はもっと孤独で陰気で無口の人なんだろうと想像していた。

全く意外だと思った。で、ついまじまじと顔ばかり見、話は一口《ひとこと》も言い出さずにしまった。

「何か話して下さい、私は将棋指す」

と彼は言い、結構なけやきの盤を引きよせ、袋から、すべすべとよく磨いた駒をザラザラと盤上にあけた（※藤沢は将棋好きの作家として知られ、将棋についての本も多く書いた)。相手は赤黒い青年である。藤沢氏の指は実に華奢で、ペンで立つ人らしく、細長い、骨立った美しい手であった。それが、指先で駒をつまむ時の恰好、ちょっと忘れられないほど美しく脳裡に残った。

「大阪の女専や女学校の生徒は何も話しをしないね。もっともあとで悪口言うんでしょうが」

私は彼といっしょに笑ったが、相手は将棋しているし、外《ほか》に人も居り、私は何ともいえず、にやにや笑いをした。

「田辺さん、なんか言うことありませんか」

安田先生は促されるが、さして言うこともない。結局、四月、暖かくなってから、出かけますよと、つまらない返事をもらって来た。しかし何にしろ、会うということは面白いと思った。

家へ帰るともう七時過ぎていた。私はひとり台所でパンと関東煮《かんとだき》のおかずと、甘酒二杯の食事をし、お母さんにその話をした。私はまだ忘れていた。

「そうそう名前、おぼえとこう」

と藤沢さんは言い、そこらの紙へ、私の名をきき、高木さんといっしょに書いた。火曜には遊びにいらっしゃいと言うのである。

お母さんは、また何か小説のいいのが出来たら、もって行って見せたら、と言った。ああ私も早く作家になって、来客の世話をお母さんにしてもらいたい。私が不日《ふじつ》、ひとかどの作家になった時、その名前が出たとき、藤沢さんはどう思うだろうか、いつかやって来た、あの小さい、不愛想な女の子のことを思い出すだろうか。

この女の子は作家に憬れて、野心に燃えています。いつか、きっと私は作家として立つでしょう。立たずにはいません。

二月五日　水曜日

ひどく大見得を切っているので可笑しくて笑い出してしまった。ひとりで力んでいるのが、あとから見ると、とてもおかしい。

この間、ひとりで、フランス映画「にんじん」(※一九三二年製作。髪の毛が赤いために「にんじん」とあだ名され、家族にも冷たくされて苦悩する少年の物語)を見に行った。とても芸術的でいい映画だった。こういう映画を見て思うのは、自殺未遂までやるほど思いつめた少年の心理が、日本人には理解できないのじゃないか?　ということ。ちょっと変だ、と思う人が多いらしく、妹たちもそう言っていた。なるほど、にんじんはそういう自殺などしそうになく、明朗で活発である。明るい所と暗い苦悩と、その両極端を思い切って大胆に性格の中に包含している少年の心理描写、一部は出来ているが、もう少し、まわりの人物心理と対照して描いてあればよい。

来週の木曜日、教生をする。私一人だけなので、細川先生も書物を貸して下さり、いろいろと注意を受けた。

二月十日　月曜日

試験も近づいた。が、十三日には、教生がある。

昨日の日曜、一日中かかって、教案を作りあげた。ほっとした。

そして夜、みんなが寝てから、二畳の台所へ来て戸を立て切って、火をおこして暖かくし、腕時計を置いて、食卓の上で、実験してみた。

まず咳払いする。それからなるべくやさしい言葉で話し始める。やはりどうしても言葉が出てこず、しばしば教案を覗いた。すると教案にはもっといい言葉が書いてあった。あわてて言い直す。

一時間にはすこし余った。もっとも、生徒はもっとゆっくり書物を読むだろう。阿仏尼（※鎌倉時代の歌人）について、たくさん話さねば、本文で意味のとれないところがあり、相当時間をかけるつもりであった。しまいに眠くなり、火鉢の上にかがみこんで、寝てしまい、火に触れて驚いて目をさましたりした末、やっと、床に入って寝についた。


卒業の日はあと一月《ひとつき》だ。一月もない。ほんとに夢の様な気がする。まだ就職口は決まらない。弓場さんからも、頼んだげましょうか、田辺さんなら、頼んでも後でいろんなことの心配がないから、よかったらお世話しようかと言っていますの、と言われた。それでお願いしておく。

一方、弟の入学試験も近づいた。この子はいま四年だが優等生型で万遍なく出来、文科か理科か困るところへもってきて、ドイツ語を無理にやらされて、英語の力がてんでついてない。困ったことである。お母さんは大高（※旧制大阪高等学校。後に大阪大学に併合）を受けたらいいと言われるが、この子はプライドが高くて、十把一絡《じっぱひとからげ》にみんな受ける大高を嫌いがり、三高が受けたいらしいが、しかし英語がここでも祟《たた》り、弱っている。

二月二十六日　水曜日　晴

もうそろそろ、春が訪れてくる。昨日今日などとても暖かい。電気が来ず、夜も一時間交代に停電だったものが、今日は昼から点《つ》いている。ほんとに何十日ぶりだろう。暖かいので雪解けが始まったのだ。

今日やっと試験が済む。恐らく、この卒業試験が人生最後の試験となるであろう。そう思うと感慨無量だ。

二月十三日の日、私は二時間目に教生の実習をした。

われながら低調な講義だと思った。ノボせたり、上ったりしなかったけれど、ほんとに何か活気がなかった。あとで伊東さんが批評したときも語尾が消えて、声が低い、との評あり。細川先生からも、講演式だし、声が低いのが最大の欠点だ、と言われ、赤面した。

明くる日は恥ずかしくて、教室へも出られない思いである。なかんずく私が「新古今集の名前くらい覚えておいて下さいよ」と言ったのが、実はその教科書の一課は新古今集で埋まっていたのであった。

試験が始まるまえ、宇賀田さんが盲腸をおこしかけて、とうとうやられてしまい、私が何にも知らず心配して見舞いにゆくと、家で寝ていた。しかも、このまえ火傷《やけど》したときのように家にひとりでいる。げっそりと窶《やつ》れて、指も細くなっていた。かわいそうに、と学校へ行くと皆、言っていた。

その日は、私は試験の範囲など教えてあげ、帰った。雪がしきりに降っていた。ひどく冷たかった。

翌日、私は泊りがけで来た。そして一晩泊り、宇賀田さんに試験の手ほどきをして帰って来たのである。

そこで宇賀田さんは大変感謝して、みかんとりんごをくれた。そのりんごは店のハネ物なので形がいびつで味なかった。

三高へ行くことにきまった弟は、この頃しきりに勉強に没頭している。とうとう大高へ行くことは取りやめになり、お母さんも我を折った。

「ぼく、三高でないと死んでしまう」

と弟は言う。お母さんは、あれやから、しょうがないわと笑って三高受験の件は片付いた。

三高は今日、新聞に発表せられたところによると、四人に一人だ。しかし今年は別に入らなくてもよいという腹がある。実は、弟は文科を受けたいのだが、英語が出来ないので、やむなく理科へ行くのである。そこで、どうも仕方がないのだから、今年通らなければ通らないで、来年上級中学へ進み、大学入学の時、文科へ入ってもよいわけである。今年通れば、その代り理科方面に進まなくてはならないので、痛し痒しの所なのである。四月五日が発表なので、それまでは行楽も行事も一切中止だ。

三月四日　火曜日

卒業を控えての休みだ。何となく決まりが失われたので、何をするあてもなく呑気な日がつづく。二日の日はクラス会であった。まだ籍を抜かない三郎兄さんのお米を大阪へ行ったついでに持って行った。約束の時間を過ぎていたが、もうかまわないと覚悟して兄さんの所へゆくと、事務所でぶらぶらしていた。顔色がわるい。

「入れや、今誰も居てへんのや」と戸を開けた。

「煙草、あたったのよ」と台の上で風呂敷を解く。

「今ちょっと体の調子がわるいから、煙草はやめてるんや。売ろうかな」と言った。

「そう、悪いの。どこがわるいの。いかんねえ」と言うと、

「ふん」と言った顔は実際よくない顔色だ。用件だけ済ますと、いっしょに外へ出、ミルクやしるこを奢ってくれた。

「もういいのに」と言うと、

「いや煙草を止めたから、甘党になるつもりや」と言い、音をたて、汁粉を吸うと、「こんど勤めるところはどこや」などと聞いた。私は梅田の商店へ勤めることになったのである（※この春から金物問屋KK大同商店で事務員として働くことになった）。兄さんも、勤める先がさしたる仕事もないらしいので、運動不足から来ているらしい。

学校では皆が集っており、すでに始まっていた。国文の人はほとんど来ていたが、宇賀田さんはまた欠席。皆は隠し芸でもしたらいいのに、ただ顔を隠したり、あちらを向いたりしていて、澄まして歌ばかりうたう。尼子さんと安藤さんが寸劇をやる。

先生は昔の歌をうたわれる。山本さんのグループが「仰げば尊し」を歌ったときは、さすがに皆シーンとなった。種切れで、昼食後散会。私は「ふるさとをはなる歌」を歌った。

宇賀田さんのお菓子を持って、私は天王寺行の電車に乗る。鶴橋のプラットフォームで大館さんと会う。いろんな話をしたかったが、寺田町で下りた。それが不運だった。いつもの賃でごまかせると思って定期を見せると、ちょっと、とやられ、定期拝見とくる。よんどころない。出すと、「こりゃ、不正だ」と目を瞠った。とどのつまり三円罰金、定期没収、裏に住所と氏名と学校名まで書かされた。宇賀田さんの所へ寄ってあげたばかりに、こんなことになったのだから、何とも癪《しゃく》にさわってならない。わずかな金をごまかしたばかりでこんな馬鹿な恥にあったと思うと、どう考えても馬鹿馬鹿しく、私がとても阿呆に見えて、やけに土を蹴った。

逃げるように駅を出る後ろで、「なんやな、お前、目が早いな」と感心しあっている。じつに馬鹿馬鹿しい。天気も私の心に相応《ふさわ》しくどんよりとしている。

宇賀田さんの家へゆくと、案に相違して寝込んでいる。吐血し、やっと注射で持っているだけだ、と言った。二階に寝ていた。ラジオがガアガアやかましいので消し、その話を聞くと、試験が済んでの明くる日くらいからずっと悪いそうだ。やはり無理を重ねて試験に来たのが悪かったのであろう。

お大事になさいと帰って来たが、あんなに悪くても、

下に誰かよその人がいるだけで、お母さんもみっちゃんもいない。薄情な家庭だと思ったが、またそんな心掛だから、よく金も貯まるのであろう。

その日、学校でニュースを聞いた。

小河さんが帝大の文学部を受けたという。女子十五名の中に入ったわけだ。あの人は帝大に知り合いがあるらしい。それで細川先生の息子さんが帝大を受けるのにも頼んであげるのだろう。

「さようなら」

と私達のそばを通ってゆく、すらりとした小河さんの体つきや房々とうなじにカールした髪や、皮鞄やズボンや……一時《いちどき》に私の目に飛び込んで来、何となく憎らしかった。小河さんの家は罹災しても金があるのだろうし、お父さんもいるし。まあ私は仕方がないとあきらめてはいるものの、私だってもっと学問がしたくて、泣けてくる。

夕べ、お母さんと山根の家へ商用で出かけた時に、私は悩みを打明けた。

「作家のような時代の尖端をゆくものが、何の学問的素養もないのはどうかと思う。これでも作家になる資格があるのかしらと思う」

お母さんはしばらく黙っていたが、

「それでも有名な人の中には学校へ行ってない人もたく

卒業式の様子

さんあるし、あんたはこれから実社会へ出ていろんな経験を積むのやからね」

と言った。

これからはもう実力の問題だ、学歴ではない、とはよく聞かされる言葉だが、学歴を私は云々するのではない。私のほしいのは学生生活と学問、――学校で受ける学問だ。私は独学の出来る自信はない。これからの小説は思想性に裏付けされたものでないといけないのに、私はまたなんという無思想な――。

しかし、あまり早まっているのかも知れない。まだ学校を出るや出ずで、もう（※小説家に）なったように思うのも早すぎよう。さあこれから、経験を積み、人生観を高め、深く考えて、勇ましく人生の海へ乗り出してゆこう。

卒業式当日

三月十日　月曜日

八日に卒業式があった。答辞は大館さん、総代には山本重子さんが出た。いろんな先生に揮毫《きごう》して頂いた。私は、九六点で一番だった。元枝姉さんに借りた黒紋附を着て行ったが、名に負うけちんぼなので、ふくれた顔つきをしていたが、仕方なく貸してくれた。それ相当に反《かえ》しものをする。

ああ、この頃の生活の目まぐるしいこと。今日、私はお母さんと二人で、こんど勤める大同商店へ出かけた。

今日から勤めるつもりのところ、明日からにしなさいと店主が言われるので、いっしょに帰った。家は狭いが、主人はいかにも商人らしく太っ腹そうな、ちょこまかした態度のある、好さそうな人で、店員も悪いところはひとつもなく、みんな明るくてよさそうである。居心地はよい。月給も多いと思うし、たぶん配給もあると思う。何より店が家族的である。

「雨の日には皆で活動（※活動写真。映画の旧称）を見に行きます」と主人は言った。

昨日は妹の学校へ私が書いた「シンデレラ」を見に行き、帰り、もはや二十五師団クラブの管理事務所に勤めている山本さんのところを尋ねる。もうすでに前から勤めているし、居心地よさそうに本など読んでいた。

編集部より

以下に収録した中・短編は、今般発見された日記中に記されていたものです。いずれも習作であり、また未完の小説も含まれていますが、日記中にあるような、田辺が当時体験した日々との関わりや、資料的価値に鑑み、特別に収録することとしました。

なお、収録にあたっては日記本文と同様、原文を尊重し、最低限の訂正、修正表記にとどめています。

特別収録　未発表中・短編

蒙古高原の少女

本作は昭和二十年四月二十六日の日記に記されていたものです。

一望の平原――荒涼たる砂地、所々に生えた荒い草地、突兀《とっこつ》とした岩山、そんな場所――蒙古の平原を二台のトラックが走っている。軍務を帯びて○○から○○○へ行く兵隊たちだ。その服装や容貌はまごう方なき日本軍。トラックに満載して乗っている。もう一台は飲料水、食糧品、生活必需品、武器等。

　トラックは走りつづける。すると彼方の沙漠から風に乗って、人の呼ぶ声がきこえる。まぎれもなく救助の声だ。黒い人影がうずくまって手を振っているのがはっきりわかる……。

　この物語はいつも同行していた新聞の婦人記者○○○○に語らせよう。

　その人影は蒙古人の少年らしくぼうぼうの髪を布でぐるぐるつつみ、その端を背へたらし、木綿のゴツゴツした服を着、ズボンを穿《うが》って皮靴の長い、膝に達するようなのをはいています。腰のベルトに短刀をぶちこみ、左手の腰には、ピストルをサックに入れて吊っており、更に背中に銃を背負っているのですが、何より驚いたことは少年の顔です。額から血をだらだら流し、背中にも脚にも肩のつけ根にも血がこんこんとふき出しているのです。気がつくと、少年の辿って来た道には血のしずくがじっとり赤黒くしたたりおちています。服はぼろぼろに裂け、少年の垢に埋もれた、さはいえ美しい顔立ちには生色がありませんでした。

　すぐH中尉がトラックを止め、上から声をかけました。もうそのときには、少年は立っていられなくて膝をついてしまったのです。

「どうした？」

もちろん蒙古語です。すると少年は電気が入ったようにピリッとし、仰向むいて一斉に見下《みおろ》している何十の瞳をみながら口を開きました。

「日本の兵隊さんですね」

ああ、それは何と、流暢な日本語だったでしょう。しかもその少年のなんと白い歯だったでしょう。ニッコリ笑って見上げた、安心したような少年のふかぶかと深い美しい瞳……。

「おう、そうだ、日本兵だ。君は日本人か」

たちまち、H中尉達数人の将校につづいて兵隊がどやどやトラックを降り、少年の周囲に集まりました。

「日本人です。傷のために一歩も歩けません。トラックに乗せて下さいませんか」

「さあ乗りたまえ。遠慮することがあるか」

少年は兵隊たちに助けられてトラックに乗せられましたが、傷を見た一同は思わず眉をひそめました。鞭《むち》で思い切りひっぱたかれたら、かくもなるでしょうか。見るも生々しい傷跡です。

軍医が来てさっそく手当てしようとしましたが、服が脱げません。少年は多量の出血にかかわらず気はたしかで、ちゃんとした日本語で礼をのべました。こんな蒙古の奥地に日本少年がただ一人、しかも物々しく武装して、しかもこんな傷で……。そして何事なのでしょうか。

いったい何者でしょうか。

兵隊が口々に尋ねますと、蓆《むしろ》の上に寝かされて、靴を脱ぎ、脚の手当をうけていた少年は、かすかに笑って、

「ナアニ、活仏《ゲゲン》尊者の一味に捕まって、ちょっと痛められたんですよ。手軽な拷問です。今まで何度もやられていて、恐かぁありません。慣れてますよ。そんなにして下さらなくても、ほっとけば治るんです」

活仏尊者に捕まった？

いよいよこの少年の正体はわかりません。

H中尉が私を後車のトラックに引っぱって小声でいいました。

「〇〇さん、これは新聞にかかないで下さいよ、機密事項だから。あの少年は、きっと特務課の者ですよ」

「へえ」

と私は烈《はげ》しく好奇心を刺激されました。

「ひどい傷ですね」

「ああ、大抵あれくらい、捕まってやられますよ、あの少年はよほど運の好かった者です。捕まって、帰れないのが実際ですから、あんなに傷を負うたにしろ、とにかく活仏の手から脱《のが》れられたのは凡手ではありません」

H中尉は説明してやがて、

「出発」

と命令しました。

少年は動揺する馬上で、しきりに唸り声を堪《こら》えているようでした。さかしげな美しい顔が苦痛の為に歪み、

歯がキリキリと鳴り、熱が刻々に高くなります。しかし不思議なことに気はたしかで、兵の一人が何気なく身分をきいたときにも、

「臨安軍本隊です。特務課部員《とくむ》の証を持っていましたが、捕まったとき、池へ投げこみました」

　と答えました。

　やがて軍医は肩の手当てにかかりました。すると少年はむっくりと起き、おどろく一同を意にも介しないで、軍医の青年に言いました。

「恐れ入りますが、医薬材料をおかし下されば、私が自身で手当てをいたします」

「いや、してあげましょう」

　と軍医が短剣を抜いて服を切り取りにかかりましたら、少年ははにかんで、

「いいんです」

　と言います。

　兵もおどろいて止めましたが、少年は強情に、

「いいえ」

　と言いました。ききませんので軍医も匙《さじ》を投げて、

「どうしてですか」

　と言うと、

「私は男のように見えるでしょうけれども」

　と少年はそれこそ真赤になるのです。

　おどろいたことに少女の身で男装して特務課《スパイ》に入っているのです。何という豪胆さでしょう。これには一同呆気に取られ二の句が継げませんでした。

　H中尉が、

「おどろいたなあ」

　と正直に嘆声を発すると少年は初々しくはにかみ、うつむきました。なるほどそれは少女のさまでした。

　手当がすむと、少女はしずかに眠りました。二時間ほど行ったころ、彼方に上った煙を見ました。臨安の騎馬隊です。トラックと会って、その中の将校らしいのが心得た風に、

「桐山という者はいませんか」

「名前は知りませんが、二時間ほど前、救助した特務課の人がいます。女の人ですね」

　H中尉が念を押しますと、その将校――大尉でした――は頷いて、

「それです。まことに御厄介をかけました」

　大尉は丁重な挨拶を残してトラックの中へ入りました。

「桐山さん」

　と呼ぶまでもなく少女は飛び起き、傷の痛さに顔をしかめながら、短刀を摑むが早いか、大尉に素早く囁《ささや》いて服をつけました。

　一瞬、鋭く大尉の瞳が光ったかと思うと喜悦の情にあふれて、

「そりゃあ、大手柄だ」

　とほめるのがきこえました。

　二人は降りてきて迎えの馬と、騎兵と共に驚く我々に礼をのべ、去って行きました。

公子クユクの死

本作は昭和二十年五月二十五日と三十一日の日記の間に記されていたものです。

一

「何をなさっているのです、この時代に優柔な。——連日連夜、酒池肉林の遊びに耽《ふけ》り婦女子を侍《はべ》らせ、政務を見ずに、何という呆れ果てた行いです」

　陶然と西域わたりの美酒を口にふくみ、淫靡な音楽に耳を傾けていた公子クユクは、不意にがみがみと耳のそばで怒鳴られて、眉をひそめた。

　が、振向かず、相変らず酒を仰ぐ。そばの美姫アカンヤも、心臓強く平気な顔で胡弓を弾きつづける。

「クユク様！　あなたは耳なしか、唖《おし》か——」

「……やかましい」

　クユクはなおも酒を注ぎながら振り向きもしない。

「貴様のような殺風景な声で怒鳴られては、折角の美人の胡弓も台なしではないか。貴様は誰だ」

　卓を隔てて男は突立ったまま、

「私はウースン族のチェベツです」

「フム……」

　クユクは酒を含んだまま、切れ長な澄んだ瞳をおもむろに後へ向けた。たちまち、チェベツの髭面《ひげづら》とかみつきそうな眼に出会った。思わず失笑して、

「チェベツか、名は聞いている」

はなはだ静かな調子である。

「そんなことは、聞いていません。クユク様、私はいつも申すではありませんか」

「ああ、ああ、分っている」

　クユクは鷹揚に頷く。チェベツはこんど新たに、クユクの侍者となった男である。六尺をこえるばかりの

巨軀を間断なくクユクのそばへ運ぶ。一刻も離れていない。クユクを教育する義務があると心得ている。暇さえあればクユクをたしなめる。

　キプチャッカンの国で、クユクほどの優れた学者も、武将もいないのである。しかしまた、キプチャッカンの貴公子のあいだに、クユクほど逸楽に耽る者もいない。ましてクユクは、キプチャッカン王直々の公子なのである。だから実に目立った。王はこの第二子をいかに扱うべきかを知らず、折に触れてクユクを諫《いさ》める。が、効果はない。王には、二人の公子と一人の公女があった。けれども皆、凡才で、まず普通のところだ。クユクひとり、すぐれた才能を有している。そのクユクは十五、六歳のころまでは孜々《しし》として勉学に励み、その異常な才能と英邁な天資とで、彼の師たちに驚かれていた。それが十八歳に達すると俄然学業を一《いっ》擲《てき》して、酒に親しみ、身なりを繕《つくろ》い、アカンヤと称する美しい西域女を宮中へ日々通わせて、共に遊んでいる。彼女はまだ十七で、美しい痴《おろ》か者であった。胡弓が巧みなので、クユクはいつも彼《か》の胡弓を聴くが、決してそれ以上には出ない。終日、酒を呷《あお》っている。そこでこの美しい怜悧な貴公子は、一度に、信用を堕とした。

　王は悲しみ、王妃はいつも信じられないと思っていた。王妃はクユク公子が最も可愛い。この噂を聞いてある時、クユクを呼んで言った。

「クユク、クユク、おまえについて変な話があるのだけれど」

「なんですか」

　クユク公子は跪《ひざまず》いて王妃を見上げる。王妃は、クユクの瞳がかつて幼かりし時そうであったごとく澄んでいるのを認めた。

（わたしはこの子を信じよう）

　と彼女は思った。そこで彼女の声はやわらかみを帯び、眼はやさしかった。

「おまえはこの頃、勉強していないというじゃないの。酒を飲んで遊んでいると皆が言っています」

「……」

「わたしはおまえを信じます。クユクや。おまえがそんな馬鹿者ではないことを、おまえの口から誓っておくれ」

「……はあ」

　クユクは気が抜けたような声を立てたが、しかしすぐしっかりと言った。

「考えるところがありますので、私は毎日遊んでいます」

　王妃は仰天した。彼女はまだ若い美しい手をわなわなと震わせ、クユクの顎を持ち上げ、つくづくと顔を見て言った。

「クユク、私は信じられない。——信じられません。私はお前の純真なところばかり目につきます。おまえは賢いし、素直です。どうして、お父さまの言われることも聞かず、キプチャッカンの公子らしい行いをしてくれないのでしょう。書物《ほん》を読んでますか。馬に乗りますか」

「……」

クユクは目を伏せ、それから静かに立ちあがった。王妃はかなしみに満ちて、ふたたび繰りかえした。

「クユク、お父さまと私は、このキプチャッカンの国王に、おまえを選んでいます。賢く正しい王を人民は選ぶのです。わたしたちの期待に背かないように、どうぞ立派な行いをしておくれ」

突然、クユクは荒々しく母親を睨《にら》んだ。しかしすぐまた、おとなしく目を伏せて立ち去ろうとした。王妃は思いついたので、また、付け加えた。

「クユクや、私はおまえぐらいの年頃をよく知っています。気に入った女性《ひと》があるなら言っておくれ。ただ、将来の王妃に相応《ふさわ》しくないような者は困りますよ。宰相のチガープの娘はどう？　美しいし、家柄もいいし。おまえは今、西域《にし》の変な女を連れているということですけど、そんなのは困りますよ」

クユクは再び目を上げた。微笑のようなものが、掠《かす》めた。王妃の瞳をみつめ、否定するように首を振って踵《きびす》をかえした。

そんな状態が三年つづいた。月日は水のごとく流れ去り、クユク公子は二十を越える屈強の若者となったが、依然として放蕩《ほうとう》に身をもち崩し、いまはすでに上下の信望を失っていた。王はいつも老いたる頭《かぶり》を悲しげに振り、力なく呟いた。

「あれは悪魔がみ入ったのじゃ——地獄の悪魔めが」

時折、王は兇暴な憤怒に駆られ、カッと目を剝《む》いて側近の人々に言った。

「クユクの奴をつれて来い。クユクを——老いたる父を苦しめおって……。わしはあれ以上立派な王を、このキプチャッカン国にみつけることが出来ぬ。それなのに、クユクは……」

言葉の終わりにはすでに、王は頭《こうべ》を垂れ、怒気を失っていた。だらりと垂れた顎鬚《あごひげ》を撫でて、彼は何か考えていた。けれども、何を考えているかは側近の人々にも分らなかったし、また彼自身も分らず、空虚な思念をいたずらに追って深いかなしみに沈んでいた。

そのあいだに、すでに長子の公子が次代の若き国王となるべく国内の信望を一身に集めた。長子は正直な若者であった。とくに秀でて賢くはないらしかったが、まじめに政治に励んだので、国民はこの王を頂いたことを幸福と心得るべきであった。一人の公女は隣国の王妃となり、キプチャッカンの国に暗雲はなかった。

というのは、すでにクユク公子は公子の数に入れられないほど人々の記憶から拭《ぬぐ》い去られ、その存在を無視されてしまっていたからである。

二

また幾年かが経った。クユク公子の側近者には、ウースン族のチェベツとよぶ、巨大な男がひとり侍しているのみで、いまは、アカンヤさえ彼のそばを去った。人々は次々に、クユク公子のそばを去ってゆき、そしてクユクは日々に馬鹿になってゆくように人々にはおもわれた。

今はすでに宮城から遠く離れたさびれた廃園へ追いやられ、老いたる王妃の懇願で、クユクは毎日好きなことをしていた。

すなわち、寝たい時に寝、食べたいときに食べ、酒は飲みたいときに飲んだ。動物のごとくのらくらと生活したおかげで、彼の清純であった顔は混沌となり、澄んでいた黒い瞳は濁って赤く血走り、動作は鈍く、言葉はみだれ、舌はもつれ、声には力がなかった。王妃はクユクについては一切をまかして下さいと王に嘆願したので、王はそれを許した。王妃は廃園へクユクを見にやって来た。

クユクは丁度そのとき、真赤なサルビヤの陰から顔を出し、母の王妃を見つめ、何の意味かかすかに首を振った。

「どうしているのだえ？　クユクよ、わたしは、誰よりも、おまえが心配です」

クユクは穴のあくほど王妃をみたが、まるで唖のように、ものをいわず、くるりと背を向けてどんどん去って行った。

「まあ！」

王妃は思わず涙を泛《うか》べ、そしてくりかえしくりかえし、呆然とした表情のままで呟いた。

「あんな子ではなかったのに……あんな子ではなかったのに……」

彼はすでに酒を止めはじめた。そのかわり、いつでもぶらぶらと庭園を散歩してばかりいた。その庭園は、三方を森林でかこまれており、一方だけ沼が見える小高い丘につづいていた。

庭園は公式的な規則正しさを持たない、全くの草原であった。ただ、ぼうぼうと生えるに任せてあった。ただ、美しいと感じられるのは深い三方の林であった。沼から潮くさい風が吹いてきては葉を落として行った。林の径《みち》は落葉や苔に埋れて人の足跡さえ見えなかった。

公子はよく林のなかをさまよい歩いた。その時の彼の顔を見たら、どんな人間でも、彼が今どんなことを考えているかを判断することは難しい。彼は瞳を遠くにさまよわせ、手をまっすぐに垂れ、ゆっくりゆっくり歩いていた。

何を考えているのだろう？　彼の唯一の侍臣、チェベツはもう何年も前から若い痴呆の主人、それもかつては英才、俊敏の名高く、一世をとどろかした貴公子クユクに向って、そのこころを知ろうとつとめることのいかに至難事であるかを悟って、止めてしまっている。そして彼に似合わしくない繊細な器用さで、クユクの身のまわり万端を世話してやるのである。そしてチェベツはもうずっとずっと前から、クユクに対して、書物を読め、とか武術に励めなど言っていない。チェベツはまずしい食事を二人分つくりながら、いつも頭を傾《かし》げて思った。

（クユク様は、知恵が枯れたのだ。頭のはたらきが鈍くなすったのだ。惜しいものだなあ。これからが花だという若いころに、ましてキプチャッカンの王様にもなられようという方だったのに――）

そして彼は嘆息のあまり、つい塩辛くしてしまうのである。

クユクはもう何歳に達したか、チェベツは忘れたと思った。風変りな主従はいつもひっそりと世間から忘れられたように暮らしていた。

クユクの顔付きは次第に暗鬱味を帯び、そして形だけはかなり美しいといえた。けれども、どこか常人とちがう表情が彼の眼にあって、それが別の角度から見ると醜いとさえ言えた。彼はもう人間の言葉など忘れたように、チェベツと話さえしなかった。時たま空をゆく小鳥の鳴き声にじっと耳を傾けていることがあった。まるで鳥とか、動物とか、草木だとかのみの特殊な言葉を解するようであった。そうした彼の姿は、まったく現実を超越した近寄りがたい厳《おごそ》かさをもっていて、チェベツは魔物をみるようにその姿を気味わるく思った。が、しかしそうしたクユクの後ろ姿に夕日が無心に射しているところなど、なかなか、あわれでもあって、チェベツの涙をそそった。

ある年の夏のある夕方、廃園には時ならぬ人声が喧《やかま》しかった。チェベツがその大きな足でドタドタと出来るだけ急いで出てみると、若い王とその側近の者と王妃であった。若い王はそのうしろに、今は王でも王妃でもなくなった、父母を兵に護《まも》らせて、久しく会わなかった、廃人同様の弟を半ば好奇心でたずねて来た。若い王はつい最近、美しい王妃を娶《めと》ったので、あらゆるものに対して、寛大になり優しくなっている。彼はまず、荒れ果てた庭に憐《あわ》れを催し、

「これを手入れさせるがいい」

と、傍の宰相に言った。宰相はかしこまって、それを憶えておいた。というのは、王がつぎからつぎへ、と言いつけたからである。

「あの家もとりこわしてもっと新しく広くしろ」

「このあたりに花でも植えてやるように」

「もっと召使いを増やせ」

王はチェベツを一眼見て、また忙しく言葉を挿《はさ》んだ。

「衣類を多く送ってやること。この

召使いは十五、六年も同じ衣をきているようだ」

　それから王はチェベッツに言った。

「おまえは誰だ」

　チェベッツは深く感激した。人間らしく扱われたのは久しぶりであったから。

「ウースンのチェベッツでございます。長年、クユク様にお仕えしてまいりました」

「そうじゃ、長年の……」

　と王妃がうしろから弱々しく声をかけた。

「そうとすりゃ、お前は感心だ。褒美をやろう。ところで、クユクはどこにいる」

「林の方へ散歩に行っていられます」

「呼んできてくれ」

　チェベッツは大いそぎで走って行った。あとで若く美しい王妃は王の耳にささやいた。

「妙なところですこと。あたくし、怖ろしゅうございますわ」

「弟はどうなっているでしょう。わたしはそれに対して興味というか、好奇心というか、そんなことを感じますよ」

　王はやさしく王妃に言った。二人は幸福そうに微笑した。その微笑は何よりも雄弁に二人が他のいかなる人よりもあわれな弟とは赤の他人であることを語っていた。

　昔、王であった、いまの王の父は老いていて、考える力も鈍くなった。けれども王やクユクたちの母はまだ生き生きと物をおもい、考えていた。

　一方、チェベッツはクユクをよぶために、林へ入った。どこにもクユクはいなかった。ただ、鳥のさけび声ばかりがかしましい。チェベッツはよほど捜してもみつからなかった。すると林の入口に声がして待ちかねた人々がやって来た。

　もう、よほど暗かった。星がきらめき、葉々は震えて潮の強烈なかおりが匂った。風が冷たかった、チェベッツはクユクを捜して林中を走りまわった。クユクはいくら呼んでも返事をしなくなっていることを、知らぬでもなかったが、やはり心配で手を口にあてて呼んだ。

「クユクさまあ――」

　人々もてんでにクユクを呼んだ。声はすぐ闇と潮の香に融けこんで行った。勿論、返事はなかったし、気配もなかった。

「どうしたんだ、チェベッツ」

　と王は明らかに不機嫌であった。

「身体が冷えるではないか」

　王妃は不満そうに鼻をならした。老いた方の昔の王妃は不幸のにおいを早くもかぎつけた如く、はや心を傷《いた》めて涙をうかべた。人々は、家の中から足掛けなどをもち出し、涼しそうな木陰に集ってクユクを待っていた。王妃は、

「帰った方がよくはないでしょうか。あとでまた、いつか――」

となめらかに言ったが、母王妃が許さなかった。

一方チェベツは、沼に面した丘の上にじっとうずくまっている、クユクをみつけることが出来た。彼は長い膝をかかえてじっと暮れゆく沼を眺めていた。彼の頭髪は乱れ、ゆるやかな長衣は風に煽《あお》られてうしろになびいた。

クユクは長いこと動かなかった。一点をまたたきもせずみつめていた。微動だにしなかったので彫像のように見えた。

それは泣きたくなるほどの神秘な静けさであった。チェベツは当惑して立ち止まった。すると、いよいよ帰りたくなった人々がここへやって来た。クユクをみつけ、それぞれに呆然として立ち止まり、かの若い美しい、そして驕慢な王妃はたちまち眉をひそめた。そして王にささやいた。

「あなたの弟はあの垢染みた哲学者のことでしょうか」

「勿論ですよ、しかし……」

王は、クユクのそばへ寄りつくと彼の姿を見た。弟ながら、人生の敗残者であるクユクの姿はまことにあわれであった。

「クユク、クユクや」

弱いが、しかし底に強さを秘めた母王妃の声がきこえた。

クユクはなお動かない。

王は一歩すすんでクユクの肩に手をかけ、親愛の情をこめて、

「弟、――」

と呼んだ。

するとクユクはおもむろに、眸《ひとみ》をあげた。王のきらびやかな姿を見、王妃の華やかな美しさを見、……クユクはしだいに瞳をうるませたが、突然立ち上った。王はおどろいて一歩退《すさ》った。クユクはそのまま飄々《ひょうひょう》とあるいて、沼のふちの草に足をふみ入れた。人々はどこへクユクがゆくのであろうと呆然とあとを見送った。

クユクはかつて、そうしたように、また、眼を遠くへやり、手をぶらりと垂れゆっくりと歩いて行った。遂に水辺に来た。クユクの足はためらわず一歩一歩あるいて行った。じゃぶじゃぶと水音がくらい中でした。人々は愕然として一人二人沼へ下りて行ったが、そのときにはクユクの下半身はもう水に浸っていた。母王妃は狂おしい叫びをあげ、

「クユク、クユク、わたしの可愛いクユク！」

と彼女は後を追おうとしたが、孝心ぶかい王はすぐ抱きとめ、兵士に命じた。

「さあ、捕えて来い。クユクを死なすな」

けれどもクユクは、だんだん身体がしずんだ。沼には夕霧が込め、なにかの白い花がぼんやり水面に浮かんでいる。

クユクはその白い花の近くへとうとう没してしまった。あとにはとろ

りとした青黒い水がよどんでいる。

一体何であろう、これは――？

沼の魔法をみているのであろうか。

母王妃はわっと泣き出した。

王は自失している老王に囁いた。

「お父さま、クユクらしい死に方です……静かな死でした。これがよかったかもしれません……」

老王はなんにもしらないでいる。

ただ頷けばよいと思って頷いた。王妃はヒステリックな声をあげた。

「妙な人！　わたしは早く帰りたい。歓楽と盛宴の世界へ――ああここは息がつまりそうです！」

母王妃はさめざめと涙をながしている。

「おお！　おお！　可愛いクユク、わたしのクユク！」

宰相や側近者は目引き袖引きした。

「どうもなんですな、気がふれて……」

沼へ入らされた兵隊たちは、毒づきあっていた。

「ちぇっ！　キ印め。とんでもないところへ入りやがった」

「畜生め、ぶくぶくといやにおとなしく沈みやがったぜ」

「地獄へ行くがいいや」

けれども、人からはなれて、ひとりチェベツはおいおい星に向って泣いていた。

「美しいところへいらっしゃいませ、クユクさま。あなたのお心は誰も知る人はありません、神さましか――」


（終）

或る男の生涯

本作は昭和二十年六月二十五日の日記に記されていたものです。

一

店は父一人で切り廻していた。相当大きい貴金属店である。店員は数十人居る。ロリガン商会と呼んでいた。

母は一ん日、仕事を手に持たなかった。彼女は、一人娘を自分で教える。そしてお化粧法を教える。婦人らしい、ちょっとした学問と教養を。娘は温厚な、事業熱心な父親と、女らしくつつましい母親の中で次第に美しく優しく成長してゆく。

商会と邸宅とは離れていて、邸宅は、沙漠の中の都会にあった。アラビア色の特に濃厚なその町で、ロリガン商会の店主の邸宅の宏壮さは際立っていた。

娘はラドリアと呼ばれた。彼女はオリーヴ色の皮膚をもち、瞳と髪は漆黒である。――きらきらしい瞳は、その黒く長やかな、絹糸に似たまつげを蹴って太陽のように躍り出す。みずみずしい深紅の小さい唇を割って、まっしろい歯がこぼれる。それがキラリと光る。まるで真珠だ。その体はしなやかで仔馬の如く軽やかである。動作は敏捷だ。笑い顔は花のようである。白い紗《しゃ》のヴェールの留金を、金属的なひびきをさせて震わせる。

母はそっと言う。

「ラドリア！　静かになさい」

ラドリアは瞳をいっぱいに見開く。黒い泉がわき出たようである。母の顔を凝視し、笑うのをやめる。母が微笑むと、彼女はふとまた、銀鈴を振るような声で笑い出す。中々やめない。光のさざなみだ。銀鈴の暴風だ。ラドリアは笑いやめようと思う。白いヴェールが霧のようにゆれる。彼女はそれでも笑いが止まらない。何が可笑《おか》しいのだ――？　何かしら楽しい。おかしい。彼女はやっと笑いやむ。いたずらっぽい眼で彼女は母を見上げる。

　母は仕方なしにまた、微笑む。それから、ラドリアのみだれた髪をなでつけて呟く。その手は白く細やかで小さい。

「どうしたの？　おかしな子」

　ラドリアはやや疲れて、母の前の椅子に座る。何がおかしかったか考えてみる……そうだ、召使いのアリが〝おはようございます〟の挨拶を〝おやすみなさいまし、お嬢さま〟と間違ったからだ。ラドリアはまたいきいきとした黒瞳《くろめ》で笑い出そうとする。母の目が微笑を含んで娘の瞳をみつめる。ラドリアは、笑うまいと思って今度は真面目くさって刺繍《ししゅう》を取りあげる。

室《へや》の外の烈《はげ》しい陽光は、格子窓を通して部屋に流れ入る。けれども一方は木の陰で涼しげだ。白いレースがゆれている。レースのカーテンはかるく風に乗っている。

　ラドリアは十七のおとめになった

――。

二

　邸宅は広い。食客がゴロゴロしている。そちらの棟と婦人の館とは離れている。その間には深い林がある。

　ラドリアはある月の夜、庭園を散歩する。彼女は母か召使いを誘ってくれればよかったと思った。一人では少しさびしいが、この美しい月を見て彼女は、歌がうたいたくなった。

　彼女は歌う。

　　おもひでは
　　夜霧のうちにほのぼのと
　　のぞみは
　　月の夜に湧く
　　何時《いつ》の日か
　　のぞみのうちに……

　彼女は立ち止って声を切った。前方にがっしりした老人が突立って彼女を凝視している。

　彼女は怖れに打たれて、たじたじと退いた。声は再び出ない。

　老人は美しい身なりで、剣を腰にはさんでいる。背はがっしりと高く眼は鋭い。ターバンにはダイヤが光る。

　老人は声をかけた。その声にはそこはかとなき淋しさがある。

「美《い》い歌だ……ラドリア……」

　ラドリアは驚愕した。誰だろう……彼女は小さな手をあげ、頭のあたりでうろうろした。ヴェールがない！

「ラドリア、私は祖父だ。お前の。ヴェールは要らぬわ」

　老人は低い声で笑って大股に彼女

のそばへ寄った。ラドリアは思い出した。そうだ、母の父が別棟にいたっけ。生まれて一度も会わない人だ。父はこの人のことを語るのを好まないし、母は父のことを悲しんでいる……ラドリアは目をあげて彼を見た。

「ラドリア、お前は……よく似ている……瓜《うり》二つだ……わしに昔を憶《おも》わせる」

　老人はラドリアを抱いてそこへ座る。ラドリアはかすかな声でいった。

「誰に似ているのでしょう……わたしが」

「……」

　彼はふと遠くへ目をやって、それからラドリアに目をおとした。

「……おまえの祖母だ。ガアベラといった。ちょうどおまえの様であった。十七のころ……お前はいくつだ」

　と彼は急に調子をかえた。

「十七です」

「ふむ。十七はもっとも美しいときだ。ラドリア、おまえは姫君にふさわしい」

「わたしが……姫君！」

　と、またラドリアは笑った。

「ふむ。ラドリア、おまえは本当にせぬな。わたしは国王であったが……はは！　王位は消えた」

　ラドリアは祖父をみつめた。彼は低声《こごえ》でつづける。

「白玉の宮殿——紅玉の部屋——瑠璃の廊下——絹と宝石と黒檀と——世にも美しい宮殿だった」

「それはどうしたの」

「……」

　彼は娘を見、瞳を遠くへやった。そしてぽつりとひとこと言った。

「……焼いた——」

「わたしのお祖母様は？」

「ガアベラか！　……死んだ。短剣で……自殺した」

　おそろしい圧迫がラドリアをおそった。彼女は震えた。

「怖いな？　ラドリア」

　彼は低く笑う。

「いえ……」

　ラドリアは小声で言った。

「どうして？　——どうして」

「おまえはなぜそれが知りたい？　好奇心か。単なる興味か」

　ラドリアは答えかねて祖父を見上げた。

　老人は昔の人を思い出したが、堪《こら》えた。二十幾年、彼は堪えつづけてきたからだ。

（未完）

無題

本作は昭和二十年十二月二十三日と翌二十一年一月十一日の日記の間に記されていたものです。

第一章

一

目覚めるばかりくっきりと、空の一角を区切って白亜の建物が屹立《きつりつ》している。これは毎日一千以上の生徒を吐いたり吸ったりして、誇らかに「学問」の若々しい息吹きを永遠に象徴するかのようだ。

敷石の道は多種類の木に縁どられている。若葉のかおりがむんむんと鼻をつき、泉のあふれ出るせせらぎの音や小鳥の声、露のかがやき、漸《ぜん》次《じ》に多くなる生徒の靴音、話し声、あちこちで朗らかな銀鈴を振るような少女《おとめ》達の笑い声がきこえ出すと、もう八時近いだろうと思われる。始業は八時三十分だ。

門は石造りで、立派な門燈がその上についている。木の標札には、落ちついた、古めかしい字で「翠雲女子専門学校」とある。

門の右手には、木造の瀟洒《しょうしゃ》な門衛の小屋がある。門衛は最近変わって、丁度この四月に入ったばかりの五十二、三のおとなしい、おだやかな男だった。今まで殺風景な中学校の小使いを二十何年つとめて、小使いや門衛の役は、特に彼にのみ作られたかの観があった。それほど似つかわしいのだ。禿《は》げた頭を人好きそうに光らせ、よく働きそうな手は、節瘤《ふしこぶ》だらけで、頬には疲れたような、優しげな微笑をうかべ、瞳はしじゅう自分に下る命令を待っており、腰は軽く、いつでも動けるように浮いていた。小倉の詰襟の服を着た門衛中田種吉の姿は、百花繚乱の花苑《はなぞの》の中に紛れ込んだ、薄汚ない蛾のように見えた。

彼は、始業のベルを鳴らすまでは所在なさそうにぽつねんと椅子に座って小屋のガラス戸をあけ放し、登校してきて、御真影奉安殿に拝礼して次々と昇降口へ消えてゆく軽やかな少女たちの姿を見ている。

それらの中には、たまに優しく種吉にも「お早よう」と言ってゆく生徒もある。すると中学生との荒っぽい応対に慣れた種吉は、ちょっとどぎまぎし、老いたる声を自覚しつつ「へえ、お早よう」と大阪弁で言う。少女達の声の余韻が清らかな春の大気の中に徐々に融けてゆき、朝日がうららかに学問の殿堂を照らすと、種吉はうっとりとなって、何となく幸福な思いに身を委《ゆだ》ねて満足するのである。

少女たちは次第に多くなり、やがて学校中全体が乙女たちのささやきと話し声と笑い声で一杯になり、思う存分、「若さ」を青空に発散する。運動場の周囲には藤棚があって、そこで国文科の学生たちが、詩集をけなしたり、ほめたり、口ずさんだりしていた。亭々《ていてい》と聳《そび》えている高いポプラの根元には、澄んだ瞳をして物静かな生徒たちが一かたまり集って、昨日の講義と質問する箇所を互いに述べあっている。砂場の前のブランコには理数科の生徒たちであろう。まだ女学生気分の抜けきらない、家政科の一年生が、色とりどりのリボンを風にそよがせ、髪をひらひらさせて空高く上がったり下りたりしている。それを取り巻いて、子供のようにあどけなく口を開けて、早く降りてよ、と口々に催促しているのも家政科の連中だ。

国文科の生徒たちは一年でも、もうそんな真似はしない。背広の制服を鹿爪《しかつめ》らしく着、片手に緑の角帽を鷲づかみにして革鞄を下げて歩く。文科の教室は、花が飾ってあって正面の黒板の右に、中宮寺の弥勒菩薩の写真がある。その教室で、今日進むところを急いで調べたり、または友達と不明の箇所を考えあったり、昨日の帰途の事件などを声高に話す。文科生はみんな、文科の誇りをもっており、制服の衿につけたバッジにもその高い自尊心はうかがわれた。もっとも全科の中で最も文科が入りにくく、採用人数も少なくて、二十人に満たない程である。他の科が四十五名見当なのに比べて半数だ。だから文科生の鼻息はあらい。彼女たちはこのあいだ入学したばかりだというのに、もはや「文科生らしく」大空を仰いで考え、真実に思いしずむのである。こうした変化は公許されており、文科生たちは上級生を見習って、もっと他の科と違う「生き方」をしなきゃ、と考えていた。

眼の大きい、弱そうな、一見いかにも空想家らしい少女、松井千絵は言うのである。

「ねえ、もっと真実に生きなくちゃいけないわ。私達は文科ですもの。

真実性と希望的なものを持って、自分自身の生活に対して、より強く、より逞しい意欲と情熱を抱いて行きたいわ」

　この鼻にかかった泣き声に似た、甘ったれ声は（欠）激しく昂奮したときの癖で、小鼻をぴくりとし、瞳を輝かせた。そしてぐるりと一同を見渡した。

　級長の宮田康子は、冷然とした態度を捨てないで、苦笑した。それから出席簿をとり上げて、運動場へ出てゆこうとする。

　副級長の竹田春代は情熱家である。朗らかに松井千絵に言った。

「松井さん、あなたの真実性は充分みとめるわ。だけど漢文の本に挟んだ虎の巻の夾算《きょうさん》は？」

　一同はどっと笑う。ただし、これは大抵の者がやっていることなので、松井千絵はたじろがず、身体をくねくねさして、

「だってェ――あたしばかりじゃないわ」

　といっそう甘たれる。

「おい、何を言ってるんだ、もう八時半だよ」

　男のような口調で教室の中へドサドサ入ってきたのは古井朝子で、ドカリとつぎはぎだらけの鞄を机の上へ投げ出してすぐ出て行った。

「出ましょうよ。朝礼があるわ」

　一同はぞろぞろと教室を出る。一番あとから出た少女は、小さな眼をした、おとなしそうな少女で、皆とは離れて歩いて行く。彼女はスカアトの襞《ひだ》に目を伏せて、松井千絵のことばを思い出していた。彼女は文科に入れたことに深い満足を感じ、また、少ないクラスの人々に対しても愛情を感じてはいるけれど、常に一歩の隔たりがあることを自覚している。しかし未だそれを悲しいとも思わない。彼女は瞳をあげて何か、あこがれに満ちた想いでわくわくしつつ、高い校庭のポプラにかかる白雲を眺めた。彼女の身分証明書には「望月敬《けい》」と名が書かれている。

二

　文科の少女たちは少なかったので、非常にみんな揃って仲が善かった。少なくとも、みなそう思っていた。鞄を抱えて次の講義室へゆくときの国文科一年の少女たちは、活発に歩き、昂然と頭をもたげて歩く。その胸には希望が燃え、その頬はつねに紅に熱している。家政科の人々のように平凡なものとは少し違う。

　一時間目の講義室へ行く途中で、例のごとく松井千絵は、甘たれ声で言うのである。

「あたし、一時間目の漢文、調べて来なかったわ。いやだわ。もし当てられたらどうしましょう」

「少年の才子、愚に如《し》かず。何も知らないふりをしていらっしゃいよ。今日はあなたなんか当る番じゃない

わ」

竹田春代は颯爽と言う。もっとも漢文はこの人のお得意だ。何にしても彼女には不得手というものが一向ない。その前を歩いていた古井朝子が振向いて、

「わたしが助け舟を出してやるよ。心配するなかれ」

と男のような図太い声を出すので、一同は思わず笑い出した。古井は柄も大きく、声も大きい。よく昼寝するので宰予《さいよ》という綽名《あだな》が、入校数週間にして奉られた。

「なによ、宰ちゃん」

竹田春代はぴしゃんと決めつけて、

「行いを見なくちゃ、安心は出来なくってよ」

望月敬は例の小さな、おだやかな目をして、あたりを見まわした。なんとゆたかに、めぐみ溢れた青春の学《まな》び舎《や》だろう——自由を束縛されて何でも規律ずくめの、形式主義的な、沈澱したような古い女学校から、この新鮮な、生き生きとした女専へ上れたということは、何という幸福だろう。これを信じていいのだろうか。人生の幸福とはこれだ！　敬の好きな国文学の道を究めつくして、遥々《はろばろ》とあこがれの世界へ、天翔《あまが》けりゆくのだ。それにこの制服、ぴんと立った衿、切り替え線の優美な型、その上にまだ、敬の心を一層満足させる緑の角帽と、長い房——その帽章には「翠専」とある。

彼女は美しい青春時代を、幸多く送りたいと願う。戦争中ではあるけれど……。

彼女が例によって、一人で皆からはなれて考えに沈みながら歩いてゆくと、文科生の一行は漢文の講義室へ入っていた。それでもなお、話し声は席についても絶えなかった。

敬は背が低いからいちばん前へ行く。一人座りの机だから、敬は、先生の机の顎の下に当る机を一人でしめてそっと腰を下ろす。ビロウド張りの椅子はふかふかとして心持よい。敬は堅い木の女学校の椅子を思い出して、優越感みたいなものを感じてニコニコする。校舎の壮麗さを今更の如く考えると敬は何がなし、学問の最高学府で学ぶようにうれしい。

「どうしたの、笑ったりして」

横の通路を隔てて、黒川房枝が優しく言った。彼女の言い方はいかにも優しく、母親の味を含んでいる。敬はその口調に、多くの弟妹を持って、母の亡い房枝の家庭を思い出した。敬はおとなしい女の子らしく、人からものを言いかけられてちょっとどぎまぎし、頭《かぶり》を振って、

「何でもないの」

と呟くように言う。彼女の頭はびりけん頭で、恰好わるいが、しかし、清潔に洗って、ちゃんと編んでいるから見る者は好感が持てる。左隣りは藤島曄子《あきこ》という美少女だ。敬は、藤島曄子の話を聞いていると、妙に反発するものを感じた。

　曄子は十人が十人認めるほどの美少女である。背はすらりとしているが、さして高くも、また低くもない。瞳が澄んで大きくて、赤ん坊のように、フクフクした、やわらかく恰好のよい唇が学生らしくもなく常に赤い。彼女は実によく笑う。銀鈴を振るような、とよく言うが、事実その通りだ。笑うときは、清少納言が歎《たん》美《び》した定子《ていし》皇后の宮のうす紅梅に匂うたおん手にも似た、美しい手で口をおおう。敬は美術品でも眺める気持ちで彼女を見ている。これくらい美しさの揃った少女はすこし見当るまい。その色はあくまで白くて、首は細く、美しい花を支えている華奢《きゃしゃ》な花梗《かこう》のようだ。濃い黒い眉はいろいろな想いを瞬時によぎらせて、感情の急変をよく示す。頬の色はほのぼのとした薄桃色だ。彼女は細《ほっ》そりした、先に桃色のかがやく貝みたいな爪のついている白い指を、かるく頬にあてて首をかしげ、文科生のいわゆる「大空を仰いで思考する」と、いかな鉄腸石心《てっちょうせきしん》のますらおも参りそうな風情である。彼女は優美に髪をカールし、茶色の幅ひろいリボンを結んでいる。

「とてもよかったわよ、ふうとなったわ」

　藤島曄子は映画の話をしているのである。

「耐《たま》らないくらい」

「そんなことにばかり関心を持っているのね」

　松井千絵は甘ったれ声で皮肉を言う。

「でも実際いいんですもの。こう手を顎にあてて」

　と、藤島は仕草をしてみせ、

「じっと灯《あかり》を見つめているの。憂愁の気が眉宇に漂うというところね。貴族的な面輪《おもわ》ですわ」

「あなた、感ずる所があったのね」

「感ずる所って？」

「その俳優の紛した大学生の姿に、特別な感情を抱いたのね。みそら行く、月の光にただひとめ……」

「まあひどい！」

「相みし人の夢《いめ》にしみゆる」

　と、下の句はあたり中の生徒が異口同音に口ずさむ。文科生たちは習った歌を口ずさむ機会をさがしている。皆で言って、申し合わせたように笑い出した。藤島は睨《にら》んで、松井千絵を打つ真似をした。

「しっ、静かに」

　級長が立ち上がって、やかましい一同を制した。漢文の先生の靴音だ。

　敬は気を新しくして、一同の方を振り向いてみる。まだしゃべりたそうな顔つきのあいだに、きびしく瞑想した小林蓉子の親しみにくい、厳《いか》つい姿がある。その横にきりっと引き締まった、緊張した山本泉の顔がある。和やかな顔、物珍し気な顔、さまざまな感情を包含した教室に、ゆったりと老齢の教授が現れる。

　たちまち敬は「論語」の世界へ引

きこまれる。空想は遥かに手をあげて、さらに遠い彼方のあこがれを指す。敬は、大聖孔子の声を親しく聞き、その温容に接するような想いに満ちた。孔子の説く仁の道は、いきいきと彼女の胸に花をひらき、難解と思われる言葉は今や生命《いのち》を持って躍り出してくる。敬は一心にノートをした。教授の解釈はつねに新しい時代に沿って、生命を持っていた。教授はゆっくりと低い声で言う。やさしく、そして真摯に教授は生徒たちに言う。長年の教授生活で、口調に一種の型ができ、その型は各々《おのおの》の教授の性格を表す。

「参《しん》乎吾道一《いつ》以テ之ヲ貫ヌク、曽子《そうし》曰《いわ》ク唯《い》……」

　教授は老齢で疲れるので椅子へ座り、片手に教科書を持ち、片手はかるく机に添えている。極めてゆるゆると、教授は味のある、老いた声でしずかに言う。敬は、孔子の肉声をきくような錯覚に捉われ、ふと微笑して教授を見上げた。教授もまた、ふと敬を見下《みおろ》し、優しく頷く。教室中は水を打ったように静かで、ノートへ走るサラサラという鉛筆の音ばかりだ。

「子出ヅ。門人問フテ曰ク、何ノ謂《いい》ゾヤ。曽子曰ク夫子之道ハ忠恕《ちゆうじよ》ノミ……」

　教授は老いたるやさしい瞳をひろく和やかに、生徒たちに投げかける。敬は「忠恕」という言葉がどう解釈していいかわからない。と、教授はそれに答えるごとく、噛みふくめるように説き出す。

「忠は〝誠〟、恕は〝思いやり〟です。真心から人の身上を思いやってやる。真底から同情してやることです。これは即ち仁に連なる道であります。およそ我々の道徳は、同情というものなしには成り立たぬ。同情あるところ、必ず道徳がある。同情さえあれば、時にその事柄が間違うことがあっても、道徳に合ったと言えぬことはない。人間の力には限りがあるから、時に相手に悪い結果を生ずることがないでもありませんが、それは道徳ではないかというと、そうではないのです。相手を思いやってやるというのが、道徳なのです……」

　敬は心の砂地へ水が沁《し》みこむように恍惚《こうこつ》として聞いている。なんと実際的な教えであろう。まさしく、孔子の教えは偉大である。彼女はほんとに思いやりのある、美しい心をもった女の子になろうと願う。

　敬はふと横を向くと、藤島曄子は端麗な横顔を見せてしきりにノートを取っているが、敬が感じたような興奮も何も感じてはいないらしい。敬はクラスの人々が、漢文の時間と道義の時間を截然《せつぜん》と区別している理由が汲めないのであった。敬にとっては、自己を修養する道は一つだと思う。彼女は、自己の人格を磨くのには、やぶさかでなくありたかった。

〝取って以って己を向上させ得ればあますところなくあるべし〟という言葉をひしと胸に彫りつけて、敬はあらゆるものを吸収して自己を完成して行きたかった。試験に備えるためのみの学問ではないと敬は確信し、そういう自覚を持つことがすでに修養道の一歩を印したように嬉しい。彼女は漢文であれ、文学史であれ、そこから自らの修養となるべきものは忠実に採り上げて守ってゆくつもりでいた。

　教授はまた、おもむろに教科書を取り上げて、読みはじめる。孔子とその高弟たちの美しい師弟愛を描いた一節である。

「子、子貢ニ謂ツテ曰ク、女《ナンジ》ト回ト孰《イズ》レカ愈《マサ》レル。対《コタ》ヘテ曰ク、賜《シ》ヤ何ゾ敢ヘテ回ヲ望マン。回ヤ一ヲ聞イテ以テ十ヲ知ル。賜ヤ一ヲ聞イテ以テ二ヲ知ル。子曰ク如カザルナリ。吾女ニ如カザルヲ与《ユル》サン」

　孔子と弟子は和やかな対談をしていた。

三

　漢文の授業が済むと、今度は歴史だ。敬は頭を抱いて、さっきの句を口誦《こうしょう》していた。周囲は休憩時間らしい騒々しさがひろがって、廊下には靴音や話し声がかまびすしい。

「謹聴謹聴」

　ふいに教室の中に、級長の宮田康子の声がひびいた。

　彼女は細長い顔をした、しっかりした少女で、早口で喋る。机の上に手を置いて突っ立ったまま、クラスの人々を見《み》下《おろ》し、

「どぅお？　感想発表会をつくりたい、と思いますけど」

「どんなの？　それは」

「なんでも最近の感想を発表するの。どんなことでもいいわ。例えば小説を読んだあとの感想でもいいし、自分の理想でもいいし、そうやって発表しあってお互いに胸襟を開いて仲好くし、磨きあってゆきたいの」

「賛成よ」

　と真っ先に言ったのは、松井千絵と並んでいる、これも議論好きの国木哲子である。

「フーン。なかなか好き会じゃの。わらわも仲間入りさせて賜《た》もれ」

　誰かが言ったから、皆笑って一度に言った。

「賛成賛成」

　竹田春代は持ち前のうつくしい声で快活に言う。

「ラヴ・レターの公開でも、婚約者の噂でもいいわ」

「これっ」

「ごめんなさいッと！」

　藤島曄子には婚約者があって、すでに彼氏は海兵を卒業せんとしている海軍士官の卵だ。曄子はちょっと笑って、春代に唇をつき出し、すらすらと言い出した。

「きりぎりす　男をんなの文がらの、

多きが中に　埋《うず》もれてきく」

「憚《はばか》りさま、わたしはカアチャントウチャンが田舎へ行ったときくれた手紙しかないわよッ。藤島さんこそ！」

どこのクラスでも華やかに目立つ人々と、地味で個性の目立たぬ人がああるものだ。文科生の中にも、終始沈黙している人々があった。康子は級長の責任上、それらの人々の方を向いて、

「どう思う？　みなさん」

その口調は早口でせっかちである。うふんと無意味に笑う者、横を向いて無表情に樹木を眺めるもの、恥かしげにうつむく人……。

「望月さんは？」

「うん、そうね。いいわ、私」

敬はあわてて答えた。彼女は急に話しかけられると狼狽する。

「小林さんは」

「……」

小林蓉子は孤独家でひどく気難しい。今も鉛筆を握った手を固定したまま、瞳をあげてじっと宮田康子を見つめ、黙って頷くその顔には、傲岸不屈の表情が彫りつけられたようで、他と妥協しない狷介《けんかい》さを示している。それは少女らしくもない、個性の著しい顔であった。

「山本さんは？」

「結構と思います」

山本泉は鋭い語調をもっている。彼女は短い一言で犀利《さいり》に論旨を徹底させる。そのいう所は的確で明瞭である。きびしい瞳、引き締まった唇《くち》もとが、知性にかがやいている。

「感想会は皆、賛成者となりました。明日の放課後、催したいと思います」

寮生の二、三人がぶつぶつ言ったらしかったが、すでに次の時間の鐘が鳴っていて、若い教授の尾崎が入ってきた。生徒はあわてて礼をする。教授は教壇の机の上からひとわたり見わたし、

「なんの相談をしていたのですか」

と穏やかに微笑を含んで言った。尾崎教授は若くて、美しいとさえ言えた。純潔に澄んだ瞳は少年のようで、病気のせいか、頬の色がほのぼのと赤い。その手は女のように華奢である。彼はいつも椅子へ座る。病身ですぐ疲れるらしい。真白い手巾《ハンケチ》をズボンから出して咳を押えるが、掩《おお》いかねた咳は痛ましく生徒の耳を打つのである。少女たちは上眼使いにそっと教授を見る。教授はやっと咳がおさまって、苦しそうな息使いのまま講義をつづけるのだ。

竹田春代は尾崎教授を崇拝して止まないので、才子多病だと歎じていた。

いま、尾崎教授は、やさしくそう言い、講義のノートを開いて椅子へ腰を下ろした。

「先生、感想発表会というのを作りましたの」

春代はいきいきと言い出した。彼

女は生れるとき〝物怖《ものお》じ〟や〝羞《はにか》み〟というものをどこかへ吹飛ばしてきたらしい少女だ。

「そうですか、どんなものです」

教授は好奇心を少々喚起されたらしい。

「みんな、最近の感想を発表し合います」

「それは面白いですな」

「なんでも感じたことを率直に——」

「好いことですよ、クラスが仲好くなって」

教授も賛成してくれたので、春代はうれし気に周囲を見廻した。

「今日は、日本民族の祖先ということについて、ちょっと触れて行きたいと思います」

教授が、清野《きよの》謙次博士の説に二、三行触れかけたとき、またもや咳が起こった。教授は急いで、手巾を出し、口を掩ったが一向止らない。頰の色は美しい血の色を上らせる。春代は背中をさすりたい気で手に力を入れて握りすぎたため、鉛筆の芯を折ってしまった。咳を真上で聞いて、敬は気の毒で身の縮む思いがした。

生徒はうつむき、ノートの端をいじくって辛そうな教授の咳を黙然と聞いている。教授はやっと止んで、疲れた目の色で、少女たちを見、かすれた声でいった。

「済みませんなあ、聞き苦しかったでしょう。さあ、さっきの続き……」

突然、春代はどっとばかり涙を目に溢れさせた。教授の声に心を打たれたのである。彼女は涙を溢《こぼ》し溢し、それを見られまいために、肱《ひじ》を曲げて腕で目をかくし、頭を支えた。涙はぼたぼたノートのインクの上に落ちて滲《にじ》む。彼女は若くて病む、聡明な教授を実際尊敬もし、またその人柄の少年のような清純さが好ましくてならなかったので、人一倍、教授の身を気遣うのであろう。(どこかで静養なすったらいいのに)と彼女は思ってなおも涙をこぼした。

「……?」

気がついてみると、隣の生徒がしきりに鉛筆を転がしている。鉛筆は紙を巻きつけて春代の方へ転んできた。春代は自分の涙がきまり悪く、拭いて隣席の生徒をみるとウィンクしている。紙には、

「どうしたの? 尾崎先生、好きなの?」

「……!」

春代はドキリとし、思わず唇をかみしめた。次の瞬間、間抜けた顔で笑っている隣の生徒に対して、むらむらと怒りがこみ上げてきて、その紙の横へ、

「バカ。チガワイ」

となぐり書きして突き返す。隣はくすくす笑っていた。

尾崎教授は、一向かかわりなく、講義を進めてゆく。

「大切なことは左のことである。

『日本島は人類棲息以来、日本人の故郷である。日本人は日本国において最初から結成せられたものである。日本人は断じてアイヌの母地を占領して住居したものではない。日本人種の母地、日本人の故郷は日本に人類が住居して以来、日本国である』云々……」

尾崎教授は、真率に講義する。そこで生徒も自然真面目になって、一心にノートを取る。

「ここでちょっと前に返って、縄文式土器使用の時代と弥生式土器使用の初期時代について言う。金石併用時代はこれにつづくが、この縄文式土器使用の時代は抑《そもそ》も狩猟・漁労時代であり……」

ここまで言うと、教授はまたはげしく咳入った。講義は遅々としてすすまぬ。生徒たちは手持ち無沙汰《いそ》に教授を見上げる者もあれば、急がしい筆記の息抜きをして、とことことと鉛筆を削るものもあり、気の毒がるのにも馴れて、無表情に隣と囁き、窓の外を眺めるものもある。教授は白い手巾に映りそうな頰の色をしている。咳はまだ止まず、教授の華奢な手は震えたが、咳のあい間、あい間にわずかに、

「いや、どうも済まない……咳が……今日は――ひどくて……」

春代は例の気性で感情が烈しくなって、夢中で突っ立ち、

「先生！」

教室中はびっくりして春代の突飛な行動に目を瞠《みは》っていた。

「先生！　そんなに咳がおひどいのに……お体にさわります、私たち、辛くて――お家で御静養なすったらどうでしょう……」

教室中は騒然たる囁きの波がひろがる……教授はびっくりしたためか、咳が止まって、まじまじと春代を見つめたので、春代は夢から覚めたようにに拍子抜けし、めずらしく羞んで、ぴょこんと席へ座った。

教授は冷静にかえって、やさしく微笑した。哀しいほど美しい、まっしろな歯を見せる。若いけれど幾年かの教授生活の経験は、こうした少女の烈しい、ぶつかったら火の出るような真情を容易に汲みとり得るのである。

「ありがとう」

教授はさりげなく言ったが、その中には無限の感謝がこもっていた。それはすでに師弟を越えた人間と人間の清らかな「まこと」であった。

「講義をつづけます……弥生式土器使用時代は、まさに農業のあけぼのを迎えた時代です。しばらくすると大陸から金属が伝わって金石併用時代となり、漸次、現日本人に似てくる……」

春代は自分の行為を反省し、それが良いか悪いかよりも、自分の言葉の足らぬため、尾崎教授の誤解を招きはしないかと、そればかりを心配していた。教授は果して自分の思う

ところを察してくれたであろうか。気を悪くされるようなことはなかろうか。

（いつか、一度、はっきり言おう）

春代は決心して、教授を見上げた。すると敬がこちらを振り向いていた。敬は春代と目が合うと、きまり悪そうに、すぐ前を向く。春代はペンをどぶりとインクの中へ漬け、講義を筆記しはじめた。教授は言語学的に見た、日本人の祖先と周囲民族の関係についての論文、白鳥庫吉《くらきち》博士の「数詞について」の一文を紹介していた。

四

背後から敬を突く人がある。敬は振り返ってみると、国木哲子が眼鏡を光らせているのである。

「どう？　望月さん、さっきの竹田さんの態度」

彼女は薄い唇をひるがえし、首を振り振りものを言う癖がある。

「どうって？」

敬は相変らず控え目に言ったが、人一倍感受性が強く、常に烈しく周囲を批評し、厳しく自己を責める癖の敬は、春代の行為に対して、ただならぬ感情を抱いていた。

「まあ、あの竹田さんって呆れた人じゃありませんか」

休憩時間にはなったけれど、人々が教室にいるので、哲子は声をひそめていた。

「お家で御静養だなんて……私たちに教授するために、病気を押して出ていらっしゃってるのに、先生の御苦労を無視した言葉ねえ」

「そう……」

敬はそういう見方もあるのだと感じながら、哲子のバサバサした髪を見た。哲子は首を振って、

「そう思わないこと」

「そうね」

「望月さん、あなたどう思うの。沸《に》え切らない人ね、はっきり仰有《おっしゃ》いよ」

「……私はね」

敬は小さい瞳を考え深そうに瞬《またた》きしながら、

「素直な、だけど烈しすぎる、と思う。烈しすぎるために、常識的な言葉ではないのね。だから誤解される心配があるわ。竹田さんは私たちの思っていることを、率直に言いすぎたのよ。あの人らしいわ」

「だけど急に突っ立ったりして情熱的ねえ、とても。あたしにはあんなこと、出来ない」

そして哲子は、くせで、けけけと妙な笑い声を立てた。

それは自分にはなおさら出来ない、と敬はなにか尊敬のような思いで、春代を振り返ってみた。すると春代はもう平然として、後席の山本泉にノートを借りていた。

宮田康子は素直に春代の勇気を認めた風で、

「呆然とした……たしかに竹田さん、情熱家よ。思うことを何でもサアーッと言うんですもの」

康子は出席簿でバタンバタンと机を叩き拍子を取りながら、そう言うと小声で「マリネラ」を歌い出した。

春代はいたずらっぽく、「うふん」と笑い、首をすくめ、

「気が変になっちゃうのよ。カアーッと逆上《のぼ》せたら、なにするか分りゃしないのよ、あたし」

「大変大変、竹田さんの小刀取上げてよ」

隣席の大川夏子が悲鳴をあげた。

小林蓉子は一隅から、この有様を拗《す》ねたように見ている。彼女は頰杖をつき、険しい目でクラス中を睥睨《へいげい》していて、絶対に笑わない。彼女には、全ての人々が低く見える。つまらないことで騒いでいるようにみえる。春代の存在を無視しているように自分では考えてはいるけれど、常にクラスの中を攪乱《かくらん》し、リードしてゆく春代の行動に、自分もまた無意識のうちに引っ張られていることを気付いてもいるので、そのために春代を嫌っていた。

次の時間は担任教授の高城《たかしろ》が徒然草を講義する。徒然草は大抵の女学校でも二、三習っていて、ひどく面白くはないから興味をもつ人は少ないけれど、高城教授という人は才気煥発で常に清新に活気ある授業を展開するので、生徒はうかうかしてはいられぬ。その授業は啓発的で産婆術的だ。

高城教授は中年の、元気横溢した顔を提げて現われる。靴音からして意気揚々と高い。颯爽と入ってきて、ぱっと教科書を開くや否や、輝かしい眼つきで幸福に溢れた眼差しを生徒たちに投げかけ、物色する。白羽の矢を立てられた少女は立ち上がって、直ちに朗々と読まねばならない。今日は十九段、有名な「折ふしの移り変るこそ物ごとにあはれなれ」である。沈黙を守っていた睡《ねむ》たがり屋の古井朝子が指摘せられて、立ち上がって読みはじめたが、その少女らしくもない太い声はよく詰まって、ひそひそと助け舟が聞こえてきた。彼女がやっと一段読んで座ると、待ちかねたように教授は、

「望月さん、灌仏《かんぶつ》とは？」

と急襲だ。

「は、灌仏とは……」

敬はあわてて立ち上がり、

「四月八日の仏生会《ぶつしょうえ》のことで、釈迦の誕生日に行われる法会です」

「よろしい。山本さん、祭とは何を意味しますか」

「賀茂の葵祭、北祭ともいいます。四月中酉《ちゅうゆう》の日に行われます」

と、この人は抜く手も見せず斬り返す。教授は満足して教科書をとりあげ、教壇を行きつ戻りつしながら、訳しはじめてゆく。敬はまたもや、うっとりとなって、四季の移り変わりを叙した流麗な文章に心を吸いつ

けられている。

いつのまにか、窓の外に青空は曇って、生ぬるい風が吹きはじめ、若葉はざわざわと音を立てていた。敬は、そうしたことにも、何かたのしく、何か祝福された様な気がして、ほのぼのとした瞳で教授を見上げるのである。

五

五時間目も終わりになって、帰るころになると、雨が降りはじめて来た。当番を済ませて敬は、雫の垂れるガラス窓に顔をくっつけて、濡れる白つつじや、つやつやしい若葉を眺めていた。爽やかに白い雨脚は彼女の視界を遮《さえぎ》り、ポプラの高い梢からは潮騒のような唸り声が聞こえる。広い運動場には人影もなく、はるか遠くの寮舎には空色のカーテンが揺らいでいるのが見える。雨はますます強く烈しく、樟《くすのき》の若葉はいきおい好く躍り上がり、まるで敬の心の塵をも洗い清めるばかりであった。

空は陰鬱であったが、敬の心は次第に明るくなってゆく。

この烈しい雨に身も心も思うさま叩かれて、身内にくすぶる旧《ふる》い感情や、使い古しの理性や、今まで抑えつけられて来た不満やらを一時《いちどき》にはけ出してしまいたい。いまこそ敬は新しい人生の首途《かどで》に微笑をもって立っているのだ。朝風を掌にうけ、暁雲の紅を臨んで、彼女は眉をはればれと揚げ、唇《くち》に微笑みをうかべて、意気高らかに進軍せんとしている。古い衣を脱ぎ捨てて、新しい衣を着るには、何物をも流しつくさずには措《お》かぬ、この烈しい雨が好ましい。飛沫《しぶき》をあげ、花壇の薔薇《ばら》の蕾《つぼみ》を叩きつけ、ポプラの木に苦悶の声をあげさせ、絶えまなく注ぎかける滝のような雨……。

敬は魅せられたように、紅に頬を熱して、ガラス窓の外を眺めていると、ふとあわただしい靴音に気がついた。もういつのまにか、生徒は帰っていて、今、誰だか曲がり角から走ってきたのだった。敬はもう帰ろうと思い、教室へ鞄を取りにかえると、すぐ教室の前を走って行ったのは竹田春代であった。なにげなく、敬は二つほど向こうの教室前の廊下で、尾崎教授との話し声を聞いたように思い、何となく真剣になって耳をすました。

たしかに春代の弾んだ声で、尾崎教授と話をしている。廊下へ出てみると、そうだった。果して春代は、白い手巾をくちゃくちゃと丸めて握りしめ、尾崎教授は本包みを抱えて片手で困ったように顎のあたりを撫でまわしていた。

「先生、誤解なさらないで下さいませね」

春代はやや高い声を張りあげ、手巾をなお一層握りしめて瞳を瞠り、丈高い教授を見上げた。教授は苦笑

して、

「どうしたんですか」

「だって、あたし、あたし、あのう……」

春代はたちまち絶句してうつむいたが、すぐ勢いを盛り返して、不面目を償い、とうとうとやり出した。その瞳はかがやいて生き生きとしている。

「さっきは失礼なこと申しあげました。けれどわたしは、決して失礼なつもりで言ったのではございません。分っていただけますかしら。ほんとにあたし、かあっとして、思ったことを率直に言うのが癖ですの。先生、あんまりお咳がおひどいのですもの。私、ほんとに心配でお気の毒だったものですから――」

教授はしばし、不思議そうな眼の色で春代を見つめていた。それから、手をあげて髪をかきあげ、途方に暮れたように言う。

「竹田さん、私は何も考えませんよ。気にすることはありません」

「はあ……」

突然春代はまた、うつむくや否や、手巾を目にあてて涙をこぼした。

「どうしたんですか」

教授はますます困惑して、あやすように春代を覗きこみ、

「困りましたな、これは。泣くことはないじゃないですか、竹田さん。どうも熱情的ですなあ、あなたは」

春代はその言葉が耳に入ったらしい。あるいは熱情的と言われたことがうれしかったのかも知れないが、涙をふり払って、顔を上げた。

「むやみに泣いたりするものじゃありません。日本の少女は心で泣くものだ。笑いなさい、竹田さん。少女の高い感受性と貴い涙を安売りするものではないのです」

春代は涙に濡れた瞳で一生懸命、微笑した。教授は雄弁になった。

「あなたの言うところはよく判りました。私のことは何にも心配しなくても結構です。私はみなさんに済まないと感じていますが、出来るだけのことを尽そうとも思っています。

竹田さん、あなたは良い人です。そして正直な人だと思います。私はそのことが分っただけで充分うれしいのですが、あなたの幸多い将来を招くのには、もう少し、あなたの情熱的なところをなくしてはどうでしょう。謙抑にきびしく身を持する生き方の方が、思うままのことを言い、したいことをするよりも、美しく、はるかに貴く見えるものです。――竹田さん、聞いていますね」

教授は次第にまたうなだれてきた春代の顔を覗きこむように諄々と言う。春代は頷いて、小声で答えた。

「聞いています」

「あなたは才に驕って勉強しないという噂があるが、謙虚の美という慎ましさと美しさに、いま少し目を向けてごらんなさい。しかし、あなたは良い人です。あなたは、あなたの

良さを若さによってなお、より良くしてゆくことの出来る人です。若いうちに、修養しておくのですね」

「先生！」

春代は感激して、またもや涙が出そうになった。そこであわてて微笑をつくり、言った。

「分りました、先生のおっしゃることと――」

「お分りだったら結構です」

尾崎教授はしっかりした足どりで歩きはじめた。

「お帰りなさい、もう四時半ですよ、竹田さん。雨が小降りになりました」

春代は顔をあげて、窓外を眺めやった。雲の一角がきれ、澄んだ青天が覗いていた。雨脚はゆるやかになって優しく、赤い煉瓦道を濡らしていた。春代にとってそれは、こよなく目新しく、むしろ哀しいほど美しい雨のさまであった。

第二章

一

「みんな揃いましたか」

と康子は周囲を見廻した。どの生徒も期待に燃えた顔をして、何か楽しそうである。

「それでは始めます。席順で黒川房枝さんから」

堂々と康子が指摘すると、彼女は驚いて立ち上がった。不意打ちなので、顔を赤くして呟いた。

「何を言いましょう……感想なんてないんですのに」

「馬鹿仰有い。感想がないなんて」

「このあいだ読んだヘッセの〝青春は美し〟というの、とてもよかったと思います」

「どんな点がよかったのでしょう」

「まるで裁判みたいね。豊かでめぐみ溢れる青春時代の美しさ……こんなのを読むと耐らなくなります。学び舎から帰ってきた青年が久しぶりにふるさとの自然に接し、父母やきょうだいに接してどんなに心ゆくばかり、若き日の幸福に浸ったか――若い時代の美しさ、それは比類のないものだと思います。何物にも換えることの出来ない貴いものだと思います」

「それを実現するためには、どうすればよいのでしょう」

国木哲子が立ち上がった。

「私はもっと、文学的活動を増すようにすればいいと思います。黒川さんの仰有ったように、若さは二度とかえりません。殊に我々は、学生時代をいま送りつつあるのです。しかも、より豊かな学問――国文学研究という興味ある学問を究めているのです。こんな愉快な、恵まれた、美しい若き日は二度とありません」

哲子は雄弁に、首をガクガクと振って述べたてる。竹田春代はくすくすと笑い、宮田康子は無表情に、山本泉は真面目に、望月敬は例の如く考えに沈んで、松井千絵はくすぐったそうに。

「ハイキングをして古跡を探ったり、一巻の詩集を携えて郊外へ出かけたり、雑誌を編集したり、いろいろもっと活発にしません？　このままでいれば、クラスの空気は沈澱してしまいます」

「賛成だわ」

誰かが言った。哲子は勢づいて、

「文科は他の科とは違うのですもの。もっと文科の誇りをもって――」

「ねえ、真実性と希望的なものを持たなくちゃいけないわ」

竹田春代が、千絵の甘ったれ声を真似て言ったので、さすがの哲子も笑い出し、クラス中いっせいに吹き出してしまった。

「とにかく」

哲子はすぐ陣容をととのえて、いかめしい顔で一同を見渡し、

「もっともっと文科的なところを昂揚させましょう。私達は平々凡々と着物を縫ったり、靴下を編んだりすることを習う科にいるのではありません」

「失礼ですけど、私達だって女ですもの、やはり家庭的なことも知っておく必要があります」

と、宮田康子が口を挿《はさ》んだ。

「万葉を諳《そら》んじ、源氏にうつつを抜かし、近代思想について論じているばかりが能じゃないと思いますけど、皆さんいかが、御感想は」

「でも餅は餅屋ですもの」

一隅から藤島曄子が変なたとえを提出した。

「文科らしくしているのがいいわ。そんなことは女専を出てからでも習えますわ。今は文学のことばかり考えているのが、好いと思いますわ。学生生活の楽しさを享楽しなきゃ、若い日は二度とないのに損よ」

「みなさん、ひどく若い日、若い日と強調なさるのね」

大川夏子が皮肉めいた口調で、座ったまま口を出した。

「まるで、明日が一生の終わりのようね」

「諸行無常じゃありませんか。生者必滅、会者定離」

哲子がぽんぽんと言うと、竹田春代は幽霊のような手つきをして、

「生死事大、無常迅速、アーメン、こら、汝の頭上に死は舞い下って居るぞよ」

「ばかね、いやよ」

大川夏子があわてて真顔で抗議したので、一同はまたどっと笑った。

「竹田さん、まじめな感想発表会です。ふざけないで下さい」

宮田康子はしっかりと言う。春代は、へい、と答えて首をちぢめ、チョロチョロとあたりを見廻した。

「次の方、ご遠慮なく」

次は望月敬であった。敬は静かに考えてみたが、昨日から用意してい

た、理想の女性論について述べることは、何となく気づまりなものを感じていた。しかし、今の場合、別にないので立って言った。

「私の理想とするところの女性、私がかくありたいと思って努力する女性について、何か言ってみようと思います」

彼女の声は美しくはないが、落ちついているし、真面目であった。敬は考え考え言い出したが、たちまち春代が、「雨夜《あまよ》の品定め」と言って、くつくつ笑い出したので、敬は不快になって黙ってしまった。しかしこんどは一同が許さず、「静かに」とか、「何事も無言の中《うち》は静かなり」「沈黙は金」「おしゃべりはメッキ」等々、非難の礫《つぶて》を飛ばしたので、やっと静まった。敬は口を切った。

「私は何よりも女らしいことが大切だと思います。素直でありたいと思います。けれども〝女の一生〟のジャンヌではありたくないし、なおさら、夕顔や女三の宮でもありたくはありません。何よりも強い芯をもった優しい女性になりたいと思います」

「ヒヤヒヤ」

春代は手を叩いて一同から睨まれた。たまりかねた松井千絵が、

「どうしたの、竹田さん、とてもウキウキしていらっしゃる」

望月敬は話の腰を折られて不快になり、腰をかけてしまった。

宮田康子は、敬が気の毒になった。

「竹田さん、いけないわ、あなた」

というと、春代はクリクリと眼を動かせて、

「なァぜ？　いけない？　私も望月さんの話に同感！」

「どうして謙抑的な生活を目標とする、とは仰有らないのです」

落ち着いた、冷たい声が聞こえる。小林蓉子が皮肉に唇元を歪めて言う。敬は瞬間、小林蓉子もまた、あのときの春代と尾崎教授の問答を聞いたのだと察した。

春代はいささかたじろいだ気ぶりであったが、急速に彼女の顔は真面目に引き締まった。的確に一語一語を明白に彼女は発音しつつ言った。

「小林さん、それはどういう意味ですか」

蓉子は瞳だけを上げて、じっと春代を見つめ、座ったまま、

「尾崎先生が仰有りはしなくて？——〝謙虚の美しさに目をとめよ〟って。あなたは情熱的すぎますねって」

「仰いました。けれど、小林さんと何の関係があって？」

「私はやめます」

突然、明白な語調で、山本泉は立ち上がった。それはむしろ爽快な態度であった。

「竹田さんも小林さんも、私的なことばかり云々していらっしゃる。感想会の清純な意志もなにもなくなってしまいます。こんな無意味な会合

は時間の浪費です。私は時間が惜しいのですから、もう失礼します」

　彼女はクラス中の視線を浴びて悠々と鞄を取り上げ、角帽を摑んで、正しく廻れ右をし、教室から出て行った。あっけに取られた人々も、気詰まりな白けた雰囲気に圧迫されて、次々に教室を出る人が多くなった。

　それにもかかわらず、春代は蓉子に挑むように向きなおった。蓉子もまた、必ずしも好戦的でないとはいえなかった。

「どうした理由でそんなことを仰有るの、小林さん。失礼ね」

「あなたの勇気には感心したわ、全く」

「別なことを言って、はぐらかそうとしても駄目よ。どうしてそんなことを仰有ったか、それを言って」

「思い出したのよ。フフ。『竹田さん、あなたは良い人です。そして、正直な人です』フフフ。あなたはめそめそ泣いて……」

「止《よ》して！」

　春代は興奮してぶるぶる震え、インキ壜を無意識に摑んだ。

　蓉子は面白そうにつづける。

「泣いて、あやされて、どう？　嬉しかった？」

「ばかね！」

　春代は真蒼になって、夢中でインキ壜を床に投げつけた。

「きゃっ！」

　悲鳴をあげたのは宮田康子である。彼女は飛び退《すさ》って、破《わ》れたインキ壜が散乱し、インクが黒い血のような飛沫をあげて、べっとりと床へ散ったのを無気味そうに、まじまじと見た。

「気狂《きちが》いみたいね、あなたは」

　蓉子が冷静に批評すると、春代の据わった瞳は兇暴らしくキラキラした。黒川房枝は、あわてて春代を抑え、おろおろした声で辻褄の合わない言葉を囁く。一同は総立ちとなり、かねて、春代の逆上をおそれていた大川夏子は腰を抜かし、

「ああ神様！　お助け……」

と、うろうろ叫ぶや否や、鞄と帽子を片手で引っさらえて教室を飛び出した。そして、まっしぐらに廊下を駆けぬけ、階段を夢中で飛び下り、一、二段踏み違えて、どうと踊り場へ落ちた。すると目の前にすぐ、担任の高城教授が突っ立っていたので、彼女はあまりの驚きのために急速に言葉が出ず、苦しげに息を吐いた。

「どうしたんです、大川さん、大変な勢いで」

　高城は板についた教授口調で、大川の頭から声を投げた。

「先生、あの、……あの」

「何です、一体」

「大変です。あの、竹田さんが」

「竹田さんがどうかしたんですか」

「竹田さんが、かあっとなっちゃって、あの、あの、インキ壜を、あの……」

「インキ壜？」

「はあ、インキ壜を床へ投げつけちゃって、インキが散って、床は真っ黒になって……」

「そりゃ、当り前ですよ。それで、竹田さんはどうしてるのです」

「竹田さんは何だか気狂いみたいです」

「喧嘩をしたのですか、誰かと」

「はあ、小林さんとらしいです。なぜか知りません。感想会なんて目茶目茶です」

教授はこれで大体、教室のありさまが分ったので、一、二歩過ぎると、大川夏子は追って来て、思いつめた顔で言う。

「先生、お願いです。竹田さんと替えて下さい。竹田さんの隣なんて困ります」

「どうしてです?」

高城は、一途に恐ろしげな夏子の脅え方がおかしかったので笑ったが、夏子は取り上げられないのをみて、怨めしげに見上げた。

「だって、こわいんですもの」

「ははは。大丈夫ですよ」

夏子は憤然として、昇降口へ下りた。

高城教授が教室へ来てみると、クラスの中は雑然としていて、帰り支度をする者、ひそひそ喋る者、春代をなだめる者、床を掃いたり拭いたりする者、さながら玩具箱を引っくり返した騒ぎであった。級長の康子は収拾に困って突っ立っていたが、真っ先に教授を発見して喜びの声をあげた。

「先生、先生、困ったことになりました」

「どうしたんです」

高城は興味をおぼえて活発に教壇へ上った。

「ちょっと感情の行き違いです。意見の相違です」

国木哲子がしゃしゃり出た。彼女は例のごとく、ばさついた髪を黒リボンで結び、首を振りつつ、一場の講釈を試みた。

「たいしたことではありません。小林さんと竹田さんとの間に、第三者の知り得ざる、私的事件が介在しており、小林さんが、竹田さんのその秘密にすこし触れたらしいのです。そこで竹田さんが憤然としてインキ壜を一擲《いってき》しました。私はこの小事件によって、有意義なる感想発表会が中途にして挫折したることを遺憾としておりますが」

高城教授は思わずニヤニヤとして、この長広舌を聞いていた。哲子は言い終わると鹿爪らしく、かくしから眼鏡をとり出し、咳払いしてそれをかけ、首をしゃんともたげて、眺めまわした。彼女はべつに近眼ではないが、その思慮の深いことを示そうと思う時や、または得意な時には、素ガラスでセルロイドの太い縁のついた防塵眼鏡をかけるのである。

「先生、なんとかして下さい」

宮田康子は哲子の演説にはかまわ

ず、ほっとして、教授を見上げた。彼女はもうこれ以上、春代のことで手を焼かされるのは、ごめんだと腹の底で思っていた。

　高城教授はまず春代を眺めた。彼女は、むっつりとして怒り疲れた人の如く、唇をかみ、荒々しい瞳で教授をちらと一瞥した。

　教授はまた、小林蓉子を眺めた。蓉子はあくまで傲岸《ごうがん》な面構えだ。真っ黒い太い眉や、細長い、切れ長の瞳や、結んだ唇の鋭さも、教授には、一通りの少女ではなさそうに見え、面白くもあった。

　さらに彼は注意深く周囲を見渡すと、まず黒川房枝は手っ取り早く床を拭きとり、静かに机の位置を正して、皆の注意を引かぬよう、そっと教室を出て行くところであった。古井朝子は無関心に帽子をかぶって突っ立ち、房をかんでいる。松井千絵は、映画を見るよりも面白いので、成り行き如何《いかん》、と固唾《かたず》を飲んでひかえているようだ。望月敬は、この中にいる全ての人々よりも深く考えているらしかったが、決して発表せず、つつましく控えていた。教授は長いこと一同を見渡してものを言わなかったので、さすがに一同は不安になり、しんとして黙ってしまった。

　突如、教授は朗らかに口を開いた。かと思うと、勢よく奔流のようにぽんぽんと言葉が飛び出した。

「なにが原因か、私は知りません。知ろうとも思わない。要するに、もう済んだのだ。皆さん、帰りなさい。もう全ては終わったのだからね。竹田さんのために惜しむらくは、癇癪《かんしゃく》玉《だま》がないことだ。よくありましたよ。土器をぶっつけてね、ガアンと、とても響いたやつが。ありゃ、爽快になりますね」

　思わず、松井千絵が真っ先に笑い出した。皆もつづいて笑ったが、ただ、蓉子と春代は胸が詰まったように表情を重苦しいものにしていた。

「こんど感想発表会をするときは、私も入れて下さい。楽しみにしていますよ」

　教授はやさしく言って、教室を出た。一同もそれにつづいて、春代や蓉子を中に囲み、一緒になって出た。昇降口で彼女達は、

「先生、さようなら」

　と口々に言って、新緑のにおいが鼻をつく、清々しい若葉の道へ出た。陽はあらゆるものに躍り跳ね、午後の日射しは幸福に、一群の制服のおとめ達の上にふりそそいだ。胸の校章が陽を受けてキラキラとかがやく。門衛の中田種吉は、時刻はずれに帰る少女たちをガラス戸越しに見て、愛想よく笑顔をした。

　敬はまた、後から一人離れてついて出た。彼女は小林蓉子の態度を解釈するのに苦しんだが、また、春代の心の秘密を覗いたようで、ドキリとする思いであった。彼女は危なっかしくて、とうてい春代を一人でお

いておけない気がした。

しかし、初夏の日射しは強烈に、制服の上から降り注ぐ。彼女は白亜の堂々たる校舎を見、つややかな若葉を眺め、頬にやさしく触れかかる角帽の房の感触をたのしんで、胸はふくらんだ。彼女はこの上もなく幸福であることを感じた。

（若いのだ。私はまだ若い、――青春時代だ）

校門を出る彼女の足どりは軽かった。

二

その翌日――昼休みの時間、敬は「白秋詩抄」を一冊携えて、講堂の裏手へやって来た。ここは実にすばらしい。林があって、草花に縁取られた道が縦横に通じているし、池があって、夏になれば赤い、目の覚めるような見事な蓮が極楽をそのままに開く。藤棚はもう咲き初め、その下のベンチは涼しい風が吹いて、好いたまり場所だ。

さらにまた、ポプラ並木へ出ると、芝生があって寝ころべるし、草のぼうぼうと生えた丘には、春ならば蓮《れん》華《げ》も咲くし、土筆《つくし》も見つけられ、四葉のクローバーもあるだろう。この丘に寝ころんで青空を仰ぐと胸が一杯になって、わけもなく楽しくなる、と生徒たちは昔から言い伝えて来ていたが、文科生たちはそれを文科の特権として「希望の丘」の名を与えていた。

敬はいま、芝生を通って希望の丘へやって来た。目の前には美しく澄んだ池がある。後ろにはポプラのすくすくとした木の幹の間から、広い運動場がちらちら見え、黒い制服を脱いだ、白ワイシャツの乙女たちが運動に熱中していた。総じて文科生たちは、あまり運動には熱心でないらしい。

彼女は雑木林の緑の間から樺色《かばいろ》に輝く講堂を見上げ、腰を下ろして足を投出し、おもむろに開いた。けれども開かれた詩集はまた、風でひらひらとめくれた。敬は詩集を投げ出し、満ち足りた思いで柔らかな若草の上に寝ころび、手を組んで頭の下へ敷いた。

ああ、なんと晴れた青空の美しいこと。白い雲がおだやかに漂い流れ、どこからともなく白薔薇の香りがふくふくと匂う。

光り満ちた、若葉のかがやき、風に乗って聞こえる運動場のざわめき……汗ばむほどの日光――。しかし敬は、この幸福の至上なることを確信しながらも、どことなく、暗いかげが一沫、心の底に気味悪くただよい、去らないのが不快だった。敬はそれを考えてみた。すぐ判った。それは戦争の最中《さなか》にある祖国の姿であった。敬は戦争が日々思わしくなくなっていることに無関心ではあり得なかったけれど、また、幸福を破壊されそうで、淋しかった。

　彼女は目をつぶって幼時の楽しかった思い出を頭に浮かべた。戦争ということを知らなかった幼い日の思い出は非常に楽しいけれど、それでも、やはり満洲事変、支那事変と、今まで戦争に纏《まつ》わられて生い立って来た自分の姿を見やると、敬はなにか宿命的なものさえ感じた。大東亜戦争の、目につき出した暗い影が彼女を脅やかし、彼女は必死に自分自身を抱きかかえて、幸福を奪われまいと逃げまわっている感じであった。

　侘びしくなって敬は目を開けた。

藤島曄子の声が華やかに流れてきた。

「見せてあげましょうか」

「どうぞ」

　松井千絵らしい声であった。敬は、時勢に目を向けないで、若さを亨楽している人々をうらやんだ。彼女もそうありたいとは願ったが、彼女の性質として、明るい所より暗い方面へ、よろこびよりも悲しみへ目をやらぬではいられない、先験的な感受性の強さは、彼女自身を当惑させさせるほどであった。敬は無邪気に、みんなと一緒に喜んだり悲しんだりすることの出来ない、常に一歩離れて自分の姿を厳しく確かめ、批評し、追究する自分の性質を憮然とした思いで考えていた。

「ふ、ふ、ふ」

　松井千絵は忍び笑いをしていた。

「やはり、海軍さんね」

　にわかに敬は悟った。藤島曄子の婚約者の海兵の生徒の写真でも見ているのであろう。

　彼女は立ち上がって、詩集を持って丘を下りた。そしてポプラの木の根元を歩いていると、後ろから肩を叩かれた。春代が立っていた。

「ねえ、望月さん」

「なあに」

　春代は無邪気な瞳で、敬の詩集を抜きとり、バラバラと繰ってみた。彼女も永いこと日向にいたと見え、頬の色は薔薇色にかがやいて美しい。彼女はいつも、緑色のリボンで髪を結び、うなじに豊かに捲いた髪を垂れていた。その髪をはらはらとこぼして、首をかしげ、

「わたしはわたし、芥子《けし》は芥子……。白秋詩抄ね」

「そうよ」

「白秋お好き？」

「そうね、好きといえば好き」

「あいまいね。ところで望月さん、お頼みがあるの」

「何なの」

「私の日記、読んで批評して頂ける？」

「日記を――」

　敬は意外なので春代を見つめた。春代は口元に笑みを含んではいたが、真剣な目の色であった。

「あなたの考え方は正しいような気がするの。私は文章などを批評してもらおうとは思いませんわ。その考え方を批評して頂きたいの」

「わたしに出来ることでしょうか」

「あなたにして頂きたいのよ」

春代は執拗な調子で繰り返した。

「見て、そして考えて頂ければ有難いと思います」

敬はそんな目に合ったことがなかったので、どう言ってよいか困った。しかし、好奇心いっぱいで、どうぞ、と承知したが、ほのぼのとした興奮を感じて楽しかった。

二人は肩を並べて並木道を歩いて運動場に出た。花壇は薔薇の花が咲き盛りである。右手の小径《こみち》は林に遮られて見えないが、それは温室に通じていて、林の梢の先に、ガラスの円《まる》い天井が覗いていた。

「竹田さん、時局について、どう考える?」

敬は一番気にかかっていることを尋ねてみたが、春代の答えは簡単であった。

「私は、しばらくでも、若さを楽しまないと損だと思うわ。非常時じゃないかとか、時局を考えなさいって言われるけど、そんなことくらいで青春を踏みにじられちゃたまらないわ」

「……」

敬はそうして大胆に言える春代がうらやましく、思わずも溜め息が口を吐《つ》いて出た。春代は畳みかけてやり出した。

「そうではありませんか。私は二度とない若い日を、戦争戦争で灰色に塗りつぶされてはいやよ」

「では学徒出陣でたくさんペンを捨てて出た学徒や、予科練へ行った人のことはどう考えるの」

「もちろん感激はするわ。そして、動員令が下れば私も働くわ。だけど、それまでは、遊べるときは遊ぶし、学問も身を入れてやるし、そのほかのこともするわ。私達の青春のあり方も、学徒出陣で征《い》った人たちの青春のあり方も同じだと思う」

春代は興奮して一気に喋ったが、すぐ苦笑した。

「もう止《よ》しましょう。つまらない。要するに私は私、芥子は芥子、学問を一生懸命するわ。そして文科らしく生きるわ。それ以外、いくら力んでも考えても私達に出来ることはないじゃないの」

「そうね」

敬はきっぱりとした春代の考え方に敬服し、そしてぴしりと目を覚まされたような気がした。何かにつけて、無意識にでも戦争に影響されずにはすまない自分がいとおしくなりそうだった。

「あなたの考え方と生き方は、私、どう考えても、ひとりではやってゆけないわ。傍《はた》から励まされないと」

「私はまた、時代に逆らっているのかもしれないわ」

春代はそう言った。敬はしかし、春代が楽し気であるのを認めた。

「私は時代の叛逆児かもしれなくってよ」

「そんなの……時代に反抗すれば滅びるばかりでしょう」

「いいわ、破滅に詩あり、ですもの。私は自分自身の意志を尊重するばかりよ」

快活な春代の声はすっかり敬を考えこませてしまったが、春代は例のことと気にもかけず、

「望月さん、また？　あなたは懐疑家ね！　哲人だわ」

彼女は緑のリボンをひらひらさせながら先へ駆け抜けてしまった。敬は春代の言葉が耳について離れない。ゆるゆると考えながら歩いてゆくと、いつのまにか廊下に入っていた。背を叩いた宮田康子が、

「望月さん、あったかい背中――芽が出そう。日向の匂いがするわ」

と言う。

三

昼からの時間は現代文学であった。


これも高城教授だ。今日は珍しく椅子にかけ、あらたまって生徒の方を向いた。彼は活動的なので、教壇で椅子にかけることを、この上もなく嫌う。

「みなさん、今日はひとつ――」

彼は輝いた瞳をして、生徒を眺めわたす。窓の外はそよ風のわたる、清々しい新緑だ。生徒たちの顔には、さまざまな感情の波が打ち寄せ、一様にみんなは楽し気である。若々しく弾んだ瞳は、教授が何を言い出すかと期待に満ちている。

「みなさんが読んだ本の中でいちばん感銘の深かったものを仰有って下さい。なぜ、深い感激を覚えたか」

ざわめきの波がひろがる。生徒たちはひそひそやりはじめた。

教授は容赦なく、

「黒川さん」

と指した。この人は席の関係で常にクラスの犠牲者だ。真っ先に槍玉にあがる。


「私は『たけくらべ』がよいと思います。少年少女の精神の発育の過程を、流麗な筆致で叙し、さらにたくさん登場する少年や少女の性格をたくみに描きあげたところ――何ともいえません」

「よろしい。なるほど、『たけくらべ』の文学的価値を言い尽くして余す所がない。非常に結構な感想だと思う。『たけくらべ』に漲《みなぎ》っている、あの夢多い、ロマンティックな、あこがれの世界は美しいものだと思いますね。これこそ、あなた達が読むのにふさわしい物語だ。安っぽい感傷小説に感激するんじゃないよ」

次の人は独歩の「竹の木戸」だと言った。

「なぜですか」

「なんとなく、感銘が深かったのです」

と個性のない返事だった。教授は、「竹の木戸」は独歩の最も自然主義的作品であると述べた。

国木哲子は言う。

「芹沢光治良の『希望の書』を読みました。勉強にひたむきな青年時代の美しさが胸を圧してきます。その中に、なんでも『将来のことなどについて、何でも可能性があるように考えるのが若い時代の特権であり幸福である』というような言葉があって、これには胸を打たれました。今、私は溌剌《はつらつ》として勉強しています。これを読んでつくづくと青春時代ののびのしさを感じました。今こそ、伸び伸びと学び、楽しまねば損です」

彼女は「損です」というところを非常に力をこめて言ったので、一同は思わず吹き出した。教授はいつものこととてニヤニヤと笑い、それから、と促すと、彼女は臆せず、

「『キュリー夫人伝』にも感激しました。屋根裏部屋で食うや食わずの生活をつづけながらも、精神的に前人未踏の高い境地へ遥々《はるばる》と翔《かけ》り行く、その高い意志の生活にはまったく感心します。私もこうした激しい学問的欲望に燃えた生活を欲します」

「たしかにキュリー夫人伝はいいと思います。日本の伝記作家もこれを模範にしてもう少し、文学的にも価値のある伝記を書いて行かなくちゃ嘘ですね」

「それから……」

「まだあるんですか、ちょっと待って下さい。あとで伺いましょう。次は古井さんかね」

国木哲子は出鼻をくじかれて、鼻を鳴らして着席した。すこぶる不服そうだ。

古井朝子は突っ立つと、

「別にないけれども、小公子が面白かったです」

「小公子？　リトル・ロード・フォントルロイですか。これはまた無邪気ですね」

「あれ、好きです」

「御感想はいかがでした」

「感想？　面白いです」

敬は朝子の粗雑な言い方にハラハラしていた。無愛想に朝子は言っても、その真情は決して無愛想ではないのだが、しかし高城教授は個々の個性を認めているから決して怒らない。そして、一人前に扱って丁寧な言葉を使う。これは決して女学校ではみられなかったことである。頭から、生徒の個性や権利を無視し、千篇一律の型へ押しこもうとした女学校の教育においては、教師はもっと横柄な言葉を使う。しかるに女専へ来ては、教師はすでに対等にものを言う。敬は、はなはだ嬉しく感じた。

するともう次の席の藤島曄子に移っている。

「若きヴェルテルの悩みなど好きです。暗誦できるまで読んだ個所もございます」

「どうしてそんなにまで心酔したのです」

「ロッテの賢さについて私は考えます。あの中にある通り、二人の男性

に挟まれた女性が、衝突させることなしに二人を和合させているのは、たしかに聡明であると思います。そして、ロッテほど素直な女もないのではないかと思います。ヴェルテルは理想主義ですし、アルベルトは現実主義です。その中へ挟まれて、素直に、しかも厳しく身を持して来たロッテの態度はいいと思います。私はロッテのようになりたいと思うのです」

「理想の女性をロッテにおくのですね。ヴェルテルの自殺について、どう考えますか」

「理想主義者らしいと思います。退《のっ》引《ぴき》ならぬ運命に追い詰められたヴェルテルの、最後の運命に対する抵抗です。死は逃避です。卑怯です。いかにヴェルテルにしても、最後までもっと戦えないことはなかったろうと思いますのに……」

　藤島曄子は絶句して、たちまち座ってしまった。教授は苦笑して、ヴェルテルの自殺はロマン派時代の世紀病であると述べ、当時の風潮を二、三話した末、これは「復活」と同じく、ロッテに対する恋愛ばかりがこの小説の題材ではなくて、社会組織や伝統の力、時勢の圧力に対する不満、呪咀、反抗、悲哀、憂愁が、薄幸の一青年をして、死にその捌《は》け口を求めしめたものであることを言った。

　敬は立ち上がって堀辰雄の「風立ちぬ」を読んだあとの感想を言った。

「清々しい、そして、至上といえるまでに聖《きよ》らかな聖の世界であると言えます。聖すぎるほどです。この静寂な、寂しいまでに高揚した静けさの世界の中で、美しい愛情が高い調べを奏でています。愛情の聖らかさをしみじみ考えます」

　教授はまた言った。

「たしかに、あれは冷たく寂しく聖らかな世界です。心が落ち着きますね」

　敬はそれ以上、何かあるかと待ったが、教授はすぐ、隣を指した。

　宮田康子は翻訳物が嫌いなので、

「漱石の『それから』における、あの全体の感じよりも、『門』の宗助とお米《よね》のつくり出す雰囲気が好ましくて、『門』は最も好きなものの一つです。しっとりと落ち着いています。お米も好きですが、宗助も好きです。宗助の弟はきらいです」

「女の子は何かというと、たった二語で片付けますね。曰く好き、曰く嫌い」

　クラス中は一度に失笑した。康子は面目をつぶして着席した。

　松井千絵は例の甘たれ声で、

「あたくしは『テス』を読んで男性の横暴に憤激しました。テスは相手を許したのに、自分のことは許されませんでした。こんなに不合理なことがあるでしょうか。日本の女卑観念は、儒教渡来以来ですけれど、それ以前は、女性も男性もともに平等に現実を享楽してゆくことが出来たはずです。私は儒教や仏教がどうして女性を蔑視するのか分りません」

「ひどく話が飛びますね、『テス』の話ではなかったのですか」

「テスが許されなかったのは、女性蔑視のためです。テスが純情のあまり、人生の大きなつまずきにあって、母親にすがって泣いていった言葉はなんでしたでしょう。ほかの人達は小説を読んだりして人生を知ったのに、私は何にも知らなかった、というのです。テスの純情にも心を打たれますが、より深く、この言葉には考えさせられました」

「言おうとすることは分りますが、言い方に統一がない。しかし、テスのいったことはいいことですね。文学は転ばぬ先の杖だといった人もありますが――いや、小説だったかな――どちらでもよろしい。それも一面の真理です。人生を知って人生に入るためには、小説を読むことも大変いいことだと思う。そこから、正しい生き方、まっすぐな考え方をくみ取るのですな」

「先生、私は（欠〔※ビョルンスティエルネ・ビョルンソン〕）の『シンネェヴェ・ソルバッケン』が好きです。あの素直な文章、純潔な人々には感激しました」

「（欠）」

と、先生も応接に暇《いとま》がない。

「大地」における興味と、躍動した生命ある文章の好きだという人、「四人姉妹」の明るさを日常の生活に取り入れたいという者、中には「宮本武蔵」が何よりの愛読書だという人もいた。

「古事記！」

一言喝破したのは、孤独家でつむじ曲りの小林蓉子である。

教授は興味を覚えてまじまじと彼女を見つめる。

「どういう点です？」

「古事記には自由が表れています。人間はひがんでいないし、縮かんでもいない。上代の女性は熱烈で貞淑で、男性は凛々《りり》しく、雄々しい。世間の圧迫や社会の伝統に敢然とぶつかっている古事記の中の人々に対しては、古事記はそれへ激しい讃歌を捧げ、同情をよせ、祝福を祈っています。古事記は人間性の至上発露です。軽太子のことにしたって――」

春代がクスリと笑うと、蓉子はすごい目で睨んだ。大川夏子は震え上がって春代をつついた。

「古事記は、その厳しい目を向けても、叱責のムチは振り上げません。何事につけても、古事記では人間が生き生きと躍動していますが、今の人間は縮かんで型の中へ追いやられてしまっています。私は難解な古事記をゆっくり、かみしめるように読んでいます」

と言った。教授は頷いて、同意した。

「たしかに古事記は、拘泥《こうでい》する、と

いうところがない。上代人の素朴な考え方は胸に直《じか》に触れて来ます。ただ、古事記の書き方は和漢混交文ですがね。これは文学史でお習いになったと思う」

「古事記の中において、最も私は日本武尊《ヤマトタケルノミコト》の性格が好きです。果断と覇気に満ち、情熱と意欲に燃えて常に行動し、思考する。こんな性格は、現代の人の中にはちょっとありません」

「小林さんのような瞑想家でも、日本武尊に私淑するんですな。これなどは、若い女性には好ましい型の一つだろうと思いますね。いずれ尾崎教授から、日本武尊についても話されるでしょうが」

竹田春代は立ち上がった。

「ツルゲーネフの『初こい』を読みました。純真な、偽らない少年の……」

「そら、始まった」

と国木哲子が、敬をつついて小声で言った。敬は、しゃあしゃあと言う春代の心臓に圧迫され、何だかきまり悪くて、苦笑のほかない。

教授は落ちついた眼の色で春代の次の言葉を促したが、彼もずいぶん変わり種の少女だとまじまじと春代を見つめるのである。

「美しい感情だと思います。至純な少年の感情は、どんな大人の感情を持って来ても比べることの出来ぬ、聖らかなものです……」

春代はまだ何かしゃべっていたが、敬は間が悪くて早く終わってくれればいいと願っていた。最もそう思ったのは大川夏子であった。彼女は、平静を何よりも欲し、理性を崇《あが》め、端正と調和を好んでいたから、ややもすれば突飛な春代の言動に、しょっちゅうビクビクし、平和を破壊されるようで、眉をひそめてばかりいたからである。

春代が着席すると、大川夏子が立ち上がった。彼女は、ヘルマン・ヘッセの「車輪の下」がよかったと言い、天才の芽生えを無残に蹂躙《じゅうりん》してしまう大人の俗悪な感情を憎んでいた。極めて抒情的な調べの高い、芸術の香り豊かな、少年の魂の記録だと言った。「ジャン・クリストフ」を言う人もあれば、川端康成の「禽獣」「更級日記」「風と共に去りぬ」「命ある日」、チャペックの童話、などなど……。それはあらゆる範囲にわたってはいるが、中には「智識学」などと言い出す人もあった。

「文学書について、仰有って下さい」

教授が言うと、

「いいえ、私は下らぬ文学書類よりも、フィヒテの『智識学』――むずかしくて歯は立ちませんでしたけれど、どうにか分りました。これが深い感激を受けました。自我の絶対的自由は、戦争下にあっては圧縮されてしまうものでしょうか。戦争とは、個性を束縛し、文化を破壊し、道徳を低めるものでしょうか。それでは結局、戦争は破壊にほかならぬのでしょうか。今の日本は個性の解放も人間の権利も認めていないではありませんか」

その烈しい叱責に似た調子は大いに高城教授の注目を引いた。

それは山本泉であった。

「言うところは分ります。しかし戦争は破壊でない。建設です。あなた達は自我の解放というが、今の戦争は次第に、面白からざる状態で……」

教授は皮肉に苦笑した。

「ただ、勝利一筋道へ向って一直線にならねばならない。あなた達としては動乱の祖国の中にあって、風波の入らぬ厚い壁で、温かく囲まれ、勉強に没頭出来るのだから、それを有難いと思わなくちゃならん。学生はなるべく世間のことに、やいやい騒ぐのをやめて、勉強するんですな。私の考えとしては、学徒動員なんて、いかんと思うのですよ。学生はすべからく勉強すべし。あなた方として は今、恵まれた境遇というべきだから、何にも考えないで、熱心に勉強して頂きたいのです」

と教授はしっかりとした口調だった。

四

「全くだわねえ」

教授が引き上げると、春代が言った。

「私たちの青春を尊重しましょうよ。いまは試験も動員もないんですから、またクラス会しない?」

「ダメダメ」

てんから宮田康子は否定して、

「あなたはとてもダメよ。自分でいって、自分でかきまわして、自分で壊すんですもの……怒った?」

春代はふくれて見せたが、事実そうだと思っていたので、素直に白状した。

「ごめん、ごめん。ほんとにそうね、今度こそ、真面目よ」

「なら、してもいいわ。だけれど、どんなことなの」

「論文の発表、創作朗読、劇、独唱、なんでもござれ」

彼女の頭は実にめまぐるしく動く。一同はもはや呆気に取られて、春代を眺めている。

「ね、沈澱してはダメよ。どんどん活発に動くのよ。しましょうよ、ねえ」

「飽くことなき活動家、精力と支配の権化」

大川夏子が呟いたのをたちまち聞きつけて、春代は、

「理性と秩序の王者、規則の番犬、古典派の筆頭ね、大川さんは。よう、しましょうよう。あたし、劇が好きだわ。この教壇でもいいわ。何なら先生に交渉して、合同講義室を借りましょう。風俗史の講義をくりあげ

て頂いて、先生に衣裳を借りて、修禅寺物語か牧の方、もしくはハムレットでもリヤ王でも」

「あなたにはかなわないわ」

と、松井千絵はかぶとを脱いだ。

「そう聞くとたまらないわ。したくなったわ、あたしも」

「そうでしょう。誰か、竹取物語でも劇化してよ。アルト・ハイデルベルクや、ロメオとジュリエット……」

彼女はだんだん興奮し、果ては手をつき出して、

「おお、早ういなしませ、夜があけてくる……」

と、そばの大川夏子に抱きついた。夏子は身震いして飛びさがり、

「いやよ、いやよ。私は感激性に乏しいのよ。ジュリエットやロメオなんて、ごめんだわ」

と震え声で言ったので、クラス中は爆笑した。国木哲子は、特徴のある、け、けけ、けという声で笑ったので、春代はすかさず、

「国木さんは舞台裏で笑ってよ。鶏の出るときに」

「まあ！」

と哲子は怒ったものの、可笑しさがこみ上げて、また笑い崩れてしまった。

「さて、さしずめ——」

と春代は凱旋将軍のように揚々と腰に手をあてて見まわし、

「ハムレットでもするなら、私はハムレットなんて出来る柄じゃないな。まあ、王妃にでもなるわ。黒川さんのオフェリヤ、小林さんの王、藤島さんがハムレットかな——望月さんはホレイショ！」

「竹田さん」

宮田康子は冷やかに春代を呼んだ。

「クラス会もいいけれど、どういう趣旨で、それをするのか仰有ってよ」

と、「ジャン・クリストフ」に感激したという小松薫が言い出した。

「まったくね」

「私もそう思います」

山本泉も、はっきりした切り口上で言う。

「こまっちゃうなあ」

春代は頭を掻いて、

「四面楚歌か。ただ、私は始終面白いことをしていたいのよ。まして文科へ入ったんですもの、目ざましいことをしなくてはつまらないわ。平凡に日を送るなんて」

「でも何とかつけたいわ、口実」

と小松薫がソロソロ春代に軟化せられた。

「確固たる動機がなくて、事を行うのはいやよ、私は。あとで非難せられたって答えようがないわ」

と、宮田康子は級長の責任上、そればかりが心配だった。

「趣味の集まりです、とかなんとか言えばいいじゃないの！」

春代は元気横溢である。

「そうね。なあに、かまうものですか。恐い人なんてないわよ。高城先生は理解があるし、尾崎先生は担任じゃないから何にも仰有らないし、漢文の近野《こんの》先生は、やさしいし、ただ、被服科の女の先生やお婆さんや、教頭の君がちょっとこわいけど」

　と藤島曄子が所信を述べた。

「ハムレットがいいわ、私」

　と国木哲子は、楽しそうにふかふかした顔をしている。

「オフェリヤ、尼寺へお行きやれ……おお、わたしは興奮しちまう」

　春代は瞳をきらきらとさせ、花のように笑って、皆を見渡した。

「竹田さん、しっかりしてよ。青葉どきは、脳によく異常を呈するそうだから」

「こら」

　春代は拳《こぶし》に息を吹きかけてみせた。彼女はそうした仕草が、いかにも上品で愛らしく見えるのである。

「ちょっと、申しておきますが」

　切り口上で例の泉が言う。

「竹田さん、私は加わらないことにいたします。どうぞよろしく」

「山本さん、入らないの。どうしてなの。貴女にはとびきりの役を振りあてようと目論んでいたのに」

「私は失礼ですけど、学校へ芝居しに来ているのではないのです。勉強する者は一刻も惜しいのですから」

「いったい、何を勉強することがあるのよ、試験でもないのに」

「試験の時に勉強すると限ったことでしょうか。私はそういう陳腐な学問観を好みません」

「じゃ、どうぞ御勝手に」

「竹田さん、私も入りません」

　と小林蓉子がいかつい声で言った。

「馬鹿騒ぎはしたくありませんから」

「じゃいいわ。あなた達に言ったってどうせ無駄だわ」

　と春代は言ったが、にこにこ笑っていた。

「竹田さん、私は入るには入るけれど、何とか動機を考えてよ」

　相変らず、宮田康子は、それを苦に病んでいた。

　望月敬は帰り支度をして、机を離れて昇降口へ降りた。山本泉がいる。彼女は敬の顔をじっと見た。

　泉は一種神秘的な少女で、自分の思想を決して発表しない。しかし、言うときはあくまで言う。クラスからは少々煙たがられている。

「望月さん、帰りましょうか」

　と、彼女は誘った。敬は、ええと答えて校門を肩を並べて出た。

「あなたは、クラス会しないの」

　と敬は尋ねた。すると山本泉は丈高いので、敬を見《み》下《おろ》すばかりに敬の顔を見て、

「どうしてあんなこと、する必要があるでしょう」

　ときびしく言う。

「私は忙しいのです。家庭の用事があるし、勉強もあるし、あんなこと

をしている暇はないのです」

「けれど、文科として、あんなクラス会もいいことだと思うわ」

「あれから得られるものは時間の浪費の後悔です。その他の何物でもありません」

　彼女は唇を結び、足を速めた。一分一秒でも惜しいようだ。敬はあわててついて行きながら言った。

「文科として、その雰囲気に浸ることは罪悪でしょうか、山本さん」

「罪悪ではありませんが、もっと雰囲気をよくしなくては嘘だと思います。学究的な雰囲気が望ましいのに……皆さんは、特にリード格の竹田さんは遊戯的に出発していらっしゃる……どこに文科の誇るべき値打がありましょう。恥ずべきことですわ」

　敬はなるほどと感心し、泉の考え方が真理のようにも思われた。

「宮田さんは、竹田さんに比べると……」

と敬は、感じたことを率直に言った。

「理性に訴えて充分に納得してしまわなければ手がつけられない。理性をあくまで根柢とする常識的な人ね」

「常識的ね、ほんとにそう。そして竹田さんは無軌道すぎます」

　泉とは駅で別れたが、敬はクラスの誰もが、しっかりとした、敬服すべき考え方を、それぞれ持っているのを考えて、淋しかった。

　果たして自分がそれだけの考えを一人でたてられるだろうか。敬は自分がいちばん個性がなく、〝掃くほどいる〟人間に思われ、強い自己嫌悪を感じて憂愁に沈んだ。

五

　敬は勉強室へ入るとすぐ、鞄の中から、始終気にかかっていた春代の日記帳を出した。それは普通のノートで、きちんと正しく書かれ、春代の几帳面な一面を物語っている。表紙には、「十八の日の記録」と書かれてあった。新しい頁には、「美しいものは早くほろび、楽しい時は疾《と》く過ぎ去る」と書かれて、敬は、はは ん、竹田さんの持論だと苦笑した。

　翠雲女専に入学してからの日記らしいけれど、別に興味を惹《ひ》く記事もない。彼女の考え方は飛躍的で、文章に書くのはまどろっこしいのか、非常に簡潔だ。そのうち敬は、尾崎教授との対話の所があって目を引かれた。

『謙抑にきびしく身を持する生き方の方が、思うままのことを言い、したいことをするよりも、はるかに貴く美しく見えるものです』

　と仰有った。私は叱られたような気がして思わずうつむいた。しかし私はどうしても自分を抑えつけることは出来ない。私の中には、たしかに悪魔がいる。私がこうしようと思っても、彼は歯をむき出して、そうさせてくれないし、折角いいことをしようと考えても、悪いことをしろと命令する。私は仕方なしに従う。大きな力だ。強い、強い悪魔。フン、しかし私はよい女性になろうと努力しているから、いつかは悪魔にも打ち克つことが出来るだろう。私は何よりも、尾崎先生にほめられる人になりたい。私は希望の灯《ひ》を高くかかげて進む。どうしても私の悪魔が私を制御して、思う様にさせてくれないとき、私はしずかに尾崎先生の瞳を思う。遠い、見もしらぬ大空の果ての国から来た異邦人のように、疲れ、精神的世界に翔りゆくために、ソロモンよりも富み、豊かに、罪ある者をさえ、その翼の下に憩《いこ》わせる神のように、優しく、私をごらんになった眼……私はいい女性になろうと、慟哭《どうこく》に近い祈りをもって烈しく願う。心やさしく、つつましく、へり下った、きびしく自己を責める女性に。

×月×日

小林さんは私に悪意を持っている。私は全身で感じているが、対策の施しようがなく、当惑して——むしろ悲しんでいる。小林さんはなぜ、そんなに私が憎いのだろう。私が出しゃばりすぎるからか。

あの人はなぜか、私が尾崎先生と話したことを知っていて、それを皮肉った。きょうの感想発表会で、あの人は私に恥をかかせた。私は悪魔にかたれないで、思わずインキ壜を投げつけてやった。大川さんが腰を抜かしていたっけ。小林さんは無気味な人だ。私が、尾崎先生に対して抱いている尊敬を根こそぎ覆して、険呑な感情の深淵の前に私を立たせようとする。あの人は、尾崎先生を私が好きなのだと邪推しているらしい。私はもちろん、尾崎先生の清純さが好ましい。聡明なのにも敬まっている。それがどうしたというのだろう。小林さんは、まるで自然主義的作品の様な型へ私を押し込めようとする。私の感情は純粋だ。私はそんな汚らしい型へ押し込まれたくない。小林さんの感情は汚くて、俗悪で意地悪だ。しかし私の尾崎先生に対する感情は、純粋な尊敬と、理想に対する憧憬を一歩も出ない——。

×月×日

（これはずっと前のところである）

尾崎先生はますます身体がお悪いようだ。私は心配でならない。

×月×日

尾崎先生は今日、私達に、上代

女性の地位についてお話しになった。私は宗教的地位について、豊《とよ》鍬入姫命《すきいりひめのみこと》を言ったら、そうですね、と頷かれた。うれしかった。図に乗って、御間城入彦《みまきいりひこ》、なんて言ってしまった。先生は笑われて、そうではない、御間城入彦を教示した和珥坂《わにさか》の乙女であろう、この論文を「むらさき」に森本治吉《じきち》博士が書かれています、と仰有った。その笑い顔の清々しいこと、私はしばらく先生の顔をじっと見つめていたけれど、お気づきではなくて窓の外ばかり見てお話しになっていた。先生の華奢な手が、ノートのページを繰られるとき、私はだまって、幸福そうにそれを見ている。私は歴史が好きになった。もう、アイヌや弥生式土器から離れて、いよいよ神代《かみよ》へ入る。

×月×日

　私は先生に、上代女性について研究してみたいと思いますが、何か参考史料でも、と伺ったら色々教えて下さったが、そのついでに高群逸枝女史の女性史を教えて下さった。そして、ほめてらした。

　私はこの女史に対して新なる尊敬の念を抱いた。尾崎先生によって浄化された人なるが故に。

×月×日

　尾崎先生はこの時局についてお話しになった。学徒出陣で出て征く学徒たちに対する讃歌を捧げられる。祖国なくして何の学問ぞ、と言われた。私はぺしゃんこになったが、しかし私は祖国の危急といっても、やはり自分の青春を尊びたい。時代に押しつぶされているのなど、いやだ、いやだ。私は、高く、清らかに、この若さの誇りを全てのものに投げかける。戦争でも、私は若いのだもの。

　敬は目を閉じて春代のことを考えた。春代の息吹きをまざまざと感じる想いであった。春代が尾崎教授に対する感情の至純さを、敬も祝福してやりたい思いがし、蓉子の態度に強く反発するものを感じた。

　翌日、敬は言うべき言葉を探しながら春代に会い、日記を返したが、べつに春代は請求せず、ただ、どぅお、と軽く言った。敬は、

「貴女の考えはいいわ、爽快というほど――。そして、善につけ悪につけ、何より、はっきりしていることが羨ましい……。私はあいまいな生活態度なので、あなたをうらやましく思うわ。私はハムレット型で、なんでも考え抜いたあげく、結局また考えに沈むのだけれど、あなたはドン・キホーテ型ね、進取的なとこ」

　春代は頷き、そして満足そうに笑った。

　ちょっとしたことでも、このように深く考えるのは、文科の風潮であ

る。敬も春代も、それに心酔していたので、「考える」とか「生活態度」とかを口にすることを、この上なく好んでいる。

第三章

一

「おうい、文科一年は作業が一時間目じゃ」

朝礼が済んで、教室へ行進してゆく国一に、津山教授が呼びかけた。

「作文の時間はあと廻しじゃ。今日は開墾して整地してもらうんじゃ」

津山教授は老齢ではあるが、農園も受もっている。頭は禿げ上がっているので、日に光るのが目立った。ズボンをまくりあげ、ワイシャツの袖をもまくりあげて、手拭を腰へぶら下げていると、門衛の姿と大差はない。一時間目は津山教授の作文――ことに今日は短歌の日だったのに、と一同悄《しお》れかえって、力なく運動場へ引き返す。農園は運動場と接していて、一方には、樟の大木があり、作業で疲れたときの休憩場所を提供していた。

「返せ、返せ。後ろを見せるのは卑怯なり」

一同はふき出して津山教授のもとへ集った。教授は百姓のように日に焼けて元気そうだ。

「鍬《くわ》を取ってこい。ここへ並んでの、一列に向こうまで耕して行くんじゃ」

「幻滅の悲哀！」

と、かねて作業をきらっていた藤島曄子は、大川夏子にささやいた。

「My heart is broken!」夏子も答えた。

「おう、みんな、裸足になれよ。よちよちと高い踵《かかと》の靴で土の上を踏んだら曲ってしまうわ。上衣も脱いで元気出してやれ。土を嫌う者は日本人と言えんぞ」

一同は言われた通りの恰好で耕し始めた。日光は強烈で、土いきれがむんむんとし、ザクリザクリと鍬が光るにつれて、真黒い生々しい土が顔をみせた。掘りかえしたばかりの土は、素足に冷たい。なつかしい感触だ。肥沃な土であった。

「情ないなあ、暑くて」大川夏子はしばしば手を休めた。

「あなたは駄目ね、逞ましい嫁にはなれないのねえ」

国木哲子が言った。

「よめ？」

「お嫁さん」

「なあんだ。つまんない。私は百姓しなきゃ食べられないような所へは行かないわ」

「豎子《じゅし》！　何をか言う」

春代が叱りつけた。彼女も汗が勢よく顔の上を流れている。

「これからは自給自足の時代よ。私なんか、家へ帰ると一家の信望を双肩に担って畠《はたけ》をやってるのよ」

「おどろいたなあ」

と松井千絵が彼方から、声を投げた。

「竹田さん変じて百姓娘？　考えられないわ」

「どうしてよ」

「変だわ」

「妙な人ね」

「なにを話しとるんじゃ。黙ってせえよ」

津山教授が、声をかけたので、またひとしきり一同は鍬をふるった。

一時間目も終わりごろになると、華奢な藤島曄子は完全にくたばって、

「いやになってしまう……」

と座りこんで汗を拭いていた。津山教授が寄って来て、

「誰じゃ、さぼりよるのは。藤島さんか。婿さんが、海兵へ行っとるんじゃろう。婿さんに恥かしいと思わんかい。食糧増産に奮闘せんか。もうあと十分じゃ。頑張れ頑張れ」

と言って、からからと笑った。曄子は首をすくめて、赤くなった。

二時間目が短歌の時間であった。津山教授は、農園のいで立ちで、草履をつっかけたままで入って来た。教授は健康な歌を好む人で、この日も、

「ふるさとの香なつかし送り来し
本のあひだの一ひらの花」

だの、

「むらさきの額田《ぬかた》の王《きみ》が赤裳《あかも》曳き
香うち薫ず大和野の春」

「つかれたる生命の炎いちじろく
燃えあがるなり夜更けの思考」

などを遠慮なく読み、あまり感心せんですな、観念的に傾いとる、と批評した。この日は、あまり傑作はなかった。竹田春代の歌は、

「そのむかし野辺のれんげを摘みくれし　人は征くなり若鷲にして」

教授は春代の顔をうち眺め、眼を細めて額にしわを寄せた。

「これは幼な馴染というところじゃの」

「先生が仰有ると、何だか昔風にきこえて早熟的ですわ」

と春代は朗らかに言う。

「中々、漲っている香りがロマンティックで若々しい。若い者でないと、詠めんわい。ええ歌じゃ。わしは老人だでな、こんな場所へは顔出しせんつもりじゃ」

教授は首振りつつ言ったので、思わず皆が笑う。

「いやですわ、先生」

春代は睨んでみせた。教授は孫娘のような春代に対等の親しさであった。

「そよぎ立つ葦のあひだゆさえざえと　冷風わたる湖《うみ》見えて来ぬ」

という望月敬の歌が最もほめられた。上品で静かな境地という。

教授は先のむらさきの句を引き出して、

「あかねさす紫野ゆき標野《しめの》ゆき
野守は見ずや君が袖ふる」

という額田王《おおきみ》の歌を引き、壬申

の乱にまで言及して、薄幸の情熱歌人、額田王の一生を彩り豊かに描いてみせた。生徒たちの目の前には、ひろびろとした陽光溢れ、緑かがやく大和野がひらけた。その中で、初恋の人に向って、衆目もはばからず、晴れやかに、しかも切ない想いをこめて袖をふる王子。それに対して女らしくはばかりながら、しかもそれ自身、懐かしさに震えて、そっといましめの歌を優美に詠む額田王。

　生徒たちの胸には、このあいだ風俗史の時間に、講義の教授が、

「額田王、知っていますね。あの頃の婦人服――だからこんなのを着ていたわけです」

　と、朝鮮婦人服のような形式の、美しい着物を出してみせた。それを思い浮かべるのである。

「すばらしいなあ」

　教授が行ったあとも、クラス中に感激の渦巻が巻き起こって、容易にしずまらなかった。あちらでもこちらでも、額田王讃仰の声がかまびすしい。教授は敢えて言わなかったが、中には、この歌に対して王子の返歌を知っている人もあって、

「紫のにほへる妹をにくゝあらば
人妻故にわれ恋ひめやも」

　の歌は旋風の如くクラス中にひろがった。すると一方ではまた、

「天智帝だって詠んでらしてよ。香具山は　畝火を愛《お》しと耳梨と　相争ひき　神代よりかくなるらし古《いにし》へも……」

「なるほど」

「三角《さんかく》関係なの」

「言葉をお慎みあそばせ。高貴のお方に対して」

「だって……。額田女王は、大海人《おおあまの》皇子《おうじ》がお好きでいらっしゃったのでしょう」

　松井千絵がゆったりと言い出すと、宮田康子は耳を抑えて、

「たまらないわ。松井さん、歯が浮くじゃないの。壬申の乱は禁句なのよ。ものいえば唇さむしだわ」

「はい、はい」

　津山教授が言った一言は、意外の反響を呼んで、上代ってなんといいのでしょう、とか、人間性の自由な発露ね、万葉集万歳、等々そのやかましいこと……。康子は困って春代を見ると、副級長自ら先に立って、

「いいわねえ、額田王って。私断然、理想の女性にするわ」という調子だ。

　廊下を通りかかった高城教授が康子を呼んで、

「明後日、天気なら法隆寺見学――例年の通り、国文科一年に行います。引率者は尾崎先生です、いいですね」

　と言った。康子はぴょこんと礼するや否や、教壇を駆けのぼって、

「ニュース、ニュース。皆さん、額田王にうつつを抜かすのをしばらく止めて。明後日、尾崎先生に連れられて、法隆寺見学ですって」

　すると不思議な現象が起こった。

一度にひそひそ話に変わって、誰の顔にも、たのしげな微妙な陰翳がある。

春代は眼を瞠って、ほんと？ というように、微笑している。蓉子は髪をかき上げ、指の股の間から、春代の顔を眺めていた。

二

濡れるような松風の音の中であった。一行は、尾崎教授に連れられて、法隆寺へやって来た。夢のように美しい門が聳えている。もうすでに昼なので、門の周囲の松林で昼食をしたためることになった。

「思い思いの所へ陣どってよろしい」

とお許しが出はしたものの、二十人そこそこの、仲好しで有名な文科のことだから、たちまちズラリと教授を入れて円陣をつくってしまった。松籟《しょうらい》の音を聞きつつ、涼しい木陰で昼飯を食べるその楽しさは言わん方もない。春代は教授の横へ座り、恭々しく紙包みを捧呈した。

「先生、手製のお菓子でございます」

「それは、それは」

と教授も押し返すような野暮ったいことはしない。食欲の旺盛な少女たちは、無我夢中で、弁当に取り組んでいる。

「先生、法隆寺っていいところですわね」

と春代は話しかけた。

「私も寺を見ると宗教心が刺激されるんですけど、坊さんをみると、俗っぽくて、憎らしくなりますの」

「竹田さんの見る坊さんはどんな人なのです」

「肥えて、脂切っていますわ、先生。鼻の頭なんて真赤ですわ。腸詰みたいですわ」

周囲の少女たちはふき出した。

食事が済むと、教授は生徒を引き連れて中の門へ進んだ。

重層の門は二重門といい、落ちついて、見た目に実に快い飛鳥建築であった。

「堂々と迫るこの安定感は、深い軒の出と小さい上層とによるもので、柱は太く、建築が伸びやかで落ちついています。よくごらんなさい」

静かな講義の声を捉えて、生徒たちはさっそく帽子の房を傾《かし》げながら、筆記をはじめた。

「寺院における配置法は南北に一列になっているのが普通であって、これは支那で創始されたものといわれ、朝鮮にも認められ、その典型的なものは、我が国で求めたなら四天王寺です。百済様式をそのまま、忠実に踏襲したのですね。それが、この法隆寺では全然ちがって、中門をくぐって左に五重の塔が聳え……」

一同は目をあげたが、丁度、塔は修理中で無風流な簾《すだれ》や古材木で覆いしてあった。

「右に金堂あり、奥には堂々たる講堂が控えている。全体の建築は一目で見られ、簡頸《かんけい》な直線と優美な曲線は互いに青空の一角を区切って様々の感じを織り出し、力強さと優しみの融合は快い一つの雰囲気をかもし出す……」

「先生、早いです」

と松井千絵が悲鳴をあげた。

「はっははは。皆筆記しなくていいですよ。実物と照らし合わせて、聞いていればよい。――この配置法はいかにも日本人的な意匠であって、聖徳太子の御独創であるといわれています――」

教授はそこまで説明すると、ちょっと待っているようにと言って、説明人を連れてきて紹介した。もの慣れた口調で言う。

少女達は金堂について説明を聞き、近くへ寄ってつくづくと見た。

「若いときなど、中里介山の『夢殿』を読んで斑鳩《いかるが》の里に憬《あこが》れ、ここへよく遊びに来て、何となき哀愁に耽《ふけ》ったものです」

尾崎教授はなつかしそうに金堂を眺めた。

「先生のお若い頃、柿なんか売っていました？」

と春代が突飛な質問を提出した。

「柿？　そりゃあ、秋に来ればあったでしょうな」

「法隆寺と柿は不可分です、先生。柿くへば鐘が鳴るなり法隆寺」

「竹田さんは花より団子らしいな」

「いいえ、先生」

松井千絵が言った。

「仏より柿でしょう。仏より柿が食ひたし法隆寺」

「おぼえてらっしゃい」

春代は千絵を追いかけた。竹田さん、竹田さんと皆呼ぶ。厄介な副級長さんね、と康子が姉のような態度でたしなめた。

「飛鳥時代独特の雲形肘木《くもがたひじき》や斗《ます》を用いて桁を支えてあります。柱が太く、真中でふくらみを持っているため、重々しく見えるでしょう。要するに全体の感じは力強く、確固として揺るがぬものです」

説明はよどみなく流れた。しばらく皆は、感心したように、おとなしく金堂を眺めた。しきりに筆記するものもある。

三

陽はいよいよ中天に上って、青空は光り溢れ、しんと静まりかえった飛鳥の御代そのままの寺内は、人影も少なく、眩《まばゆ》いばかりの白砂がつづいている。金堂は古びた感じで、紫色の神秘な空気を発散し、悠久の生命の躍動を秘めて、おだやかな瞳で、一群の少女達を見下《みおろ》している。

「裳階《もこし》という板葺のひさしが、初層の周囲に付いていましょう。和銅年間に出来たものらしいです」

説明者は若くて、聡明な瞳を持っ

た青年であった。彼は紹介によると、法隆寺研究団体とか、保存の団体とかの所員であるらしい。法隆寺のことについては砂粒の数さえ知っていそうに思われ、彼が、その賢《さか》しげな瞳で金堂を見上げるのを見ると、厚い愛着の想いを、この古びた建物に対して抱いているのを知ることが出来た。彼は少女達をべつに意識するでもなく、ただ言い慣れた説明を言うこと自体がたのしそうに話す。

「これがなかったら、もっと荘重な感じが出ますが」

と彼は自信のある口調で言った。

後ろの講堂へ移る。朱塗りの太い柱の頭をつないで細い横材が連なり、大まかな感じである。

「これは、また神秘的に引き締まった飛鳥建築と比べて、大輪の芙蓉の花の様にふくらみがあって美しい調子でしょう」

彼は自分の手柄を誇るような調子で、恍惚とした瞳を上げる。

「これは藤原初期、正暦《しょうりゃく》元年の再建にかかるものですが、資材帳にはありません」

一同は中へ入った。ひんやりとして、柱の朱塗りが白いノートに映えて美しい。

「この柱の陰で泣いた昔の女性もあると思うわ、ねえ」

春代は敬にささやいた。傍には教授が薬師如来を見上げて立っているので、敬は照れて答えなかった。

見上げるばかりの薬師如来は所々金色が残っていて、往時をしのばせる。その両脇の所に日光月光両菩薩が並ぶ。

「仏前における、儀式的問答体の学問の殿堂ですね」

教授が言うと、みんなは、天井の高い、整然と椅子の並んで明るい窓のつづいた、美しい絵で周囲を飾られた学校の講堂を思い合わせ、妙な顔をする。

「たとえば、ですね。縷々《るる》と立ち昇る香煙の間から、色さまざまな僧衣をまとった高僧智識たちが薬師如来の前において問答体で教理を学ぶのですね。他の人は傍で聞いている。おそらく随喜《ずいき》の涙を流したことでしょう。当時は寺院より外《ほか》に壮麗な見《み》物《もの》はなかったでしょうし、精神的に、苦悩を軽くする唯一の慰安所でもあったのですから。赤や紫やの立派な僧衣が夢のように浮かび出、中央に金色の薬師如来が座しまし、花がゆらいで香烟はもうもうと上る……一斉に起こる読経の声々、恐らく当時の人には極楽のようであったかもしれませんね」

「分りますわ。その宗教的感激」

と国木哲子が言って、素ガラスの眼鏡をとり出して拭き、

「要するに唯一の娯楽の世界であり、慰安の場所であると同時に、至高の聖域であったのですね。そして、その娯楽は現今の娯楽と同意味でなくて高尚な精神的娯楽――いわゆる感

覚、官能的娯楽にあらずして……」

「結構よ、もう」

春代は遠慮なく後ろから哲子の帽子の房を引っ張った。哲子は口を尖らして沈黙し、眼鏡をかけた。

「あなたは、あそこへ座りなさいよ」

と春代が説法台を指したときには、一行はもう上御堂《かみのみどう》の方へ草を分けて進んでいた。

石段は草に埋れている。鎌倉末葉の再建にかかるという。

木の多い所で草が丈高く伸び、強い陽光が葉もれ陽のジクザグな形を道の上に描いていた。敬はまた、やや皆から離れて、上御堂そのものを見るより、一群の人々と、強烈な初夏の日射しと、古ぼけた無造作な堂と、緑の葉を眺めている。彼女はここにも幸福を感じた。美しい人生を考えた。彼女はなぜか、今が、生涯で最も楽しく、最も美しく、最も印象に残るであろうという気がしてならなかった。それは、これからが不幸だということになる。

(しかし、私は若いのだ)

敬は漠然と若さを憶《おも》った。そして、強いて心を安らかにした。

ノートを取るのも疲れて、説明だけを聞いている少女が多い。しかし中には忠実に書きとめ、近寄って写生するものもある。

「仏像は誇張的で、荘重さと尊厳さを欠きます」

どこかで、蟬が鳴き出した。

「法隆寺で初蟬がなくなんて、縁起がいいわ」

と春代はひとり喜ぶ。

「私は朗らかな眉や、太い肩など、この如来さまは好きだわ」

と堂の中に安置した仏像を藤島曄子が批評した。

それに答えて、

「まったくね、人間味に近いわ」

と松井千絵。

「人間に近かったら芸術的かい？　じゃ猿はどうだ」

と乱暴な口調で古井朝子は言い、ドタドタと無遠慮に堂の中を覗いた。

「いいえ、親しみを感ずるのでしょう」

と曄子は澄ましかえった。

「なんとなく有難そうね」

黒川房枝がささやくと、大川夏子も頷いたが、彼女は土で靴が汚れたので、それを始終気にし、草の葉にこすりつけながら言った。

「この御堂へ参る道がもう少しよければね」

「その御道もかしこからざめり、と仰有るんですか」

「清少納言に御礼を仰有い。抗議はあなたがしなくても」

と文科生は口さがない。口々に大川をやりこめる。

四

　次には廻廊へ行った。全体朱塗り、白かべ、太く力強い柱がならび、細い軽い木を用いた眩いばかりの、大きい連子窓の美しさ。これは素人が見ても調子がととのって美しい。

　連子窓は低く大きく、外には、ちらちらと緑の葉がそよいでいた。

「さあ、先生、ここへは是非、貴公子や、赤裳曳き比礼《ひれ》をかけた女性を点出させねばなりませんね」

　春代は大いに意気込んで廻廊を眺めた。

「点出してどうするのです」

　教授が呆れると、春代は平然としていう。

「ロマンスが生まれるのです。例えばね、身分の高い貴公子が、ある憂愁に思い悩んで精神的慰安を求めようと、この寺へ来るのです。きっとこの美しい廻廊で行きつ戻りつし、そして腕組みをしていたでしょう。あるいはここで、身分の低い愛人を待っていたかもしれません。その愛人の身分が低いために、その貴公子との恋は世に容れられないのかもしれません」

「竹田さん、竹田さん」

　と宮田康子はハラハラとして注意する。

　教授が苦笑していると、まわりの少女達は面白がって催促する。

「それから?」

「その愛人はきっと美しい熱情的な女性でしょう。その人はきっとこういう歌を詠むような人でしょう。『吾が名はも千名《ちな》の五百名《いおな》に立ちぬとも　君が名立てば惜しみてそ泣け』そう言って、貧しく身分低い女は、男の人の名が世人の口に上るのを恐れ、悲しんでいます。そこで貴公子も『人もなき国もあらぬか吾妹《わぎも》子《こ》と　たづさひ行きてたぐひてをらむ』と深い嘆きを発して溜め息をついています。しかし、この世間を逃れる術《すべ》もありませんから、忘れようとしますが、『面《おも》わすれだにも得ずやと手握りて　打てどもこりず恋のやつこは』と苦しんでいます。ままならぬ世の中なんです。女もまた『夕さればもの念《も》ひまさる見し人の言問ふ姿おもかげにして』といって無限の愛情に震えています——」

「竹田さん、竹田さん」

　と康子は持て余す。少女達はもう笑いがとまらない。しかし、春代は一向に冷静で、恍惚として瞳を閉じて、朱の柱に寄りかかっている。山本泉は軽蔑した瞳で、じろりと春代を一瞥する。蓉子は離れて爪をかみながら、眉をひそめていた。

　今度は大宝殿へ行くことになったが、少女達の笑いはとまらない。先《せん》登《とう》に立った教授は困ったことだと思っているらしかったが、説明役の青年が笑いをこらえ切れず、

「文科の想像はちがいますな」

と言うのに対して、
「あの生徒は変り種でね」
と答えた。敬はそれを聞いて可笑しかったが、春代の恋は観念的だろうなどとぼんやり考えた。何となく擽《くすぐ》ったくて知らず知らず笑い出したくなり、殊に春代の瞑想に耽ったあの顔を思い出すと、つい声をあげて笑ってしまった。

「柿くへば」の句碑を見て、大宝殿では靴を脱ぐ。一日中、埃にまみれて歩いて来たので、ひやりとした床の冷たさはひどくうれしい感じだ。木の香も美しい新しい所に仏像は並べてあって、一々説明を聞く。普賢延命菩薩は官能的な感じが濃厚、と言われただけ、ふっくらした肩、丸い手など愛らしい。

一番、文科生に人気のあったのは夢違《ゆめたが》いの観世音だ。仏像という感じは全く無く、まるで少女像でもありそうに、美しく張られた三日月型の眉は、通った鼻筋へつづき、花のような笑みをはんのりとたたえている。うっすらと瞳をひらき、頬はふっくらとやさしく、肩はまろやかで豊満である。

「この作者は、理想の人間を仏像において表わそうと試みたのかもしれませんね、先生」

松井千絵が見解披瀝《ひれき》をした。先生も忙しい。文科生を連れてくると皆、いっぱし芸術鑑賞家のつもりで気焔《きえん》をあげる。説明はここへ来ると早いので、先へ先へと進んでゆき、一行は教授に叱られながらも、日本最初の活字の経文を蔵した百万塔だの、調布だのを物珍しげに眺めている。その姿をあとからひとりで敬は見て、よろこびを感じている。大宝殿にはちらほらと人影もあるが、その人々は、黒い制服、白いブラウス、緑色の帽子の行列を物珍しげに眺めている。敬は、そうして注視せられているのが甚だ快い。文科だということをわざわざ知らせたいような気がする。クラスの人々は、他人の注視を気にかけるでもなさそうであるが、敬は、優越感を感じる。

そこが済んで夢殿の方へ急ぐ。松林は青空の中に画《か》かれたように浮き出ていて、時々白い雲がかかった。

突然、けたたましく松井千絵が叫んだ。

「帽子帽子、先生、ありませんわ、私の帽子」

「探していらっしゃい。大宝殿へ置き忘れたんだろう」

千絵は急いで二、三人連れ立って走って行ったが、まもなく、べそをかいて帰ってきた。ないのだという。

「おかしいね、頭に被ってるものを忘れるなんて」

教授は世話の焼ける文科一年にはこりごりすると思ったが、捨ててもおけず、説明の人も一緒になって引き返した。大川夏子は頭へ手をやってみて帽子の位置をなおした。この帽子は翠専の誇りだ。めったに落としたり失ったりは出来ぬ、と思って緊張した。

千絵の帽子は、人のあまりゆかぬ隅っこの仏像の頭の上に、ちょこんとのっかっていることを宮田康子が発見した。

「たちの悪いいたずらだ」

と教授は不快そうであったので、一同はすっかりしょげてしまい、悄然として、夢殿に向った。中へ入って、丈余の布にまかれて眠り給うたという秘仏を相見《しょうけん》する。薄暗いし、深い帳《とばり》の奥に祀《まつ》ってあるので、いかなる人も礼拝せずにはいられぬ有難さだ。

「なんという不思議な微笑《ほほえ》みでしょう」

と曄子が溜め息をついて、春代にささやいた。

「そうね、モナ・リザの微笑だって、これより浅いわ。この仏さまはどういうつもりで微笑んでいられるのかしら。なにか、有難くもあるけど、鬼気身に迫る感じね。この眼で見つめられたら、私だったら恐ろしくて何でも罪を白状してしまうわ」

「こんな静かな夢殿の中へ入って、この仏さまを拝むのなら私、うれしいけどな。毎日、ひっそりと仏さまとお話したい」

と誰かが言った。

「世捨て人じゃあるまいし、馬鹿な了簡おこしなさんな」

古井朝子の声は、人々が憚って小声なのにかかわらず、相変らず大きい。彼女はぬっと突っ立って、秘仏救世《くせ》観世音を凝視し、

「これは背面がなかったんだね」

と振り返って話していた。

五

伝法堂の説明も聞き、細殿、校倉《あぜくら》をざっと聞いて出るころは、長い初夏の一日もようやく暮れなずみ、夕陽は最後の一閃を華やかに、ゆったりと、大和の古寺の上に投げかけていた。砂の上にくっきりと人々の影が映る。それはいやに細長く、そして物哀しかった。

「どうも御苦労でございました」

教授は説明役の青年と挨拶して別れる。松林を通って、法隆寺を振り返ると、千有余年の長い歴史をもちつづけた法隆寺は、澄みきわまった蒼穹《そうきゅう》を支え、飛鳥の御代の夢にはるかに耽っていた。夕陽の中に、それは寂然と沈黙していた。浄《きよ》らかな涙、澄みきった明るさ、静寂な歓喜、そういったものが法隆寺を包み、透徹な夕空の中に、志高く、しかもさびしい巨人のように立っていた。

「先生、私は……」

教授を呼んだ千絵はしばらく黙って、松葉の落ち散る道を歩んでいたが、思いきわまって感激していった。

「静かさというものの美しさが分りました」

「それはいいことだ」

と教授は優しい調子で、生徒たちの中へ囲まれて歩きながら言った。

「私は宗教の懐かしさといったものを感じました」

と竹田春代は言った。

「何かしら、強いもの――高いものがあります。あの夢殿の中へ入って仏様を拝んだ時、私は心からよい人になろうと思いました。悪いことをするまいと思いました。よいこととは、自分の良心の通りに行うことだと思います」

「その考えをいつまでも持ちつづけることが大切ですよ」

「先生、さっき松井さんの帽子を取ったの、私なんです。別にからかうつもりじゃなかったんですけど――つい、いたずら半分に仏様の頭へのせたんです。あとで行ってみたら、何となくすまなくて悪いことをしたと思いました」

春代は深い眼をして教授を見上げた。教授は彼女の真摯な瞳を見ると叱れないものを感じた。

「仏像ってほんとに何か妙な力をもっています。周囲がそう感じさせるのかもしれませんけど――」

「先生、わたくしも偶像崇拝なんてことをいいません」

とまた、ひとりが恥じらいを含みながら教授を見上げた。

「偶像崇拝なんてことは、恐れることを知らず、謹《つつし》むことを知らず、へり下ることを知らぬ人がはばかりもなく言う言葉ではないでしょうか、先生」

「先生、私もそう思います。何か真面目に正しく人生を送ろうとする者は、仏像の尊さを知っています。何か……口で言えませんけれど……ふしぎな力――心の底から、善良な人間になろうと願う力を出させます……」

春代は例に似ず、しめやかだった。

一同は何かはげしく、切ないほどの美しい希望と、人生に対する善意をほのぼのと抱いて、沸き滾《たぎ》る感慨に胸を燃えさせるのであった。

教授は秀でた眉の下から、光りあふれた瞳で生徒たちを眺めた。彼の頰は紅潮している。彼は言った。

「正しい、慎ましい、へり下った人間は、つねに人生をあの夕空のように純潔に、あの連山のように美しい希望をもって進んでゆきます！」

彼は手をあげて、夕陽に色づく連《やま》山《なみ》を指した。

「仏像のまえに額《ぬか》ずいて、生命と永遠なるものに涙を流した上古の人々の純情は、そのままひたと我々の胸にも迫ってくるでしょう……」

敬はまた一歩離れて、そうした会話を全身で聞いていた。歓喜と何かしら知らぬ憬れとが、敬の上に暴風のように吹きすさび、息づまるような昂奮で、彼女もまた晴々と瞳を上げて紫に匂う連山を見つめるのだった。

第四章

一

戦争は、いつのまにか彼女達の背後に迫って来た。

学徒動員は一層強化されて、翠専の三年生たちが、某工場に動員される日が近づいた。

二年も一年も、まだ動員はなかったが、しかし遠からず、そうなるであろうことは、誰の頭にも考えられる。すでに学徒の純真さが、仕事の上にあらわれる成果については、各方面から認められ、いまや学徒は時代の脚光をあびて、その若さと、熱情と、純真さの故に、一躍寵児として華々しい活動を成した。どこを向いても若者、若者、若者。青年でなければ、国は滅亡するかの如くもてはやされる。

文科生の中にも若人礼讃の声に陶酔する者が多かった。

「おお、栄光の神の子よ！」

若人礼讃の筆頭である竹田春代が言うと、

「馬鹿ね、あなた自身若いじゃないの。自讃なんてみっともない」

と、宮田康子は顔をしかめて言った。

「自己陶酔に陥ると客観的になれなくて危険を伴うわ」

国木哲子は、眼鏡をかけながら言った。

敬はまた、こんな時代に立った若人について考えてみた。このころ大学などで、文科はどんどん学徒出陣で出、少数の者のみが理科に転科し、虚弱者で、文科に残っている者もあったが、一向文科はふるわなかった。敬はそうしたことを思うと、女専生の文科動員には不満なものを感じていた。

大学高専の生徒たちに、救護法が教えられ、空襲の際に救護隊となって活躍する組織が作られてあった。そこで敬たちもしばしば炎天下、運動場へ引曳《ひきず》り出され、止血法だの、巻軸帯だの、副木だの、俄《にわ》か看護婦になって、担架をかついだり、頭中繃帯させられたり、いろんなことをした。

それらを教える担任は非常な愛国主義者の教授で、救護隊は全部、軍隊式の調練をほどこされ、虚弱者はこれについてゆけないので、ひどく厭《いや》がっていた。

実際、制服も制帽もかなぐり捨てて、粗末な決戦服を身にまとい、胸には所番地、姓名を大きく記し、脚にはゲートルを巻いて、肩から重い救急袋を吊し、さらに首へ頭布《ずきん》をだらりと下げると、見栄えのしないことおびただしく、指導の教授達は勇ましいとか凜々しいとか言うのだが、生徒たちのある者は幻滅の悲哀を感じていた。油照りの、くわっと照りつける太陽のもとで七つ道具を背負い、汗でベトベトになりながら命令のままに、患者になった人をあっちへやり、こっちへやり、仰向けさせ、うつむかせ、担架にのせて運んだり、転んだり……やっとこの拷問から解放されると、一同は、ぐんなりとして、涼しい木蔭へ這々《ほうほう》の体であつまる。

「辛きものは救護法——って枕草子にはないかしら」

と藤島曄子は言った。すると、春代が汗を拭きつつ、

「まさか。だけどヤになっちまう……これが青春かしら。こんなに辛いことが、青春かしら」

「若い時代の苦労はいいことだって聞くわ」

「こんな苦労はしなくてもいいと思う」

「戦争に勝つためですもの」

一人が言うと、誰からともなく、一同は沈黙に落ちた。戦争を勝利に導くために——。すべての苦労はいまに報われるときが来るであろう。それまでは、彼女たちの祖国のために働かねばならない。敬は一同の話を聞いて、不思議に、強い感動を感じた。

勉強は、それら救護法と、それから、だんだんと回数を重ねて来るようになった空襲とによって、妨げられることが多くなった。

無気味なサイレンが鳴り響くと、彼女達は夢から覚めたように、教科書の上から頭を上げて周囲を見廻し、教授は不快そうに教室を出て行った。ジージーとスピーカーが入って、即刻、下校するように全校に通達され、生徒たちは急いで例の七つ道具を背負って帰宅し、救護隊の組織に従って付近の医院へ駆けつけねばならぬ。大抵の場合、それは警戒警報のみで終わったが、しかし、その息づまるような不気味な雰囲気は決して歓迎したものではなかった。

三年生たちが動員であっけなく引き抜かれ、勉学も青春も全て捨てて、がら空きの教室を残したまま行ったあと、まもなく二年生と一年生に動員令が下った。よく晴れた初秋のことであった。

校長は、すこしも女々しいことはいわない。温厚なこの老教育家は、もちろん、忠良なる日本帝国の人民である。幾百の少女達を励まし、力付け、その効果で、彼女たちの瞳を星のように輝かせ、頰をりんごのように紅潮させた。国歌を歌い、「海ゆかば」を合唱するようになると、乙女達はもう昂奮と情熱の中《うち》に陶酔し、快い自己高揚の感に浸っていた。もちろん、敬もその中にあった。

「海ゆかば水漬《みづ》く屍《かばね》
　山ゆかば草むす屍
　大君《おおきみ》の辺《へ》にこそ死なめ……」

身体中の血液はことごとく、脈々と勢よくほとばしり流れて、敬は愛国的熱情の快い奔流の渦の中に我を忘れて浸りきった。しかしまた、彼

女の心の底に、ある冷たい流れがせせらぎとなって、このような感激の最中《さなか》にすら、彼女を脅やかすのだった。彼女は雄大な、荘厳な旋律の中に溶け込みながらも、じっと内心の声に耳を傾けてみた。勉強は捨てねばならぬ。それは当り前だ。祖国の危急は、いま、若人が学窓ふかく閉じこもって、勝利に縁遠い真理探究や、〝学問のための学問〟に耽ることを欲しない。彼女たちもまた戦力増強の一翼を担って働くのだ。敬は彼女自身で青春のありかたを発見したつもりで、そう思った。

例の愛国者の教授は、小さい体によくあれだけ、と思えるほどの大声を発し、身振りもものすごく、

「国家は君たちに要求する！　いまこそ君たち若人の純情と情熱を祖国に捧げつくして頂きたい。〝くされたる豕の奴醜の女《め》に神国人の勝たざらめやは〟。勝敗の鍵は君たち若人の双肩にある」

同感して首を振る者、ひどく感激して涙を泛《うか》べる者、さまざまであるが、高城教授は教授席からこれらの少女を見渡して、さも珍らしげに冷然としていた。

教室へ帰った文科生たちは、詳細の話を教授から聞くため、待っていたが、大部分は冷静で、さほどの熱情はすでに消えていた。敬はそうした人々を見て、群集心理によって一層高揚される愛国心というものは案外、個人の場合では冷たくて、批判的なものであることを思うのだった。

二

「いよいよ、動員となりましたが」

高城教授は教壇の上から生徒たちを眺めまわした。すると彼は口をもぐもぐとさせて眼を瞠り、眼鏡をいじくっている国木哲子を見つけて、彼女の発言欲を容れてやる必要をみとめたが、今は言うべきことは言わねばならぬから、見ぬふりをして、

「動員された以上はベストをつくして働いて下さい。ただし、人々に煽《おだ》てられて、無理な働きをしなさんな。身体のことは、よく考えなくてはならんですよ。一時の熱情に駆られて無理をしては、患いを出す、そして長く寝こむ、となると、却《かえ》って損だ」

「先生、先生」

たまりかねたように、哲子が言う。

「職場で斃《たお》れるのは本望です。国破れてなんの国民でしょう。斃れて後《のち》止む、の精神で頑張りぬきます」

「まあ、そう一途にいきりたっても駄目だ。それは少女の浮薄な感傷にすぎない。合理的に能率的に働きたまえ。くれぐれも無理をせぬように。すこし調子がおかしいと思ったら、遠慮なく休みなさい」

「先生、あたくしは意志の力ででも働いてみせます。精神力でやり抜きます」

「今に分るよ、国木さん」

と教授は多くは説明せず、ニヤニヤと笑った。敬は、哲子がバサバサとした髪をふりたてて、はったと周囲をにらんだので、ふき出しそうになった。教授は工場の位置や、仕事の概要を述べた。

「航空機の仕事らしいんですが、簡単だそうです。油仕事もありますし、また手綺麗な、緻密な仕事もあります。仕事については、女子工員の多くいるところだそうですから、安心してよろしい。あなた達でも出来るような仕事です」

「先生、航空機ですの。時代の華ですわ。勝敗の決は航空機にあるのですもの」

哲子はまたもや黙っていられぬと見えて、昂奮して身を乗り出した。彼女の小さい低い鼻はしきりにピコピコと動いている。後ろで失笑の声が起こった。

「国木さん、そう言ったって、きっとその熱情が一ヶ月とつづいたら褒めてあげますよ。そのうちには、また学校生活のたのしさが慕わしく思えるでしょう」

教授は静かに言ったが、あまりに教授が冷静なのには、哲子でなくても、誰もちょっと意外であるらしかった。しかし春代ひとりは、同感だというふうに首を振って頷いた。哲子は遂に立ち上がってまくし立てた。

「でも……でも、先生。それはあたくし達学徒の純真さをお認めにならぬ仰り方ですわ。国破れて何の学問でしょう。私達学徒は勉学なんぞ国のためには捨てて悔いません。そして、一生懸命働き抜きます。祖国の危機は目前に迫っているのに、どうして紫式部や芭蕉のことばかり云々していられましょうか」

「国木さん」

と、教授は皮肉な唇もとをして言った。

「あなたは純真だな。しかしあなたの言うように、真実すべての若い人が思っているのだったら、日本の国は文化的には滅亡ですよ」

「先生」

春代が発言権を求めた。

「実際そうですわ。学徒が学業を一擲して、全て職場へ走ってしまってはなりません。働くのは女工でけっこうです。学徒は学徒の任務があります。学徒を働かそうというのは、学徒の純情を悪用するものです。学徒を使えば、賃金もいらないし、よく働くだろうと思っているんですわ……」

ふいに春代は涙をこぼした。口惜し涙らしい。

「悲憤の涙わきぬべし、かね」

教授が揶揄《やゆ》すると、春代はべそをかいて笑った。一同の中には笑った者もいたが、しかし大方は厳粛な顔をしていた。敬は呆れ果て、なんという大胆ないい方だろうと驚嘆した。実際、敬も、それを思うことがあっても、それは言うべきことではないのであり、また考えることですらないのであった。日本人としての思想・言行は限定づけられており、何人《なんぴと》といえども、それを出ることは許されもしないし、しないことなのであった。唖然とした級友を尻目にかけて、春代は堰《せき》を切ったように、感情の捌《は》け口を必死に開くようだった。

「だいたい学徒なんぞ、動員させるもんじゃありませんわ」

「そりゃ、竹田さん、私も同感ですよ」

と教授は喜ばしそうに語を継いだ。

「しかし、動員と決まった以上は、あくまでベストを尽してやらねばなりません。決まってから、かれこれ言うのはいけない。戦力増強一本槍に進むことに決まれば、それに突進するのが、義務です」

教授の見解は正当であり、温厚であったから何人も嘴《くちばし》をいれることは出来ない。一同は沈黙に落ち、諸注意を熱心に聞いた。

終わって散り散りに教室を出ると、ちょっと、と言って哲子が春代の後ろから呼び止めた。哲子の鼻のあたまには汗が浮かんでいる。

「あなたは案外だね」

と哲子は乱暴な口調だった。

「あんなに情熱家なくせに国家のことになると、冷淡なのね」

「私はいやよ。油にまみれて仕事するのなんぞ……。肉体労働は好きません。高尚な精神的文化を成立させ得ないわ」

「……利己主義だわ」

「そうじゃないのよ」

春代は朗らかに笑ってみせ、「美しく青きドナウ」を声高く口ずさんで、足どりも軽く、廊下を曲って行った。

三

文科生の配置されたのは旋盤の方であった。見学した時は、ずらりと並んだ旋盤と、それを操作する少女工員と、油と埃で汚ないコンクリートの床と、高い窓としか映らなかったが、一台一台慎重に見ると、その旋盤の動きの面白さや、くるくると黄金の渦が噴きこぼれ、滑らかに光沢を放つ材料や、轟々たる唸りやベルトなど……それは卓上旋盤にすぎなかったが、すっかり一同を魅してしまった。

「いいわね、私、あくまで働くわ。一機でも多く飛行機を送るように」

と松井千絵ははしゃいで、熱に浮かれていた。

翌日は早速一台ずつ配置されて、操作を見習うことになった。

少女工員は皆、茶色いエプロンをしていて、胸に名符《なふだ》をつけ、白い帽子をかぶっているのはお揃いだったが、まちまちな服装をしている。

　足には藁《わら》草履をつっかけた者もあるし、下駄を穿いてる者もいる。それら雑然とした少女たちが、精密なマイクロメーターを、油まみれの手で持って、材料の上にかがみこみ、真剣な眼つきで計っているのを見ると、どうもチグハグな感じがして、望月敬は最初、おかしかった。

　彼女が、班長だという中年のように見えるほど年の割りに老けた少女に連れられて配置せられたのは、窓のすぐ前の一台であって、その窓は、手垢で黒ずんだ防空用暗幕の茶色い薄っぺらいカーテンがひらひらしている。窓の向こうには畠がつづき、さらにまた別の瀟洒な一棟が側面を見せ、それに秋の太陽がくわっと照りつけていた。左手にもすぐ白壁の一棟がつき出し、人々が働いているのが見える。その棟は、この棟と同じく航空計器の方なので、少女工員が大部分らしい。

「旋盤はむつかしい？」

　敬はその少女に訊ねた。少女は朝山という名ふだをつけている。甚だ赤い頬をしている。地方から来た少女らしい。はにかんで言う。

「慣れればそんなにむつかしこた、ありませんで」

　彼女は油でどろどろの指で器用に目盛を合わせ、するすると送ると、たちまち、銀色の鈍い光を放つ材料は、くるくると虹のようにきらめきながら削れてゆく。切断面を縦から見ると、その美しいこと。敬は機械の持つ力にもおどろいたし、科学的な美しさに心を惹かれた。

「あなた達、通いなの」

　と訊くと、

「いいえ、寮」

　と言う。手は間断なく動いている。その材料は出来上がったらしい。ざらざらと集めて紙箱の中へ入れる。まるで小人の使う独楽《こま》の如く、小さくて美しい。

「ちょっと見せて」

　敬は一つを掌にのせ、寸法図と照らし合わせて、マイクロメーターの使用法を習った。午前中はまたたく間にすぎ、昼食の休憩の時間がくるとサイレンがなって、少女たちはいっせいに動力を止めた。

　文科生は集まって食堂へ行った。工場で給食がある。行く道で敬は人々の話に耳を傾けた。

「低級ね、女工って」

　と、藤島曄子が断じた。

「バイトを知らなかったので、つい、かみそりって言ったのよ。するとゲラゲラ笑うの何のって。涙をためて笑ってるのよ」

「女工じゃないでしょう。女子工員と呼ぶんですって」

　と黒川房枝はおだやかに訂正したが、たちまち春代は鋭い声を発して遮った。

「女工に違いないわ。あの人たちに、

私達の希望や理想が理解できるでしょうか」

「竹田さん、そんなことは必要じゃなくってよ」

と国木哲子が、ほんの二、三時間、旋盤をいじくって、あっぱれ生産陣の戦士の如く顔を輝かせ、その興奮で食ってかかった。

「私たちはただ働きぬかなければならないのよ、同じ生産戦士だとおもうわ。つまらない見栄や階級意識など振り捨てて戦力増強に突進しなきゃ……」

「まるで新聞紙みたいね、あなたのいうことは。私は決して煽てられはしないわ」

春代は、昂然と誇りをもって言った。

「何だか私、この前ほど熱が持てなくなったわ。旋盤の前へ立ったら、こんなことしていていいのかしら、つまらないっていう感じ……」

宮田康子が不安そうに言う。それについて大川夏子が、

「そうよ、それが私も感じられるの。女工と一緒に働くなんて……」

「それがいけない。女工、女工というから、いまだに古くさい観念が、あなた達の頭に巣くっているのよ」

と哲子一人が大童《おおわらわ》で戦っている。

その中《うち》、食堂についた。広く明るく清潔で、夏の日光は防蠅網を透かして、さんさんと入ってくるが、窓の外の青葉にさえぎられ、さほど暑くもなく、涼しい風が入ってくる。学徒勤労報国隊を迎えて工場側からの歓迎会があって、食事は御馳走を並べてあった。食糧のないことは巷《こう》間《かん》でやかましいが、さほど悪くもない。赤い寒天など並べて美しい。鰯《いわし》の焼いたのが並べてあって、御飯は真白である。八人座れる四角いテーブルがずらりと並んでいる。正面には工場長が控えていて、鹿爪らしく挨拶を述べ、学徒の働きに充分期待を抱いている旨を言い、時局の解説を長たらしく述べた。敬は見慣れ、聞慣れた文句を言う、背の低い、国民服の、貧弱な禿頭の工場長に対して格別の感情を動かされなかった。

その日は工場見学に終わった。一同を統率して行ったのは高城教授で、まだ日がかっかと照りつける四時頃、工場の門を出ながら、担任クラスの少女達を振り返った。

「感想はどうかね、皆さん」

「先生、旋盤に廻されたことは嬉しいです。うんと働こうと思います」

哲子は無我夢中らしい。

「何だかつまりません。機械を見た瞬間、つまらなくなりました」

べそをかいたような顔をして大川夏子が言った。すっかり、少女たちは考えこんでしまって、ひょろ長いおのおのの影を踏みながら、駅へ向った。

翌日、教えられて、彼女たちは旋盤を操作しはじめた。案外それは易しかった。機械に縁遠い文科生にと

って、旋盤は一つの驚異なのである。すっかり錆びついたのを、バイトに一たびあてるや否や、クルクルと削れて、燦爛《さんらん》たる光輝を発するのが、どうして面白くない作業といえよう。寸法図と照らし合わせて、少女工員に傍から教えてもらいつつ目盛を動かす。敬はすぐコツをのみこみ、昼食までに、はじめて一箇の小さいネジ様のものを作りあげた。マイクロメーターをあててみると、公差にスレスレだが、ともかく合格品だ。さすがにうれしかった。

「案外、やさしいのね」

と敬は喜んで朝山に言った。朝山なる少女は、油を注ぎながらドリルを扱っていたが、相変らず羞んだように、だまって頷いた。

少女工員たちはみんな、女専生には一目置き、苦しげに標準語を使うので敬はおかしかった。

そうした少女たちのする仕事を見ていると、敬は不能率な点を発見した。それは色々な道具の置き方である。朝山は右手に布を引いて、その上にマイクロメーターとやすりを置くつもりらしいが、それらの上に紙片でつくった箱を置き、その中へ出来上がった製品を入れている。外には不良品が散らばり、屑《くず》が散乱している。敬は送りの台の上に載せたらどうだろうかと思っていた。また材料によっては、バイトをあてたり、ドリルを突き入れたりすると、白い煙があがる。それへ注油するのであるが、その油の置き方は、吊し下げるようになっているのだが、額にぶつかりそうになるところへ吊って平然としている。不自由なのを堪《こら》えながら注油しているから、見ているといかにも馬鹿らしい。そして朝山はおでこに黒い油をつけている。敬は昼食から帰ったのち、油の置き所を考え、手がすぐ伸せて、しかも邪魔にならぬところへ針金をわたし、吊ってみた。

朝山が来て仕事はじめのベルが鳴ったとき、敬は得意になって、

「どう、能率的じゃない」

と油入れをさした。朝山は不透明な顔色で笑ったが何も言わなかった。しかし翌日、また敬がその旋盤を見ると、油入れは元のままの位置で呑気そうにぶら下っていた。

「どうしたの」

敬は甚だ不満足を感じて思わず詰《なじ》るようにいうと、朝山は困ったようにニヤニヤと笑った。

「慣れてないから変なのです」

「そう」

敬は白けて沈黙したが、朝山に代って旋盤の前に立つとき、また朝山のおでこのあたりに黒い染みがかすかに付いているのを見ると、思わず笑い出してしまった。作業エプロンを外して、食堂へ行きがけに、彼女は春代を見つけてこの一部始終を話すと、この頃日立って憂鬱そうな春代は、そう、と鼻であしらう。傍か

ら哲子が言った。

「そういう点を、私達で矯正しましょうよ。きっとそんな所が多くあると思うわ。そこが、私達の教養を活かすところですもの」

敬は頷いて同意した。

文科生たちは間もなく、さらに四つほどの班に分けられ、いっしょに作業することは出来なくなった。朝、女専生ばかりの朝礼を済ませるとすぐ職場へ入るが、それからというもの、帰るまで友達と会うことは出来なかった。旋盤は二部制であるが、女専生たちは一部制の作業なので困るのである。

敬の班は、春代と、哲子と、松井千絵と、藤島曄子との五人であった。彼女たちは間もなく一台の旋盤をそれぞれ与えられ、名符を台の上にかけたときは、さすがに胸のときめきを覚えた。油光りのした旋盤の中で、ただ一つ、白木の名符ばかりは妙に生々しく目を射るのである。スイッチを入れる瞬間、轟々と音がする。モーターの唸りに耳をかたむけ、油手で機械に触れると、敬は妙に自己高揚の感に打たれた。いま、旋盤を前にして、学校の勉強を——漱石の文学、則天去私、非人情、源氏、枕、弥生式土器、つれづれなるままにひぐらし硯に向ひて……——などと思い起こしてみると、敬はどうしても、それらが昔の夢よりほかには思えなかった。

やさしい寸法図と材料を渡され、班長の人が先にして見せてくれたが、簡単なので、彼女たちはすぐやってしまった。すると今度は複雑なのを渡されたが、これは仕甲斐があって、彼女たちは脇目もふらず旋盤と取り組んだ。

敬はふと目をあげた。前の向いあった旋盤には春代がいる。彼女は頬を紅潮し、澄みきった瞳で寸法を計っている。その右には哲子が、そうして左には曄子が、千絵が……彼女たちは轟々たるモーターの唸りの中にいて全てを忘却し、ただ製品にのみ目を注いでいる。室《へや》の中には少女工員が他に多くいたが、それらはしきりに喋っているのだ。カーキー色の揃いの服は挺身隊であろう。これらの人々も仕事をしつつ、隣と話を交している。

敬は不良品が出来たので、あわてて切断し、新しい材料を削り始めると、班長の少女が来て覗いていた。

「不良品、出さないようにね。不良品が一つでもあると、いけませんけえ」

敬は恐縮していた。十時の休憩時間がくると、彼女たちはスイッチを切り、手を洗って日陰へ集った。よく涼しい風の通るところで、杉の木がひょろひょろと立っている空地である。石に腰かけて五人は並んだが、哲子は不良品が出来て慨《なげ》かわしいと言った。曄子は立ち詰めなので、とても続かないと言い、手の皮膚に油がしみこんで取れないのを苦にしていた。

「なんにしたところで私、もう大手を振って生活できるわ。ほんとうの日本人らしい生活をしているのですもの」

　千絵は大いに気焔をあげた。

　誰からともなく、「ドリゴのセレナーデ」を合唱しはじめた。はるかに六甲の連山がそびえ、くっきりとした秋空を切って、工場の建物が整然と並び、女子工員たちが、ドッジボールをしている空地の一角で、ふと湧き上がるやさしい調べに、驚いた人々はいっせいに五人を振り返った。それに対抗するように、少女工員が杉の木の根元にかたまって、だらだらした野卑な流行歌をうたう。

「発声法も何もなってやしない」

　春代は憎々しげに批評した。

「そんなことを、あの人たちに求めるのは無理でしょう」

　千絵は言った。

「あんなことしか知らないのね。私達、いい歌を教えてあげましょうよ」

「それが、あの人たちに分ると思うの」

「いいものは、どんな人でもいいと思うに違いないわ」

「なんて下品な歌でしょう」

　春代は腹を立ててプイと立ち上がった。そして、どんどん行ってしまった。

「困った人ね。徹頭徹尾、理想と現実を融和し得ないんだから」

　哲子は首をすくめて、春代の方をあごでしゃくった。

四

　敬たちが、まとめて作業票と一緒に出すと、まもなく、その製品がかえってきた。班長が、不満足気に眉をしかめて、

「不良品が多いんです。気つけてもらわなきゃ困ります」

　おのおの手にパーセンテージを記したものを手渡したが、敬のは九十八パーセントで最高だった。彼女たちは窓口へ寄って暗い眉をしかめながら額をつき合わせ、お互いのパーセンテージに見入った。春代は、彼女自身が、低く見ている班長から、そのように言われたことは腹に据えかね、胸が痛むのだった。

「しっかりやりましょうよ」

　千絵がまっさきに勇気を恢復《かいふく》して、晴れ晴れと叫んだ。そしてしっかり、手拭を額へ巻き、きりりとエプロンの紐を結んだ。

「そうね、がん張りましょう。もっとしっかり気をつけて、お国の大事な資源を浪費したお詫をしなきゃ」

　哲子も元気よく身支度した。

　間もなく作業開始のベルが鳴り響いた。一同は女子工員とともに旋盤についた。敬はたちまち起こるモーターのうなりの中で、春代が呼ぶ声

を聞き、顔をあげると、

「望月さん、戦争と文科生との関係についてどう考える?」

　とベルトの間から言う。

「ごめん、ごめん」

敬は辟易《へきえき》して手を振った。モーターのうなりで聞こえぬらしい。春代は、え? と訊きかえす。

「頭が混乱して分らない」

　と敬は大声でどなり返す。久しぶりで春代は悪戯《いたずら》っぽく目をかがやかせた。まもなく、バイトが切れなくなったので、はずして研磨のところへ持ってゆこうとすると、丁度、曄子と哲子が一緒になって、三人で少し離れた研磨のところへ行った。思いがけなく二班の山本泉が研磨する男子工員のそばで待ちながら、研磨に見入っていた。

「あらら、山本さん、久しぶり」

　曄子はなつかしそうに声をかけた。全くなつかしいのである。文科生が一緒になって勉強した時は、ほんとの昔のようだ。

「みなさん元気?」

「そりゃ、皆はりきってやっています。不良品出さぬように約束しあっているのです。百パーセントでした」

　泉の意気に、敬はたじろぐものを感じた。この人は自己の運命に忠実に義務を履行している。大木のようにどっしり根を持っている人だ。

　バイトを研いでもらって帰ってくると、例の空地のところで曄子は、

「疲れたから休んでゆきましょう」

　と言う。

「だめだめ、お国のために働いてるのに。一分でも時間を空費してはもったいないわ」

　哲子が容赦もなく引っ立てるので、敬は気の毒になり、

「いいじゃないの、藤島さんは弱いんですもの。ちょっと休んでいらっしゃい」

「職場で斃れるのは、私なら本望だけどな」

　哲子はひとり興奮して行ってしまった。

「みんな、コチコチになってるのね。私もサボりたくないわ」

「高城先生が仰有ったじゃないの。こんなときのことよ。充分休みなさいよ」

　敬は曄子が颯爽としていた前に比べて、油染んだエプロンをつけ、真っ黒い手をもちあぐねて、少しのことにもすぐくたばってしまうのが何となく哀れであった。曄子はこうした方面へ追いやられると、その美しさが気の毒なくらい弱々しくなってしまう。敬は憮然とした面もちで、そのそばを離れた。

　いったいにしかし、女専生の働きぶりは評判がよかった。彼女たちはまたたく中《うち》に、二ヶ月位習得した女子工員とあまり違わぬ程度に進み得、調子がわるければ、送りの台をちょっと解けるぐらいになった。

そのころ、慰問の吹奏楽団が工場を訪れた。ある日、工員たちは講堂に集まって、それらの慰問に一日をくつろいだ。女専生も列した。いつになく紫の幕を張ったりして、花瓶には花を活け、清々しい風が吹きわたって快い。慰問の楽団はまず、「君が代」を奏し、そのあとで「愛国行進曲」とか、「大空に祈る」だとか、お定りの如くやり出す。万歳をやり出し、浪曲を歌うようになると、さすがに女専生の間には囁きがおこった。

「こんな低文化に甘んじていられるでしょうか」

　と春代は躍起になって周囲を振り返った。

「私達はがまん出来ませんわ」

「まあ、まあ、いいじゃないの。あんなに皆、よろこんでいるわ」

　敬が取りなすと、春代は立腹して聞こえよがしに言う。

「学徒の高さをみとめてほしいわ。私達は……」

　丁度そのときは、浪曲師が張子の虎のごとく首をふりつつ、まさに感興を最高潮にひきあげていたから、あちこちからシッ、シッと声が起こる。しかし、春代ばかりでなく女専生の大部分は退屈し、そして軽蔑していた。

「浪曲なんて野蛮な、非芸術的な……」

「竹田さん」

　と一つ前の席にいた康子が振り返って、くすん、と笑い、

「あいかわらず理想家ね」

「ロマンチストなんでしょうね」

　哲子が眼鏡を取り出した。そして、

「いわゆる、芸術的な娯楽は精神生活をモットーとする文科生にとって……」

　少女達は恐れをなして、急いで話題を変えた。

「国木さん、やっと解放されたわ」

　浪曲は終わった。次にあらわれたのは通俗的歌謡だ。これまた、おしつけたような発声だ。

「喉をもっと広く開かないと駄目だわ」

　春代は馬鹿にしたような目付きで批評した。

　結局、この慰問団は女専生には嘲笑を受けたが、しかし工員はよろこんで、度々この歌謡を口にした。

五

　旋盤に明け、旋盤に暮れる日がつづいた。予定高《だか》を突破すべく、一班の少女工員は残業を重ねていたので、当然女専生達も残業に就いた。帰途はさすがの夏の永い日も暮れ、わずかに管制洩《も》れの灯がちらちらと煌《きら》めき出すのであった。

　一日中、立ち詰めの仕事だから、足は棒のようになっている。腰は板のようにかたく、疲労の色は誰の顔にも掩うべくもなかった。班ごとに

帰るので、残業のある日は、その班の者は五人ばかりで帰らねばならない。彼女たちは寄り固まって重い足を引きずりながら、田舎道を駅に向って歩き出す。星がいつか煌めきはじめ、野の草の香りが迫ってきた。誰も、我が家の暖かい夕餉《ゆうげ》や肉親の笑顔やいたわりの言葉を胸に思い浮かべているので、自然と無口になっている。

「朝早く出てこなけりゃいけないから、新聞もろくに読まれないの。まして小説なんぞ……勉強なんて出来はしないし」

　曄子が呟くようにいうと、春代もあとを引き取って、

「まったくよ。戦争なんて大嫌い」

「竹田さん」

　と敬が胆を潰して叫んだ。

「もちろん、個人の幸福なんて考えることは出来ないけれど、祖国の危急にそんなことが言えるでしょうか」

「……」

　春代は黙り込んでしまった。しかし、哲子は一同を代表して言った。

「けど、勉強したくなったわ、やはり」

「高城先生が仰ったの、認めるの」

　哲子は間が悪そうに笑った。

「仕方ないわ」

「わたしも仕事がつらいけど、俊一郎のことを考えると奮い立つの」

　曄子が考え深そうにいう。思わず四人とも笑ってしまった。春代は、

「とってもあたたかくなったわ、藤島さん」

　俊一郎は彼女の婚約者である。みんなは、曄子の言う「しゅんいちろ」という言葉に慣れている。敬も笑って藤島曄子の背を叩いて祝福した。

　そのうちに秋も過ぎ、いつしか凪は冷たさを帯びて、白い雲は消えたり現れたりする美しい季節がやってきた。もう朝夕はめっきりと寒かった。旋盤をやっていると、手が凍《こご》え、足も冷えた。続々と休む人は多くなった。敬たちはめったにもう不良品も出すことはなかったがしかし、仕事が単調になって来たのにはつまらなかった。

　戦争はますます思わしくないようになった。この頃、空襲がしきりとあり、それはもう、警戒警報などというなまぬるいものでなく、断続して鳴る空襲の不気味なサイレンだった。彼女たちは仕事を捨て、しばしば待避した。もう、日常最必要品を入れた小さい鞄と防空頭布は欠くべからざるものとなり、もとより男子はゲートル、女子はもんぺの服装は、あたかも日本人の制服の如き現象を呈した。

　きびしい毎日の生活だった。もう誰も彼も不平も不満も言うべき場合ではなかった。旋盤、旋盤、旋盤……年の暮れが来、やがて年は改まった。

空襲は激化した。しかし仕事は相変らず単調であった。一班の少女たちは、今は誰も昔、といっても幾月か前のたのしい時代に思いを馳せた。どんなに彼女たちは、論語の講義が聞きたかったであろう。帽子の房を傾げ、どんなに、また女性解放史を、上古の女性の社会的地位を研究したかったであろう。短かった楽しき時代よ。感想会、法隆寺見学の思い出――ああ楽しき時は疾く過ぎ去る！

彼女たちは、敗戦は、やがて日本民族の滅亡の時であるということを確信していたので、勝利へ、勝利へ、ただ一筋の道を進んだ。しかし、実に勉強はしたかった！

「時間さえあったら勉強もしたいのだけど」

哲子は嘆息した。

「クラス会したかったわ。みんな昔の夢ね」

春代の口調はさびしかった。

「今、仕事のあいまに勉強することが、流行《はや》ってるけど、とてもあんなこと、だめだと思うわ。どちらにしたって疲れるんですもの」

「私たちの青春って短かったわね。こうして、若いときは過ぎてゆくのだと思うわ」

そのころ、特攻隊の悲壮な華々しい功績は日本国民の感謝と賞讃の的になっていた。春代は、工場の人々から、特攻精神でがんばって下さいと励まされると、決まって後で言うのだった。

「あのくらいのこと、私だって出来るわよ。その気持ちなんて、解剖していじくりまわして新聞へ書くなんて、きっと特攻隊の人々もいやだと思うわ。日本人である以上、誰だって自分を捨てることくらい出来るわ。だけど私達のように、こんなところへ閉じ込められて、為すこともなく青春時代を送るなんて嫌だわ。したい勉強も出来ずに……」

そして、こうも言う。

「ひと思いに死ぬことよりも、苦しい生活をじっと堪え忍んでいる方が偉大だわ」

そう思って彼女は自らを慰めている。

女子工員たちとは仲が好くなったがしかし、敬たちは彼女たちを引き上げる努力を最早しなかった。

「山のさびしい湖に
　ひとりきたのもかなしい心
　　胸の痛みに堪へかねて――」

彼女たちが、あったかい日向で甲羅を干しつつ声をそろえて歌っているのを聞くと、敬はあわれっぽくさえ思われた。春代は耳をふさぎ、哲子は苦笑し、千絵はおかしそうに笑う。タエカネテーという節廻しは、殊に春代の音楽的な心には相当痛手を与えたと見えて、堪《たま》らなくなって遮ぎる。

「ねえ、みなさん、いい歌教えたげましょうか」

「どんな歌なら」

と、これはどこかの方言らしい。

「菩提樹っての、知ってる？　泉に添いて茂る菩提樹……」

　春代が豊かなソプラノを張り上げても、一向に彼女たちは感動しない。誰からともなく、マライのハリマオーとやり出し、落ち葉ちるちる、と歌い出す。春代はげんなりとし、往日の元気をどこかへ振り捨ててしまったようにしている。しかし突然、彼女ははげしく、一同をかえりみて言った。

「行春哀歌を知っている？」

「ええ」

　みんなは期せずして歌い出した。

「静かにきたれなつかしき
友ようれひの手を取らん
曇りて光る汝《な》がまみに
消えゆく若き日はなげく
――
友よわれらが美《よ》き夢の
去りゆくかげを見やりつゝ
別れの酒をくみかはし
別れの歌に微笑まん
――
われらがかげをうかべたる
黄金《こがね》の杯《つき》の美酒《うまざけ》は
見よ音もなく滴りて
匂へるしづく尽きんとす
――
あゝ青春は今か行く
暮るゝに早き若き日の……」

　突然、春代は烈しく腕の中に顔を埋めて、咽《むせ》び泣いた。

　そうした悲しみはわかる。雪を頂きはじめた山脈をのぞんで、一同は思わず涙をこぼした。センチメンタルな涙だろうか。しかし敬はそうではないと思った。

六

　霜《しも》やけの手もふくふくするような日だった。

　空襲警報が高く低く途切れ途切れに空いっぱいに広がりはじめると、工場内はさっと緊張した。ラジオの情報にもただならぬ気色が感じられる。ジーとブザーがなると、旋盤の手も留守がちになる。今日は何がなし、いつもと違った空気であった。

「××灘より千数機」「××岬より第一編隊は……」「続々集結中であります」

　ひっきりなしの情報だ。敬たちは防空壕へ行くように指揮された。今日の付き添いの教授は家政科の女の先生である。防空頭布をかぶって外へ出る。かんと張りつめた冬空だ。

　待避の鐘がかすかに聞こえる。敬は一班の四人と一緒に近くの壕へ入った。小さくて簡単なものであった。

「一蓮托生ね」

　と皆は言い合った。

　向いあって座っていると、ほどなく爆音が聞こえた。高射砲の炸裂音がボソッ、ボソッと聞こえる。爆音が頭上を圧するように響いたと思う間もなく、ザーッという落下音につづいて、轟然と至近弾が落ちた音――本能的に固まってしまって、耳を蓋し、五人はひしと固まった。頭の芯を叩かれ、砕かれてしまったように、ひどい音は妙にぼやけて全身から迫ってくる。

ガアーッというような、とても形容出来ない音の連続だ。虚空に体が投げ上げられ、また投げつけられるように、爆風は壕の中を吹き抜け、衝動は非常に強かった。土がバラバラッと崩れ、敬はとっさに生埋めになるかも知れないと悟った。

しかし、生埋めにはならなかった。低く固まっていた彼女達は、しばらくして敵機が去ったことを知り、ついで待避解除のベルを聞いた。

砂だらけになって出た。あちらからも、こちらからも、のそのそと人々が出て来て、生きかえったように冬空を仰ぎ、深呼吸をして周囲を見廻した。

工場に被害はなかった。塀の一部があおりを食って鮮やかに倒れ伏し、厚いコンクリートの一部が粉々に砕け、一瞬のうちに変わった様子であったが、建物にはさしたることもない。初めての爆弾の経験である。被害の場所はだいぶ離れた工場であろうと思われた。少女たちは命を拾ったように、興奮して無事を祝しあった。藤島曄子は蒼い顔をしていた。そしてふくれ面をして浮かぬ顔の春代と小声でぼそぼそと話をし、やがて二人は連れ立ってどこかへ行ったが、それきり姿は見なくなった。

宮田康子はさっそく人員を調べた結果、当然二人足らず困ってしまった。誰も知らない。彼女はますます当惑して付添の教師に報告した。

「先生、二名足りません」

「二名？　それは困りました。誰々です」

「竹田さんと藤島さんです」

「先生、先生」

と声が後ろでする。意外にも二人が突っ立っていた。

「私達は帰りたいと思います」

翌日、二人は欠席した。そして日ならずして休学届をしてしまった。一言の挨拶もなしに、である。望月敬は哲子と千絵と三人で憤然として、結束して春代に手紙を書いた。

「あなたの青春は卑怯です。そして濁っています。あなたは清純ではありません。空襲をおそれて逃避するなんて意気地なしです。祖国の危機は目前にあるのに、何ということでしょう」

折かえして突き放したような語気で春代から返事がきた。

「空襲なんかで命を落とすなんて愚の骨頂です。私の青春を、むざむざと工場の油の中に叩きつけるのはいやです。だから私はしばらく休学して田舎へ来ます。そして、読書し、思索を積にして……」

その手紙を読んでいたのは哲子である。ここまでくると、口がモグモグしだして、憤りのために、青白い口になった。

「竹田さんの卑怯！　狡《ずる》いわ、狡いわ」

　千絵と敬は目を見合わせた。なんということなく可笑しかった。春代の愛らしい声と、曄子の弱々しい美しい風貌を思い浮かべると、憎めないのである。敬がケラケラと笑い出すと、哲子は春代の手紙をもみくちゃにし、炭火のなかへ突っ込み、真一文字に結んだ唇の端を、ビクビクと動かした。

　手紙はメラメラと燃えた。敬は、なんにも感じなかった。ただ――空虚……味気ない想いが滲むように広がる。ぼんやりと目をあげると、ガラス窓がガタガタ風に鳴り、枯木を通して雪山が輝いていた。哲子と千絵はしきりに春代を批難し、罵倒しつづけていたが、しかし敬は、春代の大胆さと生命力の強引さと気魄の凄まじさに、羨やましいほどの気持ちで憮然としていた。

七

　サイパンの同胞婦人のことを考えると、少女たちは胸が痛み、血は湧くのだった。弓折れ、矢つきた暁は、彼女たちもまた、静かなる死を捧げ祀ろうと覚悟した。

　戦争は、瀕死の老婆の如く、よたよたしながら、それでもどうかして、目的地まで行こうとしていたが、若く逞ましい青年がひと揉みに押しかえして老婆を突きかえした。

　敬は、絶望だという人々と、きっと勝つという人々の間をうろついていた。絶望とは日本の滅亡を意味し、併せて、日本民族の消滅を意味していた。軍門に降《くだ》るという習慣をもたない日本人が、執るべき道は勝利か死かにすぎない。勝利はもはや遠くの方に去り、死のみが残されていた。しかしそれは、遠くのようでもあり近くのようでもあり、一切が混沌として夢と現実と分ちがたく、少女たちは、ただ、己れの前に与えられた義務のみを遂行するより仕方がないと悟った。無敵の国神しろしめす国と教えられた祖国日本の滅亡の姿を、彼女たちは夢想だにすることが出来ない。

　空襲は度々重なり、ほとんど作業は停止をくった。その上、旋盤の疎開はますます手待ちの時間を多くした。工場は休む人が多かったが、しかし哲子と千絵と敬の三人は毎日来た。神風手拭をきりりと目の吊り上がるほど締めた哲子は、頑健な体を誇って、進んで残業をした。

　ある夜、空襲がまた行われた。翌朝はまだ煙が立ち込め、学校の辺りだというニュースを見て敬は息を弾ませて、遠い道を歩いて行った。電車は不通になっており、どんよりと曇った冬空のもとで、涙と煤《すす》で顔を黒くよごした罹災者《りさいしゃ》の群れが思い思いの荷物をぞろぞろと引きずりながら、泥だらけの道をつづいて歩いて行った。白煙がくすぶり、目も咽喉《のど》も胸も痛かった。学校のあった辺りは一面の焼野原で、まだちょろちょろと小火《ぼや》が燃え、赤茶けた瓦礫《がれき》と焼け残りのコンクリートとが突っ立ち、バサバサに枯れ切ったポプラが凄然と聳えていた。敬の膝はガクガクし、咽喉はカラカラになった。涙も涸《か》れて出なかった。意味もなく、学校の周囲をうろつき廻った。すると、ばったり、春代と出会った。

「！」

二人は黙ったまま、ひしと抱きあって静かに涙を流した（声を放って泣くと、厭戦論者に間違えられそうだったからである）。あの愛すべき、青春の夢を秘めた校舎は、どこへ行ったのであろう。一夜のうちに、こんなに消えてしまうなんてことが存在し得るであろうか。

「私達の部屋のあった辺りね、これで分るわ」

春代が涙に濡れた眼で、焼かれ枯れた樟を遠くから指した。

「この木、いつも窓から見えていたわ。そして黒板にいつも青く映っていたわ。私はいつも椅子の低いのに腰をかけて、この木を見ながら講義を聞いたの」

焼けくずれた石段、カサカサになった白薔薇、そのあたりの土は熱くて、近寄れそうにもない。

「竹田さん」

哲子が、後ろから呼び止めた。彼女も涙に濡れている。

「とうとう焼けたわ……」

少女たちはひと固まりになって、すすり泣いた。哲子は首をあげ、春代の肩をガクガクと揺るがして、熱烈な口調になった。

「竹田さんみたいな人が、あんたのような人がいるからなのよ」

春代はいつもに似ず、哲子のされるがままになっていた。敬は春代の瞳に動く感情を知り得なかった。

矛盾と、苦悩と——春代は一切が茫漠とした彼方にあることを思った。遠くを見るような瞳をぼんやりと空へ投げかけている春代の肩をゆすぶりながら、また新しい涙に頬を濡らしている哲子。——もう感情も知性も、ぼろ屑のように、くたくたになって何が何か分らない、敬——三人はしまいに、ぼんやり立ちつくして、陰惨な焼け跡に無言で佇《たたず》んでいた。

風がきつく、雲を通して太陽が薄く照っていた。一望の焼け跡には、焼け残りのがらくたを拾おうとする人々が、あちこちに、みじめな姿でごそごそやっていた。

（未完草稿）

解説

十八歳にして田辺聖子はすでに田辺聖子だった

梯 久美子

昭和二十年四月、数えで十八歳の田辺聖子は、航空機のボルトとナットを作りながら、せっせと小説を書いていた。

彼女が暮らしていたのは、伊丹線の稲野駅に近い郡是塚口工場の寮である。もともとは絹靴下を作っていたこの工場は、戦時中、飛行機部品工場となっていた。そこに、田辺が在学していた樟蔭女子専門学校（現・大阪樟蔭女子大学）国文科の生徒が動員されたのだ。

樟蔭はお嬢様学校として知られ、制服は着物に緑の袴、編み上げ靴という、少女たちの憧れのスタイルだった。だが前年の昭和十九年に入学した田辺がその制服を着ることができたのはほんの三か月ほどで、その後は地味なスーツになった。

入学して一年もたたないうちに動員令が下り、昭和二十年の正月明けから、田辺たちは勤労学徒として工場の寮に住み込んだ。ただ、四、五月の日記を読むとわかるように、工場での作業はそれほど大変なものではなかったようで、級友との会話ものんびりしている。

週に一度ほどは家族のいる自宅に帰っているし（そこにはまだ豊かな食卓があった）、無断で工場を休んで映画を見に行ったりもしている。

小説の執筆にいそしむ余裕もあった。「エスガイの子」という小説を完成させたことが書かれているが、エスガイとはテムジン（ジンギスカン）の父の名である。

のちに田辺が当時を回想した文章によれば、これは尾崎士郎の『成吉思汗《ジンギスカン》』を読んで感激して書き始めたものだったという。

田辺は女学校時代から小説を書いており、十四歳のときには『春愁蒙古史』という大作をものしている。これは、満洲や蒙古を舞台にした山中峯太郎の冒険小説や、河口慧海のチベット旅行記に熱中していた田辺が、吉川英治の『三国志』の影響を受けて書いたものだった。

国文科に入学した最初の授業で、教授から好きな作家を問われ、級友たちが漱石、鷗外、龍之介などと答える中、「吉川英治ッ！」と胸を張ったという田辺である。吉屋信子の少女小説や中原淳一のイラスト、宝塚といったロマンチックな世界を愛する一方で、血沸き肉躍る物語を好み、みずからも冒険小説や歴史小説を書いていた。

壮大な物語に夢中になったのは、軍国少女だったことも関係している。田辺は早くから小説家を夢見ていたが、読んでいたのは小説だけではない。大川周明の『日本二千六百年史』『日本精神研究』も女学校時代に読破し、左傾する旧制高校生などに義憤を感じていたと後年回想している。

日記の中では、ドイツ降伏を〈世界婦人の模範とまで賞揚されたドイツの婦人よ、何故、御身らは腑甲斐なき男子に代って銃を取らなかったか、たとい一兵でもいい、英米ソの兵を殺さなかったか〉（六月二十四日）と嘆じ、ソビエト軍の満洲・樺太侵攻を知った日には〈いよいよ、日本は世界を相手に戦うことになった。すみきわまった一筋の道をわれわれは毅然としてただ歩み、必死に戦うのみである〉(八月十一日)と決意を述べている。

こうした愛国の熱情あふれる文章が時折さしはさまれるが、そのほかの部分は軽快な文体で、日記ではあるが、読み手を意識した文章になっている。たとえば朝日新聞の記者が時局講話に来た五月四日の記述。

〈寝不足にたるんだような眼をして赤ら顔の、小心そうな島田教育厚生課長が国民服姿でいかめしく現われ、つづいて小柄な中年の、色白な男が悠然と入り来り、とっときの皮張りの椅子へゆっくり座りこんだ。戦闘帽と鞄を大事そうに抱いている〉

こんなふうに二人のお偉いさんのもったいぶった様子を描写したあと、友人がこの記者を評した「妙にちまちまっとしてるやないか」との言葉が添えられる。

何ともいえない、この可笑しみ。このころすでに、田辺聖子は田辺聖子だったことがわかる。

＊＊＊

この日記には、大きな山場が二つある。一つ目は、昭和二十年六月一日の大空襲である。田辺たちは五月十七日に飛行機部品工場を引き上げ、その後は学校内に作られた工場(陸軍大阪被服支廠の分工場)で軍服の縫製作業を行った。田辺が担当したのはボタンホールかがりである。

学校工場は自宅から通うことができ、また作業の合間に授業も再開された。学生の日常がわずかではあるが戻ってきつつあった中、「その日」がやって来たのである。

空襲前日の五月三十一日の日記には、三月十三日の空襲で、防空壕の中で〈むしやき〉にされた遺体を見たことが記されている。遺体が発掘されたのは〈町会でやっている畠のつい向う〉とあるように、三月十三日の空襲では、田辺写真館のすぐ裏手までが焼けていた。

畠の整地作業をしていた田辺と弟は、防空壕を掘っていた人たちの間で「肉」「死人」などという声が上がるのを聞く。怖いもの見たさで走り寄り、二か月以上も土の中に埋もれ、肉塊となった遺体を見るのだ。

簡潔にしてリアルな遺体の描写も十八歳の少女のものとは思えないが、その直後に登場し、「ええ肥料になりますやろ」と〈残忍な諧謔〉を弄するおばさんが、エヘヘと笑って日よけの手拭をかぶり直す場面などは、その観察眼と描写力にうならされる。

そして、六月一日がやってくる。この日に起こったことは、この日記全体を通してもっとも精彩ある文章で、詳細に綴られている。

おそらくこのときすでに、自分は書く人間だという自覚が田辺にはあり、これは書きとめておくべき出来事であると直感的に理解したのではないだろうか。原爆に遭遇した原民喜が、持っていた手帖に自分の見たものを書き綴ったように。原はそのとき四十歳の作家だったが、田辺は十八歳の少女だった。

田辺は自伝的小説やエッセイで何度かこの日のことを書いている。それらは空襲翌日の六月二日に記した内容がもとになっていることが、今回、この日記が発見されたことによって判明した。

六月一日の大阪大空襲で経験したこと、見たものが描かれている主な作品には、連作短編集『私の大阪八景』に収録された「われら御楯」『欲しがりません勝つまでは』『田辺写真館が見た〝昭和〟』『おかあさん疲れたよ』『楽天少女通ります　私の履歴書』がある。

このうち最初に書かれた「われら御楯」(『文學界』昭和四十年九月号掲載)は、小説の体裁がとられているが、主人公トキコのモデルは田辺自身で、『私の大阪八景』全体が、〈私の幼年時代から戦時下の女学生時代の体験〉を描いたと田辺自身が書いている(『田辺聖子全集 第一巻』解説)。学校から自宅まで帰る途上で見た光景、家が焼けていたこと、父母との再会など、日記に沿った記述になっている。表現も、ほぼ同じ部分が多くある。
〈第百生命は全滅だ。きれいに中が抜けている。閉じたガラス窓からプゥーと黒煙がふき出している〉(日記)
〈角の第百生命は全滅で、きれいに中が抜けていた。閉じたガラス窓から黒煙がふき出している〉(「われら御楯」)
〈やっと消えたらしいやけあとにも、まだ余煙がぶすぶす立ちのぼり、鬼火のごとくちろちろと火が各所に燃えている。電柱が燃えきれず、さながら花火のごとく火花を散らしている〉(日記)
〈やっと消えたらしい焼け跡にも、まだ余煙がぶすぶすと立ちのぼっているし、鬼火のようにちろちろしている。電柱は半分燃えきれず、火花をちらしていた〉(「われら御楯」)
〈熱気のため、かげろうのようなものがゆらゆらと焼あとにこめている中を、人間の頭より大きい火花が、ゆらりゆらりと人魂の如く飛んでゆく恐ろしい光景は、一生忘れられないものだと思った〉(日記)
〈熱気のために、かげろうのようなものがゆらゆらと焼けあとに立ちこめている中を、丸い大きい火花がゆらりゆらりと、人魂のように飛んでいった〉(「われら御楯」)
田辺は、未曾有の戦災の日に起こったことをなるべく正確に書こうとしており、そのために日記を参照したことがわかる。このとき三十七歳になっていた田辺は、戦後二十年たった作家の視点ではなく、その時代を生きていた一少女の視点を採用した。それは、自身の「十八歳の目」を田辺が信用していたということであろう。

ほかの作品でも、叙述に多少のバリエーションはあるが、あの日見た事実を変えている部分はなく、重要な場面では、そのまま日記の表現を使っている。それは後年になっても変わることがなく、作家の目で事実を加工することを行っていない。

平成三年から四年にかけて読売新聞に連載された『おかあさん疲れたよ』は、戦争にかかわる田辺作品の集大成ともいえる小説である。主人公は男性で、自伝的小説とは違い虚構性が高いが、作中で回想される空襲の日のことは、やはり日記がもとになっており、先に引いた、ビルの閉じたガラス窓から黒煙がふき出す描写や、電柱が燃える光景が登場する。

後世の目で変えてはならない現実がそこにあると田辺は考えていたのだろう。大人の都合、作家の都合で変えることをしなかったのは、同じ時代を生きた少年少女のためでもあったのではないかと思う。

「われら御楯」で描いた時代を、小説ではなく回想記として若い世代向けに書いた『欲しがりません勝つまでは』（昭和五十二年）にも、空襲の日の日記の記述が使われているが、そのあとがきで田辺はこう書いている。

〈私はまた、この本を、あの時代に共に生きて、ともに学徒動員で工場で働き、空襲で散った多くの学友に捧げたいと思う。今年――昭和五十二年は、日本中でたくさんの死者の三十三回忌がいとなまれるはずである。何となれば昭和二十年の空襲で命をおとした人は何十万人といるのだから。死者は黙してかたらない。私たちは彼らのことをもっとよく知ってやらなければならない〉

＊＊＊

この日に焼け落ちた田辺の家は、大阪市此花区（現在の福島区）の市電通りにあった田辺写真館である。

〈ああ、あの大きな、居心地のよい、ひろびろとした家。生れて、そして十八の年まで育った、あの美しい、古い家！〉（日記六月二日）と田辺が惜しんでいるこの家は、二階に写場《しゃじょう》（スタジオ）のあるモルタル造りの洋館で、多いときは家族と技師など二十人が住んでいた。

中国との戦争は始まっていたものの、庶民の生活はまだ平穏だった昭和十二、十三年頃には、広いテーブルで入れ替わり立ち替わりみんなが食事をし、洋食もふるまわれた。二階の写場では見習い技師たちがピンポンや撞球《ビリヤード》に興じ、レコードをかけたりマンドリンを弾いたりした。そんな、豊かさと幸福の象徴のような家だったのだ。

写真館の二代目である父はクラシック音楽を好み、水彩画を描き、テニスクラブに通うハイカラな人だった。芸術家肌で誰にでもやさしく、田辺がすることはすべてほめてくれた。

松竹映画のシナリオライターになりたがっていて、脚本の勉強にと宝塚歌劇に足しげく通った。田辺とその弟の手をひいて、ミナミの松竹座に、ハロルド・ロイドやターザン、シャーリー・テンプルの映画を見に連れて行ってくれたという。

だが、日記を読むと、戦争という「有事」にあってはあまり役に立たない人だったことがわかる。対照的に母はリアリストで生活能力があった。

日記の二つ目の山場は、八月十五日である。空襲の翌日でさえ平易な話し言葉で文章を書いていた田辺が、終戦の詔勅を聞いたこの日は、文語調で悲憤慷慨している。だがその興奮も翌日には静まり、徐々にもとの文体に戻っていく。

父が体調を崩したのは〈勉強が始まって、私はまた希望に燃えつつ日々をすごしている〉（九月九日）と書いた直後のことである。

胃潰瘍で吐血し、弱っていく父。子供たちのために懸命に働く母。父の弱さ、不甲斐なさに対するいらだちも、正直に綴られている。

父が亡くなったのは、敗戦の年が暮れようとする十二月二十三日である。この日の日記にはこうある。

〈母は泣き通しである。父は「お母ちゃんよう」と母を呼び、母の首に手をまきつける。もじゃもじゃ生えた無精髯の間からは黄色い乱杭歯が見える。垢くさいマッチ軸のような細い手、色の悪い頬、それらが急になつかしく愛すべきものに見えてくる〉

ダンディな好男子だった父の、病みおとろえた姿。ここには確かに作家の目がある。

日記を通して読むと、空襲、そして父の死と、目を背けたいものを見たときほど筆が冴えている。この一年で、田辺は作家の目を獲得したのかもしれない。

田辺の著作を当たってみたところ、父が亡くなった日のことを書いたものがあった。今日はもう危ないので先に食事をしておくようにと母が言い、いつになく白米を炊いてさんまの塩焼きを添えてくれたという。

〈十七歳の私は、臨終近い父のそばで、何年ぶりかの白米の御飯と塩さんまがおいしくてならなかった。やさしい言葉の一つもかけることなく、父を死なせてしまった〉（『楽天少女通ります』より）

死にゆく父と、食べる娘。日記には書かれていないエピソードである。

家を失い、父を失った田辺は、年を越した二月、〈私は私の好む文学の道へすすみたい〉と日記に書く。そして窮乏の中で学び続け、国文科の首席をとるのだ。

父が亡くなって一年後、昭和二十一年の大みそかの日記に、彼女はこう書いている。

〈来年も、勉強して小説を書こう。私はもう、この道しか、進むべき道はない〉

編集部より

年譜の作成にあたっては、『田辺聖子全集　別巻1』『田辺写真館が見た〝昭和〟』『楽天少女通ります　私の履歴書』『田辺聖子文学事典　ゆめいろ万華鏡』ほか、大阪樟蔭女子大学「田辺聖子文学館」ホームページ等を参考とし、編集部で再構成しました。

本書の性格に鑑み、その業績のほかに、第二次世界大戦や大阪大空襲についても適宜記述を加えています。特に、大阪大空襲の被害については、『改訂　大阪大空襲　大阪が壊滅した日【新装版】』によります。

田辺聖子　年譜

昭和三年（一九二八年）
三月二十七日　大阪市此花区（現・福島区）に生まれる。父・田邊貫一、母・勝世の長女。家は写真館を経営していた。一帯はさまざまな商家が軒を並べ、市電通りに面していて賑やかだった。写真館は木造モルタル、化粧タイルのハイカラな洋館風で、写場《しゃじょう》（スタジオ）は二階にあり、夜は五、六人の住み込みの見習い技師が布団を敷いて寝ていた。
六月四日　張作霖爆殺事件。

昭和五年（一九三〇年）　満二歳
十月六日　弟・聰《あきら》が生まれる。

昭和六年（一九三一年）　満三歳
九月十八日　満州事変。
十二月六日　妹・淑子《としこ》が生まれる。

昭和八年（一九三三年）　満五歳
三月二十七日　日本、国際連盟を脱退。
四月　大阪市立中之島幼稚園入園。

昭和九年（一九三四年）　満六歳
四月　大阪市立第二上福島尋常高等小学校（現・大阪市立福島小学校）入学。

昭和十一年（一九三六年）　満八歳
二月二十六日　二・二六事件。

昭和十二年（一九三七年）　満九歳
七月七日　盧溝橋事件。

昭和十三年（一九三八年）　満十歳
四月一日　国家総動員法公布。

昭和十五年（一九四〇年）　満十二歳
四月　淀之水高等女学校（現・昇陽中学校・高等学校）に入学。この頃、物語を書きはじめ、級友に回覧していた。

昭和十六年（一九四一年）　満十三歳
十二月八日　真珠湾攻撃。

昭和十八年（一九四三年）　満十五歳
十月二十一日　出陣学徒壮行会が神宮外苑競技場で挙行される。
この頃、女学校の級友たちと手作りの回覧雑誌「少女《おとめ》草《ぐさ》」を制作。

昭和十九年（一九四四年）　満十六歳

四月　樟蔭女子専門学校（現・大阪樟蔭女子大学）国語科に入学。
八月二十三日　学徒勤労令・女子挺身勤労令公布。
昭和二十年（一九四五年）　満十七歳
一月　動員令により、郡是塚口工場（元郡是の絹靴下工場）へ勤労動員される。伊丹に近い航空機製作所で、油まみれの旋盤を使いボルトやナット作りに励んだ。女性従業員用の宿泊施設に泊まり込みでの動員であった。その後、学校内工場での勤労へと移行し、軍服のボタンホールかがりをする一方、ささやかながらも授業が再開した。
三月十三日　第一次大阪大空襲。二七〇機を超えるＢ29が、大阪市の中心部を二一・〇平方キロに亘り爆撃した。この時の死者数は三九八七人、重軽傷者は八五〇〇人とされる。
　田辺が「紙芝居や一銭洋食を楽しんだあたりは一望焦土」と化した。
四月一日　日記「十八歳の日の記録」を書き始める。
六月一日　第二次大阪大空襲。大阪市の西部地区を中心に八・二平方キロを、四五〇機を超えるＢ29が爆撃した。死者は三一一二人、重軽傷者は一万九五人とされる。
　田辺は在校時に空襲警報発令を受け、防空壕へ入った。警報解除後、急ぎ歩いて帰宅すると、自宅の写真館は焼失していた。この日の空襲で、田辺同様に家を失った人は約二二万人に及ぶ。この後、田辺一家は、父の知人宅の二階を借りて住んだ。この後、空襲が頻回となる。
六月七日　第三次大阪大空襲。
六月十五日　第四次大阪大空襲。死者四七七人、重軽傷者二三八五人。
六月二十六日　第五次大阪大空襲で身を寄せた知人の家も空襲にあう。翌七月二十八日に一家は淀川を越えて尼崎市のはずれの稲葉荘というところに小さい家を借りた（尼崎市稲葉荘一丁目十五－六）。この家には長く住み、後に芥川賞受賞の知らせもここで受けている。
七月二十四日　第七次大阪大空襲。米軍機の主な目標は、此花区にあった住友金属工業と東区・城東区の大阪陸軍造兵廠であった。被災者は三五〇〇人を超え、死者は二一四人、重軽傷者は三二九人を数えた。
八月十五日　終戦。
十二月二十三日　父・貫一、満四十四歳で病没。
昭和二十二年（一九四七年）　満十九歳
三月　樟蔭女子専門学校国文科（国語科から改称）を卒業。卒業時の席次は二十三人中二

事務員時代の田辺。昭和25年

番。

三月十日　日記「十八歳の日の記録」を終える。このころ、大阪の金物問屋KK大同商店に入社。事務員として働く。中等学校国語科の教員免状は取得していたが、終戦直後の教師のサラリーは低いと聞き、勤めに出ることにした。

昭和二十四年（一九四九年）　満二十一歳

この頃より、懸賞小説に応募し始める。

昭和二十九年（一九五四年）　満二十六歳

三月　大同商店を退社。古代小説を書きたい、という思いから『日本書紀』『古事記』を読むことに没頭する。勤めを辞めたのは、学究生活に入るためではなく、「たしかこの年に弟が阪大を出て就職してくれたので入れ代りに辞めたのだ。妹も相愛高女から、音楽短大のヴァイオリン科を出て就職する。どうやら目鼻がついたので、私がやめて家事を見ることにしたのである」とのちに振り返っている。

昭和三十年（一九五五年）　満二十七歳

十一月　大阪文学学校へ通う。

昭和三十二年（一九五七年）　満二十九歳

一月　「虹」で大阪市民文芸賞を受賞。また、「花狩」が「婦人生活」の懸賞小説に佳作入選。翌年単行本に。

昭和三十九年（一九六四年）　満三十六歳

第50回芥川賞受賞式にて

二月　大阪を舞台に、下積み放送作家の男女の恋愛を描いた「感傷旅行《センチメンタル・ジャーニィ》」で第五十回芥川賞受賞。選考会では石川達三、丹羽文雄らが強く推した。それぞれ選評で、「その新しさを軽薄さと評することは容易だが、軽薄さをここまで定着させてしまえば、既に軽薄ではないと私は思う。これは音楽で言えばジャズのような、無数の雑音によって構成された作品であり、そのアラベスクの面白さは『悲しみよ今日は』を思い出させる」「えたいの知れない、ねつこい、何かしら渦巻いているような小説である」と評した。

昭和四十年（一九六五年）　満三十七歳

十一月　幼年時代から戦時下の女学生時代までの体験を綴った『私の大阪八景』を刊行。

昭和四十一年（一九六六年）　満三十八歳

二月　神戸市兵庫区の開業医師・川野純夫と結婚。ただし、なかば別居結婚で、普段は尼崎の家で仕事をし、休日に生田区諏訪山の異人館で落ち合う暮らしであった。子連れの再婚だった川野は、子供たちを伴い、田辺は仕事を持って行った。

昭和四十二年（一九六七年）　満三十九歳

五月　義父の死去を機に、神戸市兵庫区荒田町に移り、夫の家族と同居。家族は総勢十一人、家事と仕事に多忙を極める。

昭和四十六年（一九七一年）　満四十三歳

十月　「週刊文春」で「女の長風呂」のタイトルで連載エッセイを開始。〈カモカのおっちゃんとおせいさん〉が登場し、酒肴から哲学、社会問題、閨房関係のイロハまでを漫才風に語った。「カモカ・シリーズ」と愛称され、昭和六十二年六月まで十六年に亘り続く大人気連載に。

昭和四十七年（一九七二年）　満四十四歳

十二月　〝ハイ・ミス〟となった三十二歳ＯＬの結婚へのあこがれや不安を描いた『窓を開けますか？』を刊行。自身初のミリオンセラー小説に。

昭和四十九年（一九七四年）　満四十六歳

十一月　アラサーのフリーデザイナー・玉木乃里子の恋物語『言い寄る』を刊行。昭和四十年代の梅田、本町、六甲、淡路島などを舞台に、大阪弁の持つ独特なニュアンスを駆使し、男女の恋愛模様の機微を描いた。

昭和五十一年（一九七六年）　満四十八歳

十一月　『私的生活』刊行。「乃里子シリーズ」第二作。

昭和五十二年（一九七七年）　満四十九歳

四月　十三歳の昭和十六年から、十七歳で敗戦を迎える昭和二十年までを描いた自伝的長編『欲しがりません勝つまでは——私の終戦まで』刊行。

昭和五十七年（一九八二年）　満五十四歳

四月　『苺をつぶしながら—新・私的生活』刊行。「乃里子シリーズ」の最終巻で、『言い寄る』『私的生活』とあわせて、本シリーズは累計一五〇万部以上を売り上げるベストセラーとなった。平成十九年に復刊され、現在も版を重ね、いまだ根強い人気を誇る。

昭和六十年（一九八五年）　満五十七歳

三月　独立短編集『ジョゼと虎と魚たち』刊行。下肢に麻痺がある〝ジョゼ〟こと山村クミ子と、〝ジョゼ〟より二つ年下の大学生・恒夫の交流を描いた表題作「ジョゼと虎と魚たち」は、平成十五年に犬童一心監督により実写映画化。妻夫木聡、池脇千鶴の主演で大きな話題を呼んだ。令和二年にはタムラコータロー監督によりアニメ映画化されるなど、今なお多くのファンに愛されている。

昭和六十二年（一九八七年）　満五十九歳

二月　日本を代表する女性俳句の先駆者・杉田久女の生涯を描いた『花衣ぬぐやまつわる……わが愛の杉田久女』刊行。第二十六回女流文学賞を受賞。

五月　直木賞初の女性選考委員になる。初めての選考会で受賞に輝いたのは『海狼伝』（白石一郎著）と『ソウル・ミュージック・ラバーズ・オンリー』（山田詠美著）。

平成五年（一九九三年）　満六十五歳

四月　俳人・小林一茶の句境と生涯を、愛着をこめて描き出した長編『ひねくれ一茶』で第二十七回吉川英治文学賞受賞。

　この年、三月・四月にそれぞれ東京と伊丹で作家生活三十年と出版作品二〇〇冊を祝う会を開催。

平成六年（一九九四年）　満六十六歳

十二月　「王朝期から現代、評伝と多彩な文筆活動」を評価され、第四十二回菊池寛賞を受賞。前年の吉川英治文学賞と、この年の菊池寛賞受賞について、「空襲下の〈非常持ち出し〉の鞄に、私は少女の思いのありったけをこめて、これだけは焼きたくない、と吉屋信子、林芙美子の本と共に、吉川英治、菊池寛の本も入れていた。……その先輩のお名を冠した賞なのだ。幾山河の仕事人生の〈しんどさ〉もむくわれた思いで、しみじみ嬉しかった」と回顧している。

直木賞選考会にて。平成10年

平成七年（一九九五年）　満六十七歳

四月　紫綬褒章受章。

平成十年（一九九八年）　満七十歳

十一月　大阪の川柳作家・岸本水府の評伝『道頓堀の雨に別れて以来なり』で第二十六回泉鏡花文学賞受賞（翌十一年、第五十回読売文学賞「評論・伝記賞」受賞）。

平成十二年（二〇〇〇年）　満七十二歳

十一月　平成十二年度文化功労者に。

平成十四年（二〇〇二年）　満七十四歳

一月　夫・川野純夫、死去。

カモカのおっちゃんこと、夫・川野純夫と

平成十五年（二〇〇三年）　満七十五歳

十二月　江戸後期、筑前に実在した大店のお内儀さん達による、伊勢から善光寺、日光、江戸を巡る五ヵ月八百里の旅日記をもとにした紀行物語『姥ざかり　花の旅笠』で第八回蓮如賞受賞。

平成十六年（二〇〇四年）　満七十六歳

五月　『田辺聖子全集』全二十四巻、別巻一の刊行開始（〜十八年）。

平成十七年（二〇〇五年）　満七十七歳

十月　母・勝世、死去。

平成十八年（二〇〇六年）　満七十八歳

十月　田辺の半生とエッセイを基にした、ＮＨＫ朝の連続テレビ小説「芋たこなんきん」放送開始（〜十九年）。

平成十九年（二〇〇七年）　満七十九歳

一月　二〇〇六年度朝日賞受賞。

六月　田辺聖子文学館が大阪樟蔭女子大学図書館内に開館。

平成二十年（二〇〇八年）　満八十歳

十一月　文化勲章を受章。

令和元年（二〇一九年）　満九十一歳

六月六日　総胆管結石による胆管炎のため死去。

初出　月刊「文藝春秋」二〇二一年七月号

単行本化にあたり、雑誌未収録の日記、小説等を加えました。

本書の編集にあたり、編集注の作成や、当時の樟蔭女子専門学校の資料等の提供について、学校法人樟蔭学園、田辺聖子文学館の皆さんに多大なご助力をいただきました。なお、注や年譜等で表記に不正確な部分がある場合、その責任は編集部に帰するものです。

主な参考文献は下記の通りです（その他、新聞・雑誌記事、論文等、多数の資料を参考としました）。
田辺聖子『しんこ細工の猿や雉』文春文庫　一九八七年
田辺聖子『楽天少女通ります　私の履歴書』ハルキ文庫　二〇〇一年
田辺聖子『田辺聖子全集　別巻一』集英社　二〇〇六年
田辺聖子『田辺写真館が見た〝昭和〟』文春文庫　二〇〇八年
田辺聖子『欲しがりません勝つまでは』ポプラ文庫　二〇〇九年
田辺聖子『私の大阪八景』角川文庫　二〇一七年
浦西和彦、檀原みすず、増田周子編著『田辺聖子文学事典　ゆめいろ万華鏡』和泉書院　二〇一七年
小山仁示『改訂　大阪大空襲　大阪が壊滅した日【新装版】』東方出版　二〇一八年
前野直彬編『唐詩鑑賞辞典』東京堂出版　一九七〇年
牧村史陽編『大阪ことば事典』講談社　一九七九年
三浦佑之訳・注釈『口語訳　古事記　人代篇』文春文庫　二〇〇六年
『世界文学大事典』編集委員会編『集英社 世界文学大事典』集英社　一九九六年―一九九八年
『グンゼ１００年史』グンゼ株式会社　一九九八年
創立１００周年記念誌編纂委員会『学校法人　樟蔭学園 創立１００周年記念誌（２０１８年３月）』学校法人　樟蔭学園　二〇一八年

写真提供

田辺家所蔵（P17、19、20、21、33、69、70、75、140、171、265）

学校法人樟蔭学園・田辺聖子文学館（P25、26、57、58、65、170）

グンゼ株式会社（P14）

文藝春秋蔵（P266、268、269）

なお、P69、70、75に収録の写真は生前より田辺が資料として保管していたものですが、撮影者及び発表媒体と、その連絡先などが不明でした。お気づきの方は編集部までお報せいただけますと幸いです。

表紙・扉イラスト　田辺聖子

装丁　大久保明子

地図作成　上楽 藍

田辺聖子《たなべせいこ》 十八歳《じゅうはっさい》の日《ひ》の記録《きろく》

二〇二一年十二月十日　第一刷発行

著　者　田辺聖子《たなべせいこ》

発行者　大川繁樹

発行所　株式会社 文藝春秋

〒一〇二-八〇〇八

東京都千代田区紀尾井町三-二三

☎〇三-三二六五-一二一一

組版・印刷　凸版印刷

製　本　加藤製本

　ISBN978-4-16-391474-9